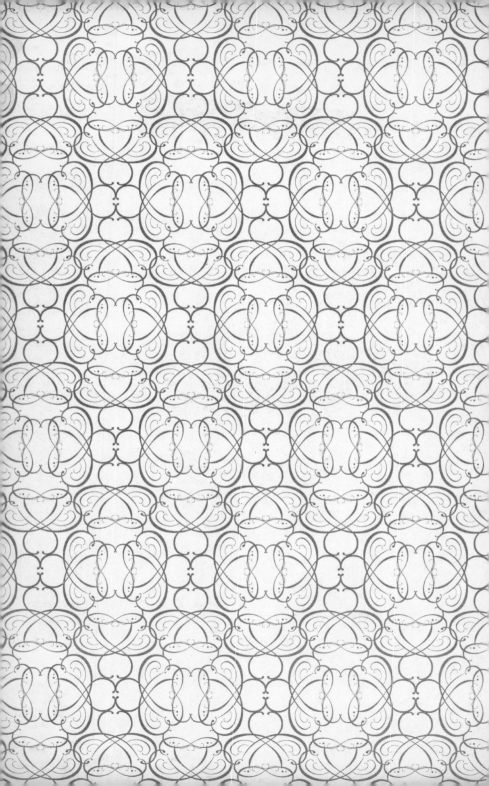

La Chica de la Capa Roja

¿QUIÉN TIENE MIEDO?

Sarah Blakley-Cartwright
David Leslie Johnson

Introducción de
Catherine Hardwicke

Traducción de Julio Hermoso

ALFAGUARA

ALFAGUARA

LA CHICA DE LA CAPA ROJA
Título original: *Red Riding Hood*

D.R. © del texto y de la cubeirta: Warner Bros. Entertaiment Inc, 2011
Todos los derechos reservados
D.R. © de la introducción: Catherine Hardwicke, 2011
D.R. © de la traducción: Julio Hermoso Oliveras, 2011
D.R. © de la edición: Santillana Ediciones Generales, S.L.
Torrelaguna, 60. 28043 Madrid
D.R. © de esta edición:
Santillana Ediciones Generales, S.A. de C.V., 2011
Av. Universidad 767, Col. Del Valle
México, 03100, D.F.

Éstas son las sedes del **Grupo Santillana**:

ARGENTINA, BOLIVIA, CHILE, COLOMBIA, COSTA RICA, ECUADOR, EL SALVADOR,
ESPAÑA, ESTADOS UNIDOS, GUATEMALA, MÉXICO, PANAMÁ, PARAGUAY, PERÚ,
PUERTO RICO, REPÚBLICA DOMINICANA, URUGUAY Y VENEZUELA.

Los personajes y los hechos narrados en este libro son ficticios.
Cualquier parecido con personajes reales, vivos o muertos, es pura coincidencia
no intencionada por la autora.

Primera edición: febrero de 2011

ISBN: 978-607-11-0975-0

Impreso en México

A Catherine, Lauren, Laurie y Ronee,
cuatro mujeres increíbles

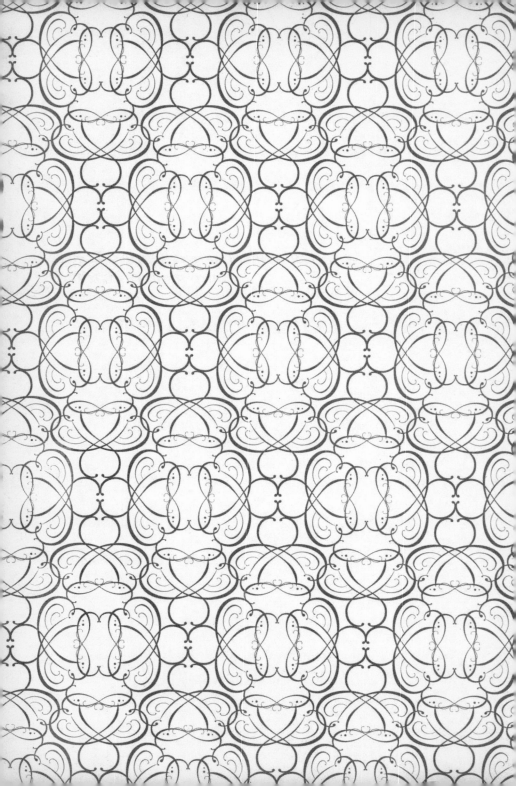

Introducción

En agosto de 2009 recibí un guión titulado *The Girl with the Red Riding Hood,* escrito por David Leslie Johnson y basado en una idea de Leonardo DiCaprio, un proyecto que su compañía, Appian Way, había estado desarrollando con la Warner Bros. De inmediato quedé prendada de la idea de realizar una nueva versión del clásico, oscura y cargada de matices.

Los cuentos son modelos de una gran riqueza a la hora de comprender y crear nuestros propios mundos, y eso fue exactamente lo que intenté hacer con éste. Tenía la cabeza llena de imágenes e ideas acerca de cómo lograr que dicho mundo cobrara vida. En cuanto a la inspiración, recurrí a todas las fuentes creativas a mi alrededor: las pinturas de mi hermana para la magia y el ambiente; las pasarelas de moda actuales para el vestuario; un librito sobre la arquitectura del norte de Rusia que tengo guardado desde que era una adolescente para el diseño de Daggorhorn.

En esta versión de *Caperucita roja* me interesaba la sensación que transmitían los personajes y sus relaciones desde un punto de vista moderno. La historia explora las temáticas de la angustia adolescente y los riesgos de crecer y enamorarse. Y, por supuesto, hay un Lobo Feroz. En nuestra historia, el Lobo representa un lado oscuro y peligroso del hombre y fomenta la existencia de una sociedad paranoica.

Tenía la paranoia social muy metida en la cabeza durante el desarrollo del guión, de manera que acabó grabada en el ADN de la arquitectura de Daggorhorn. Los aldeanos viven en casitas que se asemejan a fortalezas en miniatura, elevadas sobre pilotes, con sólidas contraventanas de madera y escaleras que alzan y retiran por la noche. La gente del pueblo es tan reservada en el plano emocional como en el físico y, cuando sus décadas de paz con el Lobo comienzan a desmoronarse, lo mismo sucede con los lazos que los unen.

Cuanto más profundizábamos en este mundo, más cuenta me daba de que los personajes y sus trasfondos eran demasiado complejos como para tener cabida en la película, de manera que quise colaborar en la creación de una novela que explorara por completo la enmarañada madeja de emociones dentro del pueblo de Daggorhorn.

Vi a mi amiga Sarah Blakley-Cartwright durante un viaje a Nueva York. Acababa de licenciarse *cum laude* en Creación Literaria en el Barnard College. Conozco a Sarah desde que ella tenía trece años, e incluso ha interpretado pequeños papeles en cada una de mis cuatro películas anteriores. Siempre ha tenido un alma poética, original —repleta de imaginación—, y caí en la cuenta de que sería perfecta para el proyecto.

Desde el momento en que le mencioné la idea, Sarah se zambulló de cabeza en ella: voló a Vancouver, en la Columbia Británica, cuando estábamos construyendo los sets para el rodaje, y se sumergió por completo en el mundo de *Caperucita roja*. Entrevistó a todos los actores al respecto de sus personajes, participó en los ensayos y cruzó bailando sobre las brasas en la escena del festival. Realmente llegó a formar parte del proceso narrativo.

Tengo la convicción de que Sarah ha escrito una hermosa novela que ha profundizado en el mundo de los personajes. Nos brinda la posibilidad de extender los momentos emocionales, esos que nos dicen que *Caperucita roja* no es simplemente un cuento, sino más bien un relato universal que nos habla del amor, del valor y de convertirse en un adulto.

Disfrútenlo.

Catherine Hardwicke

Había una vez...

...una niña

y un lobo.

Primera parte

1

Desde las imponentes alturas del árbol, la niña podía verlo todo. La adormilada aldea de Daggorhorn se extendía allá abajo, en el lecho del valle, y, desde lo alto, parecía una tierra lejana y extraña. Un lugar del que nada conociera, un lugar sin picas ni espino, un lugar donde el temor no merodeara como un padre angustiado.

Estar allí, tan alto en el cielo, hacía que Valerie se sintiese también como si fuera otra persona. Podría ser un animal: un halcón, en la frialdad de la supervivencia, arrogante y aislado.

Aun a los siete años de edad, era en cierto modo consciente de ser distinta de los demás aldeanos, y no podía evitar guardar las distancias con ellos, incluso con sus amigos, abiertos y encantadores. Su hermana mayor, Lucie, era la única persona en el mundo a quien Valerie se sentía unida. Lucie y ella eran como las dos cepas de esa misma vid que habían crecido entrelazadas en la vieja canción que entonaban los ancianos de la aldea.

Lucie era la única.

Valerie miró más allá de sus pies desnudos que se columpiaban suspendidos en el aire y se preguntó por qué había subido hasta allí. Por supuesto que no se lo permitían, pero ésa no era la cuestión. Ni tampoco se trataba de la dificultad del ascenso, aquel reto había perdido ya toda emoción un año atrás, cuando por primera vez alcanzó la rama más alta y no halló por dónde continuar salvo el cielo abierto.

Había trepado tan alto porque no podía respirar abajo, en el pueblo. Si no salía de allí, la infelicidad se instalaría en ella y se amontonaría como la nieve hasta enterrarla. Arriba, en el árbol, el aire era fresco en su rostro, y ella se sentía invencible. Jamás le preocupó caer: tal cosa no era posible en este universo ingrávido.

—¡Valerie!

La voz de Suzette resonaba y ascendía a través de las hojas, la llamaba como una mano que tirara de ella de regreso a la tierra.

Por el tono de voz de su madre, Valerie supo que era hora de irse. Dobló las rodillas, se acuclilló e inició el descenso. Si miraba hacia abajo, podía ver la pronunciada pendiente del tejado de la casa de la Abuela, construida allí mismo, entre las ramas del árbol, y cubierta de una espesa maraña de agujas de pino. La casa estaba incrustada en un floreciente nudo de ramaje, como si se hubiese cobijado allí durante una tormenta. Valerie siempre se cuestionó cómo habría llegado hasta ahí, pero nunca lo preguntó porque algo tan maravilloso no debería recibir jamás explicación alguna.

Se aproximaba el invierno, y las hojas habían comenzado a aflojarse en las ramas, se soltaban de su abrazo otoñal. Algunas se estremecieron y cayeron al vacío en el descenso de Valerie por el árbol. Había pasado toda la tarde encaramada, escuchando el ronco murmullo de las voces de las mujeres que el viento le ofrecía desde abajo. Parecía que hoy eran más cautelosas, más roncas, como si ocultaran un secreto.

Cerca de las ramas inferiores, las que adornaban la techumbre de la casa, Valerie vio a la Abuela salir al porche, deslizarse sobre sus pies invisibles bajo la falda. La Abuela era la mujer más hermosa que Valerie conocía. Vestía largas faldas con diversas capas que se mecían al andar. Si avanzaba su pie derecho, su falda ondeaba a la izquierda. Sus tobillos eran delicados y maravillosos, como los de la minúscula bailarina de madera del joyero de Lucie, algo que a ojos de Valerie resultaba tan hermoso como aterrador porque daban la impresión de poder quebrarse.

Valerie, en sí misma inquebrantable, saltó desde la rama más baja y aterrizó sobre el porche con un sólido golpe.

No se azoraba como las demás niñas, cuyas mejillas eran rosas o redondeadas. Las de Valerie eran tersas, lisas y de una blanca palidez. No pensaba de sí misma que fuera bonita, o, para el caso, no pensaba en el aspecto que tenía, si bien nadie podía olvidar el rubio blanquecino, marco de esos inquietantes ojos verdes que se iluminaban como si los cargara un rayo. Sus ojos, aquella mirada consciente que poseían, la hacían parecer mayor de lo que era.

—¡Vamos, niñas! —voceó su madre desde el interior de la casa con un revoloteo de ansiedad—. Esta noche tenemos que volver temprano.

Valerie llegó abajo antes de que nadie pudiera advertir siquiera que se encontraba en el árbol. A través de la puerta abierta, vio que Lucie iba corriendo hasta su madre; llevaba una muñeca que había vestido con retazos que la Abuela había donado para la causa. Valerie deseó parecerse más a su hermana.

Las manos de Lucie eran suaves y redondeadas, casi mullidas, algo que Valerie admiraba. Sus propias manos eran nudosas y finas, endurecidas con callosidades. Todo su cuerpo estaba repleto de ángulos. Así, en las profundidades de su ser albergaba la sensación de que esto la convertiría en antipática, alguien a quien nadie querría tocar.

Su hermana mayor era mejor que ella, de eso Valerie estaba segura. Lucie era más agradable, más generosa, más paciente. Ella nunca habría trepado más arriba de la casa del árbol, un lugar inapropiado para la gente sensata.

—¡Niñas! Esta noche hay luna llena —la voz de su madre iba ahora dirigida a ella—. Y nos toca a nosotros —añadió con tristeza y un volumen que se desvanecía.

Valerie no sabía cómo interpretar que les tocara a ellos. Esperó que se tratara de una sorpresa, quizás un regalo.

Bajó la mirada al suelo y vio unas marcas en la tierra que formaban la silueta de una flecha.

«Peter».

Se le agrandaron los ojos, y descendió de la casa del árbol por la empinada y polvorienta escalera para examinar las marcas.

«No, no es Peter», pensó al ver que no eran más que unos arañazos aleatorios en el suelo.

«Aunque ¿y si...?».

Las marcas se alejaban de ella en dirección al bosque. De forma instintiva, ignorando lo que *debería* hacer, lo que haría Lucie, las siguió.

Por supuesto, no conducían a ninguna parte; las marcas desaparecían en apenas una docena de pasos. Enfadada consigo misma por ser una ilusa, se alegró de que nadie la hubiera visto ir tras un rastro inexistente camino a la nada.

Antes de su partida, Peter solía dejarle mensajes con flechas que dibujaba en la tierra con la punta de un palo; las flechas conducían a él, a menudo escondido en las profundidades del bosque.

Ya se había ido hacía meses, su amigo. Habían sido inseparables, y Valerie no era capaz aún de aceptar el hecho de que no fuera a volver. Su marcha fue como si cortasen el extremo de una cuerda de un tijeretazo: quedaban dos hebras que se deshilachaban.

Peter no era como los otros niños, que gastaban bromas y se peleaban. Él entendía los impulsos de Valerie, entendía la aventura, el no seguir las normas. Él no la juzgó jamás por ser una niña.

—¡Valerie! —la llamaba ahora la voz de la Abuela. Sus llamadas habían de recibir una respuesta más urgente que las de su madre, pues las amenazas de la primera podían llegar realmente a cumplirse. Valerie dio la espalda a las piezas de aquel rompecabezas con el que no obtuvo premio alguno y se apresuró a regresar.

—Aquí abajo, Abuela —se inclinó contra la base del árbol y se deleitó con el tacto de papel de lija de la corteza.

Cerró los ojos para sentirlo con plenitud, y oyó el quejido de las ruedas del carro, que se aproximaba como el trueno.

La Abuela, al oírlo también, descendió por la escalera hasta el suelo del bosque. Envolvió a Valerie en sus brazos, con la fría seda de su blusa y la presión de su anticuada maraña de amuletos contra el rostro de la niña. Con la barbilla en el hombro de la Abuela, Valerie vio a Lucie bajar cautelosa por la escalera empinada, seguida de su madre.

—Sean fuertes esta noche, queridas mías —susurró la Abuela.

En el estrecho abrazo, Valerie guardó silencio, incapaz de poner voz a su confusión. Para ella, cada persona y cada lugar tenían su propio aroma; a veces, el mundo entero parecía un jardín. Decidió que su Abuela olía como una mezcla de hojas machacadas con algo más hondo, algo profundo que no era capaz de ubicar.

Tan pronto como la Abuela liberó a Valerie, Lucie le entregó a su hermana un ramillete de hierbas y flores que había recogido del bosque.

El carro, movido por dos musculosos caballos de tiro, atravesaba con sacudidas las huellas del camino. Los leñadores iban sentados en grupos sobre los tocones recién cortados, que se deslizaron hacia delante cuando el carro se detuvo frente al árbol de la Abuela. Las ramas —las más gruesas al fondo y en lo alto las más ligeras— se encontraban apiladas entre los hombres. Para Valerie era como si los propios jinetes estuvieran también hechos de madera.

Vio a su padre, Cesaire, sentado cerca del final de la carreta. Se puso en pie y se inclinó hacia abajo para alcanzar a Lucie. Sabía lo que hacía al no intentarlo con Valerie. Hedía a sudor y cerveza, y ella se mantenía alejada de él.

—¡Te quiero, Abuela! —gritó Lucie por encima del hombro mientras dejaba que Cesaire las ayudara a ella y a su madre a pasar sobre el costado del carro. Valerie trepó y se subió por su cuenta. Con un restallido de las riendas, la carreta se puso en marcha, lenta y pesada.

Uno de los leñadores se cambió de sitio para dejar espacio a Suzette y a las niñas, y Cesaire se estiró hacia él y le plantó un exagerado beso al hombre en la mejilla.

—Cesaire —siseó Suzette, y sus ojos lanzaron sobre él un sordo reproche en cuanto los demás en el carro reanudaron sus conversaciones—. Me sorprende que sigas consciente con lo tarde que es.

Valerie ya había escuchado acusaciones similares con anterioridad, siempre reservadas tras el velo de un falso tizne de ingenio o inteligencia, y aun así seguía sobresaltándose al escucharlas con tal tono desdeñoso.

Observó a su hermana, que no había oído a su madre porque se reía con algo que otro leñador había dicho. Lucie siempre insistía en que sus padres estaban enamorados, que la base del amor no eran los grandes gestos sino, más bien, el día a día, el estar ahí, marcharse a trabajar y regresar al caer la noche. Valerie había intentado creer en la veracidad de aquello, pero no podía evitar pensar que el amor debía de consistir en algo más, algo menos pragmático.

Ahora se sujetaba con fuerza mientras se asomaba por encima de los listones traseros del carro y veía desaparecer el suelo ante sus ojos a toda velocidad. Mareada, se giró de nuevo hacia el interior de la carreta.

—Mi pequeña —Suzette tomó a Valerie en su regazo, y ella se lo permitió. Su pálida y hermosa madre olía a almendras y harina.

Conforme el carro emergía del bosque de Black Raven y retumbaba paralelo al río cristalino, la lóbrega neblina de la aldea se tornaba visible en su totalidad. Su aprensión era palpable aun en la distancia: pilotes, picas y espinos que sobresalían en altura y hacia el frente. La torre del vigía en el granero, el punto más alto de la aldea, se alzaba enhiesta.

Ese era el sentimiento inmediato al atravesar la cima: *miedo*.

Daggorhorn era un pueblo lleno de gente asustada, gente que se sentía insegura aun en la cama, vulnerable a cada paso, expuesta en cada esquina.

La población había comenzado a creer que se merecía la tortura, que alguna equivocación había cometido y que algo malvado moraba en su interior.

Valerie había estudiado a los aldeanos, los había visto acobardarse a diario y había sentido su diferencia respecto de ellos. Lo que ella temía, más que lo externo, era la oscuridad que procedía de su propio interior. Se diría que era la única que se sentía así.

Es decir, aparte de Peter.

Regresó mentalmente a la época en que él se encontraba allí, ambos juntos, impávidos y plenos de un gozo temerario. Ahora culpaba a los aldeanos por sentir temor, por la pérdida de su amigo.

Una vez atravesados los enormes portones de madera, el pueblo se asemejaba a cualquier otro del reino. Los caballos levantaban las mismas nubes de polvo que en esos otros lugares, y todas las caras eran conocidas. Perros vagabundos deambulaban por las calles con la barriga vacía y decaída, reducida en un grado tan imposible que el pelaje se antojaba rayado en los costillares. Escaleras que descansaban de manera cuidadosa contra los porches. El musgo brotaba de las grietas de los tejados y se abría paso reptando a través de las fachadas de las casas, y nadie hacía nada al respecto.

Esta noche, los aldeanos se apresuraban a encerrar a sus animales.

Era la noche del Lobo, del mismo modo exacto en que lo había sido cada noche de luna llena desde tanto tiempo atrás como nadie era capaz de recordar.

Conducían y guardaban a las ovejas tras unas gruesas puertas. De manos de un miembro de la familia a las de otro, el cuello de las gallinas se tensaba cuando las lanzaban escaleras arriba, y lo estiraban tanto que a Valerie le preocupaba que ellas mismas se lo fuesen a arrancar de cuajo.

Al llegar a casa, los padres de Valerie mantuvieron una conversación en voz baja. En lugar de subir la escalera hasta su cabaña elevada, Cesaire y Suzette se encaminaron hacia el establo de debajo, oscurecido por la ominosa penumbra de su propia casa. Las niñas corrieron por delante de ellos a saludar a Flora, su cabra preferida. Al verlas, el animal golpeteó con los cascos los desvencijados tablones del redil; los ojos claros se le humedecían por la expectativa.

—Ya es la hora —dijo el padre, que se aproximó por la espalda de las niñas y les puso las manos sobre los hombros.

—¿La hora de qué? —preguntó Lucie.

—Nos toca a nosotros.

Valerie vio algo en su pose que no le gustó, algo amenazador, y retrocedió ante él. Lucie buscó la mano de su hermana pequeña, para tranquilizarla como siempre hacía.

Hombre que creía en la franqueza a la hora de hablar con sus hijas, Cesaire se asió de la tela de sus pantalones a la altura de las rodillas y se inclinó hacia delante para mantener una conversación con las dos niñas. Les contó que Flora sería el sacrificio de este mes.

—Las gallinas nos proporcionan huevos —les recordó—. La cabra es todo lo que nos podemos permitir ofrecer.

Valerie se quedó inmóvil en su estupefacta incredulidad. Lucie se arrodilló llena de dolor y se puso a rascarle el cuello a la cabra con sus pequeñas uñas y a darle esos tirones suaves de las orejas que los animales sólo consienten a los niños. Flora empujaba la palma de la mano de Lucie con sus recién salidos cuernos, como si intentara ponerlos a prueba.

Suzette miró a la cabra y después observó a Valerie con expectación.

—Despídete de ella, Valerie —dijo al mismo tiempo que apoyaba la mano sobre el esbelto brazo de su hija.

Pero ella no pudo; algo se lo impedía.

—¿Valerie? —la miró Lucie en tono de súplica.

Era consciente de que su madre y su hermana pensaban que estaba siendo fría. Sólo su padre lo entendió e hizo un gesto de asentimiento a su hija al llevarse a la cabra. Guiaba a Flora con una cuerda fina, el animal resoplaba y sus ojos atentos irradiaban inquietud. Valerie contuvo las amargas lágrimas y odió a su padre por su empatía y por su traición.

No obstante, fue cuidadosa. Nunca permitió que nadie la viera llorar.

Aquella noche, Valerie estaba tumbada despierta después de que su madre las llevara a la cama. El resplandor de la luna entraba como una cascada por la ventana y se extendía cual columna por los tablones del suelo.

Meditó con intensidad. Su padre se había llevado a Flora, su preciosa cabra. Valerie la vio nacer sobre el suelo del establo, presenció cómo la madre balaba de dolor mientras Cesaire traía al mundo a la cabritilla, pequeña y húmeda.

Sabía lo que tenía que hacer.

Lucie palpó a tientas el lado de Valerie, que había abandonado el calor de la cama que compartían y se dirigía a la escalera del altillo y, de ahí, a la puerta principal.

—¡Tenemos que hacer algo! —susurró Valerie en tono apremiante, indicándole a su hermana que se uniera a ella.

Pero Lucie se negó, temerosa, con un gesto de la cabeza y el deseo no expresado de que también ella se quedara. Valerie sabía que no podía hacer igual que su hermana mayor, en cuclillas junto a la puerta y aferrada a su madriguera. Ella no iba a quedarse quieta y a ver su vida transcurrir ante sí. Pero del mismo modo en que Lucie había admirado siempre la entrega de Valerie; ésta siempre había admirado el comedimiento de Lucie.

Valerie deseaba arropar a su intranquila hermana y pedirle que no se preocupara, decirle: «Shhh, dulce Lucie, todo irá bien por la mañana». En cambio, se volvió, sostuvo el pestillo de la puerta con el pulgar hasta tocar con suavidad la hoja en el marco, y salió al frío de la intemperie.

La aldea tenía esa noche un aire especialmente siniestro, al contraluz de la claridad de la luna. Con el color de unos cascos desteñidos por el sol, las casas se erguían como barcos esbeltos, y las ramas de los árboles sobresalían como espinosos mástiles contra el cielo nocturno. Cuando Valerie salió por primera vez en solitario, sintió como si estuviera descubriendo un mundo nuevo.

Para llegar hasta el altar con mayor rapidez, tomó un atajo a través del bosque. Sus pasos atravesaron el musgo, que tenía la textura del pan empapado en leche, y evitaron las setas, burbujas blanquecinas con la parte superior moteada de marrón claro, como si les hubieran espolvoreado canela.

En la oscuridad, algo tiró de ella, una seda húmeda asida a su mejilla. Una tela de araña. La sensación de tener todo el cuerpo cubierto de insectos invisibles se apoderó de la niña. Se llevó las manos a la cara, intentó zafarse de la película sedosa, pero las hebras eran tan finas que no había por dónde agarrarlas.

La luna llena se alzaba exánime sobre su cabeza.

Una vez que alcanzó el claro, sus pasos se hicieron más precavidos. Sentía el desasosiego al andar, la misma sensación que al limpiar un cuchillo, la sensación de que un pequeño desliz podría ser desastroso. Los aldeanos habían excavado una trampa en el suelo, habían clavado troncos afilados en el fondo, y la habían cubierto con un falso suelo de césped. Valerie sabía que el agujero se encontraba en algún lugar cercano, aunque siempre la habían guiado para rodearlo a salvo. Ahora, si bien pensaba que lo había dejado ya atrás, no estaba del todo segura.

No obstante, un balido familiar le señaló la dirección correcta y, un poco más adelante, pudo ver a Flora, patética y solitaria, dando tropezones al viento y balando desesperada. Valerie echó a correr hacia la triste silueta de la cabra que forcejeaba en la soledad del marfileño claro a la luz de la luna. Al ver a Valerie, los salvajes tirones de Flora la llevaron a levantarse sobre los cuartos traseros y estirar su fino cuello en dirección a la niña tanto como le permitía la cuerda que lo rodeaba.

—Estoy aquí, estoy aquí —comenzó a gritar Valerie, pero las palabras murieron en su garganta.

Oyó algo que se aproximaba furibundo a una gran distancia y un paso veloz, cada vez más y más cerca, en la oscuridad. Los pies de Valerie se negaron a moverse, por mucho que ella intentara avanzar.

En un momento, la quietud volvió a reinar.

Y *apareció*.

Al principio, sólo una pincelada negra. Después, el Lobo estaba allí, dándole la espalda, su torso brutal y monstruoso, el movimiento pendular e hipnótico de su cola que trazaba un dibujo en el polvo. Era tan grande que no podía verlo entero de una vez.

El aliento de Valerie irrumpió en una exhalación ahogada, irregular por el miedo. Las orejas del Lobo se quedaron paralizadas, se estremecieron, y la bestia se volvió para mirarla a los ojos.

La mirada de unos ojos salvajes y bellos.

Unos ojos que la vieron a ella.

No la vieron a la manera ordinaria, sino de un modo en que nadie la había visto antes. Sus ojos penetraron en su interior y reconocieron algo. Entonces la niña sintió una oleada de terror. Trastabilló y cayó al suelo, incapaz ya de seguir mirando, y hurgó profundo en el refugio de la oscuridad.

Una gran sombra se cernió sobre ella. Era tan pequeña, y la bestia tan grande, que Valerie sintió como si la sombra de la figura que ante ella se erguía la hundiera con su peso aún más en el suelo. Sintió que un escalofrío le recorría el cuerpo cuando su físico reaccionó a la amenaza. Se imaginó al Lobo desgarrando su piel con los ganchudos colmillos.

Hubo un rugido.

Valerie aguardó a sentir su salto, sentir el golpe de sus mandíbulas y el rasgar de unas garras, pero no sintió nada. Oyó un barullo y el tintineo de las campanillas de Flora, y sólo entonces se percató de que la silueta se había retirado. Desde su posición agazapada escuchó el rechinar de unos dientes y unos gruñidos, pero había algo más, otro sonido que no fue capaz de identificar. Mucho más adelante sabría que se trataba del rugido de una oscura ira al ser liberada.

A continuación siguió un silencio aterrador, una calma frenética. Finalmente, no se pudo resistir a levantar poco a poco la cabeza para buscar a Flora.

Imperaba la quietud.

Nada quedaba excepto la soga rota y aún atada a la estaca, inerte sobre el suelo polvoriento.

Valerie permanecía sentada al borde de la calzada, las piernas estiradas, en el suelo que el rocío de la mañana había humedecido. No le molestaba que pasaran por encima de sus piernas; nunca se preocupaba por tales cosas. Ahora era mayor: diez años habían transcurrido desde aquella noche terrible en que miró al mal a los ojos. Sin embargo, al pasar hoy junto al altar sacrificial, Valerie ni siquiera había reparado en el montón de huesos resultado de la ofrenda de la noche previa. Al igual que todos los demás niños de la aldea, lo había visto una vez al mes durante toda su vida y había dejado de pensar en lo que significaba.

La mayoría de los niños se obsesionaba con las noches de luna llena en algún momento de su vida, se detenía ante el altar la mañana siguiente para examinar los restos de sangre seca y hacía algunas preguntas: «¿Puede hablar el Lobo?», «¿Se parece a los demás lobos del bosque?», «¿Por qué es tan malo?». Las respuestas que recibían solían ser más frustrantes que no obtener ninguna. Los padres intentaban proteger a los niños, los acallaban y les decían que no hablaran de aquello, aunque de vez en cuando dejaban escapar alguna información al decir cosas como «Aquí hacemos sacrificios para que el Lobo no venga y se coma a niñas tan bonitas como tú», mientras les daban un pellizquito en la nariz.

Desde el preciso momento de su encuentro con el Lobo, Valerie dejó de hacer preguntas al respecto. No obstante, muchas noches se sobrecogía con el recuerdo. Se despertaba y observaba a Lucie, de sueño fácil, tan inmóvil en su cama compartida. En su desesperada soledad, Valerie miraba a su hermana un largo rato, hasta que el pánico se volvía excesivo, y estiraba la mano para sentir los latidos del corazón de Lucie.

—¡Déjame! —balbucía ella somnolienta y le daba un manotazo a su hermana pequeña. Valerie sabía que a Lucie no le gustaba pensar en los latidos de su corazón, le recordaban que estaba viva, que era vulnerable, carne y hueso nada más.

Ahora, Valerie recorría con los dedos el suelo escarchado de la acera y percibía los surcos entre los bloques de arenisca antigua. Parecía que la piedra se desmoronaría, como si estuviera podrida en su interior y, con un poco más de tiempo, tendría la posibilidad de desmenuzarla con las yemas de los dedos. Las hojas de los árboles estaban amarillas, como si hubieran absorbido todo el sol de la primavera y lo estuviesen reservando para el invierno.

Resultaba más sencillo sobreponerse a una noche de luna llena en un día como aquel. Todo el pueblo se hallaba en movimiento, todo el mundo se preparaba para la cosecha: los hombres corrían con guadañas oxidadas, y las mujeres sacaban medio cuerpo por la ventana de su cabaña para dejar caer barras de pan en las cestas que pasaban.

Valerie tardó muy poco en atisbar el hermoso y amplio rostro de Lucie cuando su hermana asomó por el camino de regreso de la herrería, tras llevar a reparar un pestillo estropeado. Al aproximarse por el sendero, algunas de las niñas más jóvenes de la aldea formaron una hilera a su espalda y escenificaron un extraño paseo ritual. Cuando se acercó más, Valerie advirtió que Lucie estaba enseñando a las cuatro niñas a hacer reverencias.

Su hermana era dulce, de un modo que nadie más lo era, una dulzura en su naturaleza y en su ser. No era pelirroja ni rubia, sino ambas cosas. Su lugar no era Daggorhorn, ella pertenecía a una tierra algodonada donde los cielos eran de un marmolado amarillo, azul y rosa, como una acuarela. Su hablar era poesía, su voz dulce como una canción. Valerie se sintió como si su familia hubiera recibido prestada a Lucie.

«Qué extraño es tener una hermana», pensó. «Alguien que tú podrías haber sido».

Lucie se detuvo delante de Valerie, y lo mismo hizo el tren de las niñas. Una pequeña con las rodillas sucias de tierra se quedó mirando a Valerie de un modo sentencioso, decepcionada porque ella no se pareciera más a su hermana mayor. El pueblo siempre había pensado en Valerie como «la otra», la hermana más misteriosa, la que no es Lucie. Dos de las pequeñas observaron a un hombre que intentaba enyuntar su buey al carro al otro lado de la calle.

—¡Hola! —Lucie hizo girar a la cuarta niña y se inclinó para sostener la mano por encima de su cabeza. La pequeña titubeó ante la posibilidad de hacer el giro y perder así de vista a su ídolo. Las otras niñas observaban impacientes, como si pensaran que ellas, también, habían de participar.

Valerie se rascó la pierna y se levantó una costra.

Lucie detuvo la mano de su hermana.

—Te quedará la cicatriz.

Las piernas de Lucie eran perfectas, inmaculadas. Se las hidrataba con una mezcla de harina de trigo y aceite, si es que disponía de una cantidad extra.

Valerie se examinó las piernas —llenas de picaduras, arañazos y marcas— y preguntó:

—¿Has oído algo sobre la acampada?

Lucie se inclinó.

—¡Todo el mundo ha conseguido el permiso! —susurró—. Ahora tenemos la *obligación* de ir.

—Muy bien, entonces habrá que convencer a madre.

—Inténtalo tú.

—¿Estás loca? A mí nunca me dice que sí. Eres tú quien siempre consigue lo que desea.

—Quizá —los labios de Lucie eran grandes y rosados. Cuando estaba nerviosa, se los mordía y el rosa era más intenso—. Quizá tengas razón —dijo sonriente—. De todas formas, voy un paso por delante de ti.

Con una sonrisa de astucia, ofreció su cesta a Valerie, que adivinó el contenido sin necesidad de verlo. O quizá lo olió. Los pasteles favoritos de su madre.

—¡Qué *gran* idea! —Valerie se puso de pie y se sacudió el polvo de la capa, a su espalda.

Lucie, complacida con su propia previsión, rodeó a su hermana con el brazo. Juntas se marcharon a devolver a las pequeñas a sus madres, que trabajaban en los jardines. Las mujeres eran duras en esta aldea, pero incluso la más hosca de ellas sonreía a Lucie.

Se dirigieron a su hogar y pasaron junto a unos cerdos que resollaban como ancianos enfermos, un cabrito que intentaba acompañar a unas gallinas desdeñosas y una vaca que rumiaba heno en su serenidad.

Transitaron por la extensa hilera de casas, erguidas en sus pilotes como si estuvieran listas para partir a recorrer el mundo, y llegaron a la penúltima cabaña. Las chicas ascendieron por la escalera y se adentraron en su paisaje cotidiano. El vestidor de madera estaba tan combado que los cajones se negaban a cerrarse. La cama de madera y cuerda se astillaba. La tabla de lavar que su padre había hecho a su madre el último invierno estaba ya desgastada; necesitaba otra. La cesta de las bayas se encontraba baja y plana, para asegurarse de que ninguna se machacara. Unos restos de relleno de plumas quedaron suspendidos en el aire, en un haz de luz procedente de la ventana, y recordaron a Valerie cuando de niñas saltaron sobre los colchones e hicieron volar nubes enteras de plumas a su alrededor.

No había mucho que distinguiera su hogar de otros. En Daggorhorn los muebles eran simples y funcionales. Todo obedecía a un propósito. Una mesa consistía en cuatro patas y una tabla, nada más.

Su madre estaba en casa, por supuesto. Trabajaba en el horno, perdida en sus pensamientos. Llevaba el pelo recogido en un moño, en lo alto de la cabeza, y algunos mechones le caían libres por la nuca.

Antes de que entraran las niñas, Suzette había estado pensando en su marido, en todos sus defectos y todas sus virtudes. El defecto por el que más le culpaba —el defecto imperdonable— era su falta de imaginación. Pensaba en un día reciente. Con ganas de fantasear, con ganas de darle una oportunidad, le preguntó esperanzada: «¿Qué es lo que hay fuera de los muros, qué crees tú?». Él masticó y tragó la comida, e incluso tomó un sorbo de cerveza. Parecía que lo estaba pensando. «Un montón más de lo mismo, digo yo». A Suzette le entraron ganas de morirse.

La gente dejaba en paz a su familia. Suzette se sentía desconectada de las cosas, como una marioneta a la que le han cortado los hilos.

Removía el estofado y se daba cuenta de que se hallaba inmersa en un remolino: cuanto más luchaba por salir, con mayor vehemencia se veía arrastrada hacia abajo, más y más abajo...

—¡Madre! —Lucie apareció por detrás de ella y le hizo cosquillas en la espalda.

Suzette regresó al universo de las hijas y los estofados a medio hacer.

—Niñas, ¿tienen sed? —la mujer se iluminó y sirvió dos vasos de agua. Endulzó el de Lucie con una pizca de miel pero, en cambio, Valerie no quería ni tocarla—. Ambas tienen hoy un gran día —dijo mientras ofrecía el correspondiente vaso a cada una.

Suzette estaba agradecida de contar con la excusa de quedarse en casa con el fin de preparar la comida de la cosecha para los hombres. Volvió a remover el estofado en un caldero inmenso y redondo con asas a ambos lados.

El caldero tenía la panza baja, algo que a Lucie le hacía sentirse extraña porque su forma no dibujaba una semiesfera. No le gustaban las cosas con aspecto incompleto. Valerie echó un vistazo al interior. Contenía una variedad de copos de avena y semillas grises y curtidas; unos guisantes verdes sobresalían llamativos.

Lucie charlaba mientras que Valerie se ponía manos a la obra a ayudar a su madre cortando zanahorias en hebras delgaduchas. Suzette guardaba silencio. La charla de Lucie copaba el aire inerte, y Valerie se preguntaba si algo iría mal. Esperó a que su madre dejara atrás aquel estado de ánimo, como había aprendido a hacer ya en el pasado, y siguió añadiendo verduras a la cazuela. Coles, ajo, cebollas, puerros, espinacas y perejil.

Lo que Valerie no podía saber era que Suzette otra vez estaba pensando en su marido. Cesaire era un padre cariñoso y un marido que la apoyaba plenamente, pero eso no constituía todo lo que se había prometido a sí misma. De haber sido menores las expectativas, sus fallos no habrían resultado tan devastadores.

Por lo que sí hizo, por el final que él mantuvo en suspenso, Suzette estaba agradecida, y sentía que ella se lo había compensado manteniendo una casa ordenada y queriendo a sus hijas. Debía reconocer que quizás en el matrimonio, como en cualquier otra obligación contractual, en lo referente a las deudas de uno y para con uno, no quedaba margen para el amor.

Satisfecha con la conclusión, Suzette se volvió a sus hijas para encontrarse con la mirada de Valerie y sus penetrantes ojos verdes, casi como si pudiera oír los pensamientos de su madre. Suzette no sabía de dónde habían salido los ojos de su hija Valerie: tanto los suyos como los de Cesaire eran de color miel. Se aclaró la garganta.

—Niñas, qué bien que ayuden de esta manera. Ya lo he dicho otras veces, y lo vuelvo a decir: cuando comienzas a levantar tu propio hogar, Valerie, tienes que ser capaz de cocinar. Lucie ya sabe.

Lucie era como Suzette, preveían y planificaban, Cesaire y Valerie eran de ingenio y actos rápidos.

—Tengo *diecisiete* años. No hace falta correr —Valerie atravesó la piel y la monótona pulpa de terciopelo de una papa y la partió. Dejó que se abrieran las dos mitades y se bambolearan sobre la mesa desnivelada. No le gustaba pensar en las cosas sobre las que su madre insistía en hablar.

—Ya estás en edad de casarte, Valerie. Ya eres una mujercita.

Con esta concesión, toda idea de cualquier futura responsabilidad se disipó de la mente de las hermanas. Vieron su momento.

—Entonces, madre, nos vamos a ir ya a la cosecha —empezó a decir Lucie.

—Sí, por supuesto. Tu primera vez, Valerie —dijo Suzette bajando la mirada para ocultar su orgullo. Había comenzado a rallar col.

—Alguna gente, algunas mujeres, se van a quedar allí después... —añadió Valerie.

—...para lo de la fogata —prosiguió Lucie.

—Mmm, mmm —admitió Suzette, su mente comenzaba a divagar.

—La madre de Prudence va a llevar de acampada a algunas de las otras chicas... —dijo Valerie.

—...y nos gustaría saber si podríamos ir —finalizó Lucie.

—¿Con la madre de Prudence? —Suzette procesó el único fragmento de información que había recibido.

—Sí —dijo Valerie.

Pareció aceptar su explicación.

—¿Y las otras madres ya han dicho que sí?

—Sí —reiteró Valerie.

—Está bien. Supongo que no habrá problema —dijo distraída.

—¡Gracias, gracias, gracias!

Fue sólo entonces, al ver la magnitud de su agradecimiento, cuando Suzette reparó en que quizás había dado permiso para algo que no debía.

—¡No puedo creer que haya dicho que sí! —exclamó Valerie.

—Qué bien ha estado, no dejabas de decirle que sí, ¡y no ha tenido tiempo de pensárselo!

Las chicas bajaban de paseo hacia la plaza del pueblo por la calle, que estaba llena de marcas de rodadas.

—¡Y qué bien estuviste tú al hacerle cosquillas en la espalda!

—Ha estado genial, ¿verdad? Sé que le gusta —sonrió Lucie satisfecha.

—¡Lucie! No me digas que te has traído el armario entero —su amiga Roxanne las miraba desde la vuelta de la esquina con su pálida frente marcada por unas arrugas de preocupación. A su espalda, dos chicas más emergieron a la vista: Prudence y Rose.

Lucie acunaba un fardo en sus brazos, y era ahora, tarde, cuando Valerie se daba cuenta de lo voluminoso que era.

—Vas a tener que cargar con él todo el día —dijo Valerie.

Prudence frunció el ceño consciente de que Lucie era a veces demasiado ambiciosa.

—Nosotras no te lo vamos a llevar cuando te canses.

—Son mantas de repuesto —sonrió Lucie. Sentía frío con facilidad.

—¿Es que piensas tener compañía? —añadió Rose con una ceja arqueada.

Valerie pensó que sus amigas parecían un trío de diosas de la mitología. Roxanne tenía el pelo lacio y del color del óxido. Era tan fino que daba el aspecto de caber todo él en el interior de un junco. Sus pecas eran muy tenues, como el moteado en las alas de una mariposa. Entre todos sus corsés, blusas y chales, a Valerie le resultaba obvio que su cuerpo le producía timidez.

Rose, por otro lado, se dejaba sueltas las cintas de la blusa y tampoco se apresuraba a solucionarlo si se le abría un poco de más. Era hermosa, con unos labios en forma de corazón y el rostro bien definido, y chupaba las mejillas para pronunciarlo más. Su cabello era tan oscuro que resultaba negro, marrón o azul en función de la luz. Si la vistiesen con una blusa más elegante, casi podría pasar por una dama… al menos hasta que abriera la boca.

Prudence era una belleza melancólica de pelo castaño claro y de forma de ser calculadora. Solía ser rápida con la palabra y el ingenio, aunque por lo general se disculpaba. Era alta y en cierto modo imperiosa.

Las cinco chicas dejaron atrás los portones de la aldea, se dirigieron colina arriba, hacia los campos, y se unieron a la caravana de los hombres, que también iban cargados de emoción. Todo el pueblo estaba muy despierto, la expectación flotaba en el ambiente como el aroma de una especia muy fuerte e inesperada.

Claude, el hermano de Roxanne, llegó hasta su lado. Se iba tropezando al intentar darles patadas a las piedras a cada paso que avanzaba.

—Ho-o-hola —los ojos de Claude eran grises y veloces. Un poco más pequeño que las chicas, era un paria en la aldea, alguien que siempre fue un poco... *distinto*. Llevaba un único guante de gamuza, sin explicación, y barajaba incansable un juego de cartas caseras que llevaba consigo a todas partes. Los pantalones con parches que vestía, con los bolsillos eternamente vueltos hacia fuera, eran una amalgama de los fragmentos de arpillera y las pieles de animales que su madre tenía por la casa. Le tomaban el pelo por ellos, pero a Claude no le importaba. Él estaba orgulloso de la increíble labor de su madre, que se quedaba cosiendo hasta tarde y que ya trabajaba bastante duro en la taberna.

Se decía que, de niño, Claude se había caído y golpeado en la cabeza, y que ése era el motivo de que fuera tan extraño. Valerie pensaba que dicha teoría no podía ser más ridícula. Claude era una bellísima persona.

El problema era que, en lugar de apresurarse a interrumpir y colar unas palabras como todo el mundo hacía, él escuchaba de verdad, y eso hacía pensar a los demás que era lento. Pero era bueno y amable, quería a los animales y a la gente.

Jamás se lavaba los calcetines. Y nadie se los lavaba tampoco.

Ambos hermanos, Roxanne y él, eran pecosos, pero Claude tenía más pecas, incluso en los labios.

Todo el mundo llamaba pelirrojos a Roxanne y a Claude, aunque Valerie nunca supo la razón. Pensaba que no era más que falta de imaginación. Ella los hubiera llamado «Los del pelo del color de la puesta de sol». O «Los del pelo como los zarcillos de las algas del fondo del lago». Valerie creció sintiendo envidia de aquellas cabelleras porque pensaba que eran algo especial, una marca de Dios.

Claude y Valerie escucharon al resto de las chicas parlotear sobre los muchachos de las aldeas vecinas que llegarían para ayudar con la cosecha. Claude perdió el interés y paseó de regreso hacia el centro del pueblo.

No obstante, algo cambió en el aire cuando las chicas pasaron junto a un tenderete provisional, un taller de herrería a la intemperie que habían montado en el camino a los campos. Sobrevino una sensación de vergüenza. Una respiración acelerada. Una pérdida de concentración. Valerie observó a sus amigas con los ojos entrecerrados y decepcionada. Eran demasiado inteligentes como para eso. Perder la cabeza por un chico. *Henry Lazar.*

Era larguirucho y gallardo, con el pelo muy corto y la sonrisa relajada. Las chicas lo vieron allí fuera con su padre, Adrien, tan atractivo como él, trabajando en la reparación de unos ejes para los carros de la cosecha. A la manera en que a cierta gente le encanta cocinar o trabajar en el jardín, a Henry le encantaban las complejidades de los candados, el proceso de planificación, el diseño, la fabricación. Una vez enseñó a Valerie algunos que había hecho, cuadrados y circulares, uno con la poco ingeniosa forma de la cabeza de un felino, otro parecido a una casa alargada que hubiese dibujado un niño, o un blasón familiar. Algunos negros, otros dorados y otros de oro ennegrecido por la falta de lustre.

Valerie hizo un saludo informal con la mano mientras que sus amigas enmudecían, sonreían con timidez y con la mirada en el suelo, y pasaban de largo. Sólo Lucie escenificó una cortés reverencia. Henry hizo un gesto negativo con la cabeza y sonrió.

En el último momento, Rose se descolgó del grupo para asegurarse de que se encontrasen sus miradas, y mantuvo la suya el tiempo necesario para lograr que él se sintiera incómodo.

Aparte de eso, las chicas fingieron que la presencia de Henry no les había afectado en absoluto y continuaron tímidamente con su charla. Tan cerca como se hallaban, sentían que admitir su atracción las situaría en una posición vulnerable. Además, de esa forma, cada una de ellas se sentía como si reservara Henry para sí. Valerie no podía evitar preguntarse por qué sería su reacción tan diferente de la de sus amigas. Cierto, era guapo, encantador, alto y agradable, pero no hacía que ella se sintiera infantil ni embriagada.

—Espero, chicas, que no se les haya olvidado quién viene hoy —bromeó Valerie.

—Alguno *tiene* que ser guapo —intervino Lucie—, por simple cálculo de probabilidades.

Las chicas se miraron unas a otras, se tomaron de las manos y se pusieron a dar saltitos al unísono. Serían libres por la noche.

Y, en Daggorhorn, una noche de libertad lo era todo.

Era aún tan temprano que el albor de la mañana irradiaba un brillo rosado sobre los campos de heno, demasiado hermosos, quizá, como para tocarlos. Valerie y sus amigas observaban cómo los primeros hombres en salir de la aldea deambulaban sin mediar palabra. Se sentían torpes, ninguno quería ser el primero en tajar la uniforme superficie de heno. No obstante, el trabajo era el trabajo, y se pusieron a ello.

Apenas estaban los hombres descargando sus primeros golpes de guadaña cuando oyeron el traqueteo de unas ruedas. Una boda celebrada en la aldea la semana previa había causado una gran impresión en las amigas de Valerie y, ahora, las chicas no podían evitar preguntarse si el cargamento del carro extranjero cambiaría sus vidas para siempre. Sin embargo, los hombres mayores del pueblo, que ya sudaban la labor, se reservaban la tristeza de su sabiduría: por muy buenos que fuesen los chicos, jamás podrían estar a la altura de las expectativas de las muchachas.

El carromato se deslizó hasta detenerse. El color negro del caballo que tiraba de él era tan intenso que parecía una silueta recortada contra la claridad del trigal del fondo. Cuando los trabajadores invitados de otros pueblos comenzaron a salir, las chicas se levantaron de los montículos de paja donde estaban sentadas y se sacudieron las faldas a modo de preparativo. Los muchachos eran enérgicos, jóvenes y fuertes, y Valerie era feliz por sus amigas, que estaban alegres por la emoción. En cierto modo, sin embargo, Valerie sabía que no habría nadie para ella, no entre aquellos aldeanos. Simplemente, les faltaba... *algo*.

Los hombres bajaron del carro protegiéndose la vista contra el sol. Llevaban mantas enrolladas en fardos y las chaquetas colgadas con libertad sobre los hombros.

Las miradas de los más jóvenes estudiaron a las muchachas. Ya conocían bien el baile. Un segador especialmente voluntarioso se detuvo frente a una Roxanne perpleja que contenía el aliento por miedo a perturbar el aire a su alrededor.

—Hola —dijo él con su deslumbrante dentadura en un denodado esfuerzo. No pudo ver cómo Prudence pellizcaba el muslo de Roxanne.

—Hola —dijo Prudence por ella.

Lucie miró al suelo, recatada, mientras Rose se apresuraba a elevar la posición de sus pechos en el corsé de su blusa. Los ojos de Prudence centelleaban de un lado a otro, de un muchacho en otro, calibrando sus contras (uno caminaba más desgarbado), frente a sus pros (pero también llevaba la bolsa de cuero más bonita). La elección parecía ser un tema de la importancia más trascendental.

En cuanto se hubieron marchado, las chicas corrieron a abrazarse unas a otras y por poco lograron evitar el encontronazo.

—¡Cuántos son! —gritó Roxanne, y se apartó un mechón de pelo de un soplo.

—La cantidad justa, ni más ni menos —Prudence contenía el aliento, ya había localizado a los buenos.

—Uno para cada una, y que queden unos pocos más para mí —se pavoneó Rose con su falda.

—Valerie, ¿estás segura de que tienes el té? —interrumpió Lucie, que puso un alto en la excitación del momento.

—Sí —respondió ella. Lucie la miró con ojos conscientes de la mala memoria que tenía su hermana—. Sí, sí. Estoy segura —dijo Valerie con unos golpecitos en su mochila.

Prosiguieron con la reclamación de sus respectivos derechos sin valorar siquiera la posibilidad de que los muchachos tuvieran voz ni voto en la cuestión. Prudence consideraba que se merecía al segador que se había acercado hasta Roxanne, pues había sido ella quien habló con él. Valerie pensó que aquello era un poco codicioso, pero Roxanne no lo discutió; de todas formas, ya le había echado el ojo a otro más callado, menos directo.

Lucie señaló a otro segador que pasaba por allí.

—¡Por ahí va tu marido, Rose!

—Al menos yo no me he quedado prendada de un esquilador de ovejas que podría ser mi abuelo —el anguloso rostro de Rose le otorgaba el aspecto de estar enfadada, aunque no lo estuviera.

Roxanne sintió la necesidad de mencionar a la persona que no se hallaba presente.

—¿Ah, sí? ¿Y a quién le importa eso? —dijo al tiempo que se alisaba un bucle de su pelo rojizo—. Henry es mucho más guapo que todos ellos.

—Sabes que no desposará a ninguna de las muchachas de la aldea —le espetó Prudence, tal y como a veces hacía—. Todas somos demasiado pobres.

Las chicas vieron a la autoridad de la aldea —y supervisor de la cosecha—, el Alguacil, dirigirse hacia ellas, de manera que se encaminaron con dificultad hacia los campos y se pusieron a trabajar; se mecían sobre sus esbeltas piernas al rastrillar la siega en hileras para que se secara. Valerie deseaba no sentirse tan apartada de la emoción de sus amigas. Qué maravilloso habría sido verse embriagada de gozo, como ellas. Por mucho que lo intentara, el amor nunca había sido un tema que le interesara demasiado. Ahora, Valerie sentía ese desánimo que se sufre cuando las vacaciones se terminan.

Prudence se complacía al ver el desinterés de Valerie. «Más me quedan a mí para elegir», pensó al tiempo que observaba a los hombres en los campos. Justo en ese momento, su vista captó la llegada de otro carromato, tan inesperado que ni siquiera tuvo la oportunidad de mirar a sus amigas antes de que las ruedas se detuvieran. No obstante, ellas también lo vieron. Lucie levantó la cabeza pero fingió seguir trabajando, recogía y soltaba el mismo montoncito una vez tras otra. Rose se secó la cara con el interior de la falda, y Roxanne se apartó con brusquedad el pelo adherido a su frente, sudorosa por el bochorno del ambiente.

El caballo fue desacelerando hasta detenerse, y las ruedas de la carreta patinaron una última vez hacia delante para volver a retroceder en un leve balanceo al interior de un surco en el suelo. Valerie observó cómo algunos hombres mayores se ayudaban con las manos para salir del carro, pero regresó a su trabajo con su horqueta de uñas anchas mientras bajaba el resto de los segadores. Podía percibir cómo sus amigas escrutaban a los recién llegados.

No estaba segura de qué fue lo que le hizo levantar la vista de nuevo; años después, al recordar aquella mañana como la que alteraría de forma definitiva el curso de su vida, ella siempre diría que percibió algo con el rabillo del ojo, algo que le movió a mirar, casi como si alguien la hubiese sujetado por el hombro y la hubiera hecho volverse. Al levantar la vista, vio a un joven de pelo oscuro, tan hermoso que le cortó la respiración.

Tenía un aspecto duro y angustiado, y vestía todo de negro, como un caballo que nadie pudiera dominar.

Valerie sintió cómo el aire de sus pulmones la abandonaba por completo.

Peter y yo pasamos el día persiguiéndonos el uno al otro por los campos, recogimos unas setas blancas enormes cuya parte inferior, laminada y del color de la carbonilla, era blanda y se desmenuzaba. Nos tiramos al suelo al alcanzar la plaza de la aldea y nos pusimos a jugar a las adivinanzas, con gestos, algo que nunca se me daba bien. Me perdía de forma irremediable, no era capaz de llevar el hilo de si íbamos por la tercera sílaba o por la segunda, si por la tercera palabra o por la quinta, y, espera un momento, ¿cuántas palabras había en total?

Pero surgió de la nada el padre de Peter y lo levantó de un tirón, diciendo: «Tenemos que irnos. Ya».

A su espalda resonaron unos gritos: «¡Timador! ¡Sabandija! ¡Ladrón!».

Peter echó la vista atrás por encima del hombro cuando su padre lo arrastró de la mano. Los aldeanos formaban una turba, iban armados. Un granjero furioso salió detrás de ellos, antorcha en mano: «¡Eso es, márchense de aquí! ¡Y no vuelvan nunca!».

Se marcharon del pueblo enseguida, y ésa fue la última vez que Valerie vio a Peter. A juzgar por la expresión en los rostros de los aldeanos aquel día, ella dio por sentado que estaba muerto.

Pero ahora...

«Debo de estar loca», pensó. Habían pasado diez años. Se había dado por vencida, había dejado de buscar sus flechas. No podía ser la misma persona... ¿verdad?

Al ver también al muchacho, sus amigas intercambiaron miradas de preocupación. Su aspecto no tenía igual, como el resplandor púrpura de la base de una llama, lo más bello, lo más peligroso. Él mantuvo la cabeza baja al abrirse paso a través de los campos, los ojos clavados en la tierra. Evitó las miradas de los aldeanos; estaba claro que no respondía ante nadie.

Lucie vio la mirada transfigurada de Valerie y lanzó un puñado de heno al aire delante de ella, pero Valerie no se despertó. En cambio, se inclinó en dirección a la figura. «¿Es él?».

El Alguacil se abatió sobre ellas abriéndose paso a través de un denso macizo de juncos y le dio órdenes de mantenerse en su fila. Valerie se preguntó fugazmente si el

Alguacil sospecharía algo, si se había percatado de los detalles de su reacción, la forma en que se había sonrojado su piel y se había ablandado su mirada; y ahora los separaba de manera premeditada. Sintió vergüenza, pero recobró el sentido común. No tenía motivos para la sospecha. No era más que curiosidad, nostalgia de su amigo de la infancia, de la diversión que una vez disfrutaron juntos.

No era más que un niño con el que jugaba, pero ya mayor. «¿No es así?».

El Alguacil continuaba ladrando una cadena ininterrumpida de órdenes que, con el tiempo, llegarían a sonar como un ruido de fondo. Observó cómo la persona que podría ser Peter bajaba su bolsa, una pieza de tela raída con un trozo de cuerda deshilachado para unir ambas partes de la abertura. Comenzó a balancear su guadaña gigantesca, a blandirla a través del heno con manos expertas. Había adherido el mentón al pecho, y hundido su rostro en la labor.

Valerie intentó estudiarlo, pero se interpuso el más corpulento de los segadores, descamisado y con unos brazos tan poco tersos como una coliflor. Cuando el monolítico segador no estaba en medio, el Alguacil se asomaba por entre las hileras. Valerie sólo podía atisbar el objeto de su atención en fugaces vistazos: una mano que asía la empuñadura de un horcón... una pantorrilla tersa y morena... la disposición de una mandíbula. Azotaba el heno con un movimiento rítmico. Un latido. Sudor. Músculos en funcionamiento.

Por fin logró un buen ángulo. *Sí* era Peter. Estaba segura. El corazón le daba saltos en el pecho, incluso ahora, tantos años después. Por aquel entonces se había tratado de un encaprichamiento infantil, cosa de niños, pero ahora... sentía algo más.

Valerie regresó a la época en que Peter y ella solían tumbarse sobre el estómago, anidados entre las desparramadas raíces del Gran Pino. Luego trepaban hasta la copa para ver todas las demás aldeas, esas que, dejando atrás el pueblo, irían a visitar algún día.

Sólo Peter lo dejó realmente atrás.

Ahora, Valerie anhelaba estar cerca de él. Volver a conocerlo, saber si seguía siendo el mismo. Naufragaba en esos pensamientos, y sus ojos descansaban en él cuando Peter levantó la mirada. Sus pupilas se encontraron con las de ella a través del aire salpicado de heno. Hizo una pausa en el fluir de su trabajo, los ojos marrones quietos y opacos. Y apartó la mirada.

¿No la había reconocido? ¿Se había olvidado? O quizá perteneciera a otra persona...

La horqueta de Valerie continuaba inmóvil en el aire, suspendida.

¿Debería ir hacia él?

Pero entonces, como si no hubiera pasado nada —*fsss, fsss, fsss*—, Peter balanceó su guadaña con fuerza y rapidez, y regresó a su tarea. Y no volvió a levantar la vista.

Valerie.

Arrodillada en el suelo, mientras ataba una gavilla de aquel heno del color de la miel, oyó una potente voz masculina sobre ella. «Se acuerda». Estaba inmóvil, petrificada, incapaz de levantar la vista.

—¿Valerie?

Elevó lentamente la cabeza, tan sólo para ver a Henry Lazar, que le ofrecía una jarra abollada con agua.

—¿Te encuentras bien?

—Sí.

—Pensé que quizá te habías quedado sorda de trabajar tanto —sus cejas oscuras formaban unas curvas elevadas mientras hablaba.

—Ah, no —se tambaleó, aturdida.

Hizo caso omiso del agua, alargó el brazo para tomar la maza de cobre que sostenía en la otra mano y se la llevó a la mejilla. El metal estaba deliciosamente frío.

Miró a su alrededor, el movimiento de la cosecha había quedado amortiguado por la nube de polvo dorado. Intentó situarse en ángulo para poder obtener una mejor panorámica tras la espalda de Henry. El problema, no obstante, radicaba en que el hijo del herrero seguía sus movimientos y bloqueaba la vista de Peter.

Valerie sintió cómo su calor se transfería a la maza, y muy pronto dejó de hacerle bien. Al devolvérsela a Henry, éste entrecerró los ojos y se rio. Valerie se llevó la mano a la cara y la bajó negra: tenía un círculo de hollín en cada una de las mejillas.

—Eres como una muñeca de porcelana aguerrida.

Muy a su pesar, le gustó cómo sonaba aquello.

Valerie rechazó su pañuelo y se restregó la cara con la manga. Sabía que para Henry el agua no era más que una excusa para ir a los campos de cultivo, para sentirse incluido en la jornada. Se quedaba fuera de un gran número de cosas a causa de la posición de su familia en la aldea; era duro para él, sabía ella, hallarse solo en una clase social. Valerie bajó la vista a sus botas de cuero nuevas, tan relucientes que se reflejaba en ellas, y perdió toda la compasión que pudiera sentir hacia él. Comprar unas botas como esas cuando la gente a su alrededor no tenía suficiente ni para comer le parecía insensible.

—Sé que son una estupidez —dijo con una callada sonrisa. Valerie se dio cuenta de que no había sido nada sutil—. Vergonzosas, pero son un regalo de mi abuela.

«Sigue sin estar bien», pensó ella con un sentimiento beligerante. Intentó ver si Peter se había fijado en que estaba hablando con Henry, pero no tenía aspecto de albergar interés alguno; Valerie pudo notar que no había mirado ni una sola vez.

Entre dientes, Henry dijo que tenía que ofrecerles agua a los demás. Todas las muchachas cercanas, que habían abandonado sus labores para observarlo, regresaron veloces a atar el heno segado que tenían a sus pies. Mientras él proseguía avanzando por la hilera, Valerie notaba los ojos de Henry clavados en ella, más tiempo del que debería.

El joven era consciente de que Valerie se hallaba inmersa en uno de esos estados anímicos suyos en los que sólo tenía ganas de llevar la contraria. Deseaba estar sola. Al marcharse, no obstante, no pudo evitar observarla. Habían circulado los rumores, rumores que decían que había visto al Lobo de pequeña, que eso la había cambiado, y que ya nunca sería la misma. No contaba nada ante las preguntas de nadie, pero era un pueblo pequeño, y no había secretos.

Él siempre supo que Valerie era diferente, pero él también se sentía un poco distinto. Henry pensó que quizá pudieran ser diferentes los dos juntos.

El sol del mediodía flameaba desde el centro del cielo. Había horneado los campos hasta el punto de que olieran a quemado. A resguardo del calor cruel, los campesinos daban cuenta de sus almuerzos bajo una pequeña arboleda en la linde de los campos. Como siempre, los hombres en un grupo; las mujeres, juntas, en otro.

—¡Pero mírame! —daba vueltas Roxanne, y el polvo de heno caía a su alrededor como el confeti—. Me siento como una vaca.

—¡Cómo te has puesto! —frunció el ceño Rose, que le retiraba fragmentos de heno del pelo.

—Deja ya de dar vueltas como una tonta —siseó Prudence—. ¿Es que no quieres que los chicos crean que eres una adulta?

Mientras veía cómo Peter se unía a los hombres que formaban un círculo alrededor de las cubas de agua, Valerie dejó de prestar atención a las voces de sus amigas, que a sus oídos sonaban como gallinas cluecas. Dedicó un buen rato a sacudirse la falda con las manos, cuidadosa a la hora de mantener la distancia con él. Peter, que hacía cola para beber agua, se inclinó para examinar algo en su bolsa. Levantó la vista y volvió a encontrarse con sus ojos. Ella se quedó paralizada. ¿Debería decirle algo? Aguardó, torpe, y observó cómo los ojos de él titubeaban. ¿Sería por haberla reconocido?

Los segadores que seguían a Peter en la cola le dieron un toque. Él se echó la bolsa al hombro y se abrió paso a través del resto de los campesinos hambrientos. Se olvidó de su comida.

Una de las chicas dio un tirón de la falda de Valerie, y ella, a regañadientes, se sentó en la hierba y lo vio marcharse.

A la orilla del río, algunos aldeanos se balanceaban de una cuerda atada a una rama alargada, y se retaban los unos a los otros a probar el frío del agua.

—¡Vamos, Henry! —gritó uno de ellos.

Fuertemente asido a la cuerda, Henry se columpió por encima del borde del terraplén y se soltó en el punto más alto del arco ascendente. Se zambulló en el agua, nadó unas pocas brazadas y emergió castañeteando los dientes. Un perro se aproximó corriendo y le mostró su desacuerdo a ladridos. Henry llamó al animal. Cuando éste se negó a venir, Henry, tieso de frío, le lanzó un palo en un movimiento rígido. No obstante, el perro se distrajo con su dueño, inclinado para tomar un trago de agua: era uno de los segadores de fuera. Junto a él aparecieron más hombres agotados por la dura labor del día, iban encorvados y arrastraban los pies. Aunque uno de ellos se aproximó al agua para surgir de entre los demás, alto y oscuro.

Henry lo reconoció al instante. Era Peter.

El corazón de Henry latía con fuerza. Ante la necesidad de pensar, respiró profundamente, se hundió bajo la superficie e hizo desaparecer el mundo. Abrió los ojos al verde sumergido. La corriente no era demasiado rápida donde él se encontraba, y se abandonó, suspendido por la flotabilidad del agua. Permanecería allí para siempre, en la paz de un universo donde no había madres muertas. Ni asesinos de madres. «Aquí es donde yo me quedo», decidió el cerebro de Henry.

Pero sus pulmones decidieron otra cosa, molestos al principio, exigentes después, para amenazar, finalmente, con reventar.

Su cabeza irrumpió en la superficie. Apartó el agua de sus ojos con un parpadeo. Miró hacia la orilla, y volvió a parpadear para asegurarse.

Los campesinos se habían marchado.

Y Peter con ellos.

De entre los demás muchachos, algunos habían enmudecido y miraban nerviosos a Henry. Se mantuvo el silencio, a excepción de un pájaro que revoloteaba en los pinos cercanos. El padre de Henry parecía especialmente preocupado. Vigilaba a su hijo desde la orilla, aunque éste se negara a devolverle la mirada. En cambio, nadó con furia para alejarse, en perfecta forma, con los músculos quemándole, como si se le fuesen a desgarrar bajo la piel. El impacto del frío, menor, resultaba un consuelo tras el impacto que le acababa de producir el ver a Peter.

Intentó apartarse a nado del horrible recuerdo del día que Peter se marchó de la aldea.

Sin embargo, aunque nadara hasta el fin del mundo, no sería lo bastante lejos como para dejar atrás la imagen de su padre, un hombre rudo, alto y fuerte, berreando a lágrima viva sobre su madre, tirada en el camino.

Peter sintió náuseas al ver que Henry Lazar tenía sus horrorizados ojos fijos en él. Lo mismo que sucedió aquel día, tantos años atrás. Tuvo que marcharse antes de que Henry volviera a emerger del agua. Encontró una excusa: dijo a los hombres que debía ayudar a levantar el campamento de las mujeres.

¿Por qué había regresado a la aldea? Durante muchos años, Peter había evitado Daggorhorn, el lugar del horrible accidente.

Remachaba una estaca y la hundía inmisericorde en la tierra, un ritmo que le servía para ordenar sus pensamientos. Había algo en Daggorhorn que siempre le había llamado la atención, se recordó a sí mismo, pero sentía miedo de encontrarse allí. Con *ella*. Cuánto la amaba su memoria. No eran más que niños. Mejor preservarla como había sido, guardarla a salvo como a una piedra lustrosa.

Al llegar en el carro, el camino se le hizo a Peter como si se hallara en un sueño, movido por una fuerza irresistible a avanzar hacia el pueblo que una vez conoció tan bien. Qué extraño que todo ante sus ojos, cada árbol, cada nimio recodo del camino, le recordara a la misma niña, la de los enormes ojos verdes. Y allí estaba ella, inmóvil.

Hermosa. Una belleza tan potente que casi dolía.

Pero evocaba recuerdos de un pasado que había decidido olvidar.

El cuerno sonó procedente de los campos para poner punto final a la memoria. Era hora de regresar al trabajo.

«¿Por qué he vuelto?».

El Alguacil, cauteloso supervisor, estaba emparejando a las mujeres, que habrían de aplastar las hierbas en el suelo de los carromatos, con los hombres, que les subirían los fardos para ponerlos a su disposición. La espesa barba del Alguacil se había puesto áspera con el calor, como la lana de acero. Valerie echó un vistazo hacia delante, a la hilera de fardos apretados que se extendía ante ella, y después a su izquierda, a la fila de los hombres, en busca de él. Algo atrajo su mirada hacia la zona del centro. Los acuosos ojos de Peter se encontraban fijos sobre los suyos, y la distancia entre ambos parecía arder al rojo vivo. Valerie no lo pensó y se hizo a un lado, dejó pasar a algunas chicas ansiosas y se retrasó en la fila. La emparejarían con Peter.

El Alguacil se abría camino por el pasillo entre los hombres y las mujeres e iba tocando en los hombros a la gente para asignar los compañeros. La áspera palma de su mano tocó primero a Valerie y después a Peter, y masculló algo como «Tú y tú» con una voz hosca. Aunque continuó oyendo al Alguacil repetir la misma cantinela fila abajo, sintió que, pronunciada en referencia a Peter y a ella, cobraba un timbre mágico, hacía de su conexión algo tangible.

Su pulso se mantuvo acelerado toda la tarde mientras trabajaban duro, juntos, tan cerca. Le gustaba sentir los fardos que él acababa de tocar.

Y, aun así, en ningún momento la miró. No obstante, su *no* mirar significaba más que si lo hubiera hecho, ¿o sólo se lo estaba imaginando ella?

El Alguacil iba y venía entre las hileras, siempre controlador, y no hubo opción de hablar. Las miradas se posaron en ellos a lo largo de toda la tarde; al parecer, no había sido ella la única que reparara en el joven llamativo, o que se acordara de él. Cada vez que Valerie empezaba a agacharse preparada para decir algo, alguien más aparecía para interrumpirla.

Lentamente, el día se fue cerrando y el cielo se tiñó de un verde grisáceo polvoriento. El Alguacil observaba desde un punto cercano con el peso de su cuerpo apoyado sobre una pierna, un tobillo cruzado sobre el otro. Los ojos de su caballo, grande y oscuro, parpadearon con parsimonia y decidieron mirar también, porque no había mucho más que ver excepto a los aldeanos que iban formando grupos, indecisos al respecto de dejar marchar lo que quedaba del día. Cuanto más temprana la noche, sabían ellos, más aún la mañana.

Ahora quedaban rendidos tras vaciar sus fuerzas en el trabajo; las manos, lánguidas y caídas, aferradas a unas herramientas ya muy antiguas. Se congregaron en una gran masa como una nube de langosta y se rieron atrevidos, como si no tuvieran preocupación. Los chicos jugaban a perseguirse, a esquivarse los unos a los otros y agarrarse de la camisa, los cuerpos jóvenes despiertos tras la dura jornada. Bebían al fresco de la intemperie, sentían el movimiento de sus encallecidas manos atravesar el mortecino aire del atardecer, nublado de heno.

Valerie amontonaba su última fanega cuando vio a Peter, que se agachaba para agarrar su bolsa, a punto de marcharse.

Ahora o nunca.

—Peter...

Él se irguió, la espalda hacia ella como un muro. Entonces, lentamente, giró la cabeza y se encontró con sus ojos. Su mirada rasgó a Valerie como un cuchillo.

Antes siquiera de poder contenerse, le preguntó:

—¿Te acuerdas...?

Él avanzó un paso hacia ella. Valerie sintió el calor que se avivaba entre los dos.

—¿Cómo podría olvidar?

Ella se sintió flaquear de la alegría.

El supervisor hizo sonar el cuerno sobre el oxidado refulgir de los campos de cultivo y señaló el final de la jornada y el comienzo de la celebración junto al fuego.

Peter mantuvo su mirada un momento más antes de darle la espalda y alejarse. Desde su atalaya en el carro, Valerie observó cómo desaparecía entre los árboles.

Allá abajo, junto al río, un segador arrancaba las plumas a puñados a un pollo renqueante y las desparramaba en el suelo con descuido. Los aldeanos asaban otra ave sobre una lumbre, dando vueltas a un pincho largo. El condenado olor del heno recién cortado y enrollado en rebeldes fardos había despertado los instintos animales de los campesinos. Se sentían muy apasionados en su agotamiento.

Valerie veía a los hombres disponer unos barriles enormes que, una vez vacíos, se podían utilizar para lanzarse colina abajo. Barriles como aquellos en los que ella y Peter pasaron un buen rato una vez, escondidos de los adultos. Desde allí, en aquellos confines de madera en que se apostaban y reían entre dientes, el mundo exterior quedaba reducido a un rugir apagado.

Los recuerdos de su época con Peter eran suaves y compactos, como huevos que pudieran sostener en su mano.

¿Cómo podría olvidar? El nuevo recuerdo se abrió paso a través del antiguo.

Alguien tocaba la flauta en ese preciso instante, una melodía evocadora. Su padre comía al son de la música con exagerados golpes de mandíbula a cada trino.

—Ayuda a hacer la digestión —dijo Cesaire con un gesto en dirección al flautista. Era la primera vez que su hija lo veía en toda la jornada.

Valerie atacó el muslo de pollo más grande, su segundo, y Prudence le medía la cintura con envidia y ambas manos. Sus dedos se tocaban.

—Esto no es justo —dijo.

Rose se llevó a las chicas aparte y las condujo hasta el río para descubrir un viejo bote que habían ocultado al atardecer bajo los matorrales de la orilla. Tenía un tono gris desvaído por el sol, estaba manchado de excrementos de pájaro y del limo de las aguas turbias: el decepcionante marrón de las manchas del café.

—Esto valdrá —dijo Valerie con un asentimiento de aprobación.

En su camino de regreso desde el río, Valerie vio que Peter había vuelto y que el Alguacil se había detenido delante de él.

—Mañana vamos a despejar unos pinos, y un hombre como tú nos podría venir bien. Te contrataríamos de aquí en adelante.

—Eres un buen trabajador —añadió Cesaire de manera espontánea. A Valerie le sorprendió que su padre hablara, pero se alegró.

Peter escuchaba, con cara de duda.

—Te proporcionaremos un hacha —dijo el Alguacil. Tenía las mejillas gruesas y ajadas.

Peter sacó rápidamente su propia hacha de un bolsillo trasero y la hizo girar.

—Ya tengo la mía. Por talar árboles, quiero el doble.

El Alguacil arqueó una ceja pero acabó por aceptar el precio, renuente. El muchacho era, sin duda, buena mano de obra, había segado más heno que nadie.

—Muy bien —dijo y se giró—. ¡Los hombres a las rocas grandes del otro lado del río! Las señoras se quedarán en este —de acuerdo con la tradición, hombres y mujeres acampaban por separado.

A pesar de la disposición habitual, la madre de Prudence seguía preocupada. Era el primer año que su hija se encontraba allí, y se decía que, tiempo atrás, alguien había muerto en la zona a garras del Lobo. Algunos decían que se trataba de un niño; otros, que fueron tres pequeñas que se alejaron mientras nadaban. Otros decían que fue una mujer que salió huyendo al ser descubierta con un amante.

Con tanta leyenda relativa al Lobo, la verdad es que nadie sabía a ciencia cierta lo que había ocurrido ni a quién. Lo único que sabía todo el mundo era que algo le había sucedido a alguien.

—Espero que estemos seguras aquí fuera. Quizá podría quedarse mi marido —siempre parecía a punto de estornudar o de echarse a llorar.

—Madre —dijo Prudence con seriedad—, no hay nada de que preocuparse. El Lobo se llevó un cordero del altar la pasada noche. Estaremos a salvo durante otro mes.

—Sólo mujeres —dijo con brusquedad otra dama—. Estaremos perfectamente.

—Muy bien entonces, niñas —la madre de Prudence atrajo a las chicas para darles instrucciones en privado—. Asegúrense de dormir con los zapatos bajo la almohada. No queremos que se los roben en plena noche.

Las muchachas asintieron con falsa solemnidad, acostumbradas a sus excentricidades.

—Esperen un momento, si todavía no ha cantado. Y, créanme, van a querer oírlo —gritó un campesino con un gesto en dirección a un hombre rechoncho que tenía la nariz plantada en la cara como si fuera un pepinillo.

—Cántenos una canción, entonces. Que empiece de una vez —ordenó el Alguacil, claro y directo.

—No puedo… —dijo el segador rechoncho con falsa modestia.

—Sí, puede.

—Bueno, claro. Supongo que sí.

Su canción era sinuosa y bella, una balada. Los aldeanos se acomodaron y se dejaron consumir por el sonido, un sonido que acariciaba el río, que envolvía los bosques, que lo evocaba todo a un tiempo. Valerie cerró los ojos, pero los volvió a abrir cuando sintió que había algo cerca de ella. Era Peter. Se había aproximado mucho, percibía en el oído el calor de su aliento.

—Búscame más tarde.

Atrevida, giró su rostro para mirarlo de frente.

—¿Cómo?

Tan cerca, su belleza era turbadora. El cabello, espeso y oscuro, le caía sobre uno de los ojos.

—Aguarda a mi señal con una luz.

Todo lo que pudo hacer fue asentir, perpleja ante su propia reacción física. Consiguió recobrar la calma, pero él ya se había marchado.

Después de que los hombres se hubieran ido en los botes a su campamento al otro lado del río, las chicas se reunieron en el interior de la tienda que compartían con la madre de Prudence. Sentadas en círculo, trenzaban coronas que sirviesen de peso sobre los fardos de heno y aguardaban el sueño para dejar atrás a su inquieta chaperona. Habían dispuesto el círculo sobre tierra blanda y en torno a una gran lámpara tallada con un motivo a base de puntos y garabatos que irradiaban desde el centro y proyectaban un universo de formas en el suelo y sobre las infladas paredes de lona de la tienda.

—El té —susurró Prudence con la palma de la mano extendida. Su madre no mostraba signos de somnolencia. La única noche que necesitaban que se fuera a dormir, la preocupación la mantenía bien despierta, y Prudence quería asegurarse de que no se espabilara a cada vuelta de tronco en el fuego. Valerie extrajo de las profundidades de su cartera una bolsa del té verde relajante de su Abuela.

Prudence salió al exterior de la tienda para preparar el brebaje sedante, el brillo del fuego en los ojos al inclinarse sobre unos rescoldos cada vez más próximos a la extinción. Agachó la cabeza para regresar al interior, entregó a cada una de sus amigas una jarra de té común, y dejó para el último lugar la infusión especial de la Abuela, que entregó a su madre.

Aguardaron a que se lo bebiera e intentaron no mostrar un interés excesivo.

—Gracias —la madre de Prudence se lo llevó a los labios y lo volvió a retirar—. Quema —dijo con una mueca de dolor.

Las chicas se miraron unas a otras. Enseguida, sin embargo, y a su acelerada y nerviosa manera, volvió a intentarlo.

Mientras la madre sorbía su té, las jóvenes charlaban de todo y de nada, si bien el brebaje no parecía tener efecto alguno. Unos segundos después, no obstante, las muchachas volvieron a mirar, y la madre de Prudence se había arropado en sus mantas.

—Ahora, niñas, a la cama —eso fue todo lo que consiguió decir, apoyada sobre un codo, antes de sentirse pesada. Tardó muy poco en caer profundamente dormida y roncar en el suelo. Las muchachas abrieron la portezuela de la tienda, una ventana a la negra oscuridad del campamento masculino al otro lado del río, ansiosas ante lo que la noche les depararía. Prudence se puso a toser de manera escandalosa: una prueba. Su madre ni se inmutó. Ya podían hablar sin trabas.

Roxanne no era capaz de contener la emoción.

—Valerie, he visto que *Henry* te ha mirado hoy.

—No sé qué hacer —reconoció Valerie—. Yo también creo que lo ha hecho, quiero decir que es amable, pero... eso es todo.

—¿*Amable*? Valerie, ¡es rico!

—Yo mataría por estar en tu situación —dijo Prudence, convincente—. No deberías desaprovechar una oportunidad como esa.

—Es que no lo sé, eso es todo —musitó Valerie, que pensaba en cómo se sintió al ver a Peter—. ¿Qué se supone que se siente cuando te enamoras?

—Si no sabes lo que se siente, es obvio que no lo estás —le soltó Lucie de manera inusitada. Valerie se sintió herida.

Lo que sí sabía, sin embargo, era que, mientras que Lucie conseguía que la gente se enamorara de ella de forma instantánea, había algo en ella que le impedía ser la chica de quien se enamoraran todos *los chicos*. Valerie era consciente de que se trataba de un tema sensible, y así, impresionada ante su propio derroche de tacto, guardó silencio.

—¿Pueden creer que Peter haya vuelto? —preguntó Roxanne en un rápido cambio de tema. Se peinaba con las manos aquel pelo suyo del color de la llama para retirar cualquier rastro de heno.

—No —dijo Valerie, contenta por el cambio de tema hasta que reparó en que tampoco podía ser demasiado abierta con este otro. Hizo un gesto negativo para sí con la cabeza—. No, de verdad que no.

—Es tan increíblemente maravilloso...

—¡Pues yo creo que parece un villano! —Lucie hizo como que sujetaba una guadaña imaginaria e imitó sus andares de merodeador, provocando en las chicas un ataque de risa. Cerraba los ojos al reírse, algo que a Valerie siempre le había gustado en su hermana.

Prudence, sin embargo, permanecía seria.

—¿Creen que ha matado a gente?

—¿Como a quién? —preguntó Roxanne.

—Como a mujeres.

Roxanne pareció incómoda.

—Lo que no puedo creer es que tú fueras su mejor amiga —dijo Prudence a Valerie.

—Solían hacer todo juntos —dijo Lucie, un poco de mala gana. Valerie estaba sorprendida, Lucie no parecía ella.

—Antes de convertirse en un asesino —se deleitó Prudence al decirlo.

Las muchachas meditaron sobre aquello. Valerie siempre había tenido miedo de conocer todos los detalles de lo que había sucedido. Fue un accidente. Cuando Peter y el delincuente de su padre escaparon de la aldea, su caballo se encabritó atemorizado por la turba y las antorchas, y la madre de Henry recibió un golpe. Valerie sólo conocía de forma vaga el incidente, en aquella época era demasiado pequeña para que se lo contaran y, más adelante, no se hablaba del tema: tabú. Así era Daggorhorn. Los traumas surgían y desaparecían, era preciso superarlos, y ése debía ser su final. Pero bien sabía Valerie que Henry jamás lo había superado.

—Esperen —dijo Prudence—, que tengo algo —rebuscó en su mochila y extrajo unas jarras. Había robado cerveza de corteza de roble que su padre preparaba en una inmensa cuba detrás de los corrales—. Pensé que no se daría cuenta de que faltan unas cuantas jarras —añadió.

Las jóvenes se turnaron para ir dando pequeños tragos de la bebida ardiente, pero Rose era la más entusiasta.

—He oído que puede dejarte ciega —Lucie torció el gesto antes de estirar el brazo para alcanzar una jarra.

Valerie lo probó y lo escupió todo.

—Sabe a cereal podrido.

Prudence, ofendida, se quedó mirándola. A ella tampoco le gustaba, pero en cierto modo sentía que la afirmación de Valerie iba en descrédito de su padre.

—Muy bien. Más para nosotras, entonces —replicó.

—¿Roxanne? —Rose le ofreció la jarra, en tono de broma, conocedora de la respuesta con antelación.

—Yo también lo he oído, eso de la ceguera —parecía sentirse contra las cuerdas—. De otro modo, la probaría —se apresuró a rematar.

—Como mejor te parezca —Rose se encogió de hombros. Envalentonada por la bebida, soltó lo que, obviamente, se moría de ganas por compartir—. Puede que Henry te haya estado mirando a ti, Valerie, pero ha sido a mí a quien ha tocado en el hombro al pasar a mi lado en la iglesia esta semana.

—¿Tocado, cómo? —preguntó Roxanne.

—Con mucha dulzura y suavidad —y Rose lo escenificó con Valerie. En uno de sus raros momentos de sinceridad infantil, preguntó—: ¿Creen que eso es un coqueteo?

—¡Yo sí! —Roxanne era una optimista. Lucie se sonrojó. Siempre se había sentido incómoda hablando de chicos—. Algún día tendrás que enfrentarte a ellos, Lucie —la reprendió Roxanne—. Vamos, alguien tendrá que parecerte guapo...

Lucie sonrió de oreja a oreja, y las lágrimas se asomaron a sus ojos, tanto por la risa como de la vergüenza. Aún sonriente, se inclinó y recostó la cabeza en el regazo de Valerie.

La conversación de las jóvenes fue apagándose conforme la noche se oscurecía hasta la negrura absoluta. Juntas, se sentían cómodas sin conversación, escuchando sin más los ruidos del exterior.

Valerie bajó la mirada hacia Lucie, que se había quedado dormida en su regazo con las manos juntas bajo la mejilla. Qué curioso que a veces se sintiese como si ella fuera la hermana mayor.

—¿Imaginaron alguna vez —preguntó Rose inclinándose hacia el interior del círculo— qué aspecto tiene Henry...?

—¿Qué aspecto tiene? —Roxanne, confundida, arrugó la nariz respingona y pecosa.

—¿Sin ropa? —soltó Rose.

—¡Eh! ¡No! ¿Y tú?

Rose sonrió con malicia y se apartó el pelo.

—Supongo que sí, ya que lo estoy preguntando —la escena que Rose se imaginaba incluía, por supuesto, el crepitar de un fuego, estar envueltos en pieles de animales, y unas copiosas jarras de vino.

—Yo vi a mi padre una vez —intervino Prudence.

Las muchachas se pusieron a chillar al unísono, de emoción y de asco a partes iguales. Enseguida guardaron silencio. Con té o sin él, podían despertar a la madre de Prudence.

Lucie, todavía acunada en el regazo de Valerie, se despertó con sus gritos en el preciso momento en que su hermana pequeña veía la señal de Peter: el trémulo brillar de una vela en la orilla opuesta del río.

—¡Vámonos!

Lucie alzó la vista, nublada, hacia ella.

—¿Qué prisa tenemos? —le preguntó con los ojos entrecerrados. Conocía bien a su hermana. Demasiado bien.

—Porque... —Valerie pensó veloz— estamos perdiendo tiempo. Tenemos que cruzar el río ahora, antes de que se pase el efecto del té.

Las miradas de las muchachas se cruzaron unas con otras y, a continuación, se centraron en la fría corriente de agua, que batía con insistencia contra la orilla. Valerie estaba en lo cierto.

Había llegado la hora.

Mientras el bote se deslizaba a favor de la corriente, las remeras jamás sospecharon que Valerie las estaba conduciendo en la dirección que marcaba la señal de la vela de Peter. La luz había desaparecido ya, pero ella había mantenido la vista fija en el lugar donde asomó titilante, y conocía el sitio exacto al que habían de llegar en la oscuridad.

Roxanne se asomó nerviosa por la borda, veía su reflejo fracturado en el agua pasajera. Se le antojó que el río parecía sangre densa e impenetrable, aunque intentaba convencerse de que se acercaba más al jugo de moras.

Prudence aprovechó su oportunidad. Con una mano en cada borda, sacudió el bote y de golpe envió a Roxanne de regreso a su asiento, con un grito.

Luego se rio perversa, con la luz de una picardía salvaje en los ojos.

Roxanne la fulminó con la mirada y la salpicó con agua.

Podían ver tres fogatas diferentes hundidas entre los árboles, subiendo desde la orilla, y se pusieron a remar de un modo muy competente. Estas jóvenes sabían hacer cosas que las demás no. Se concentraron en los remos, y el bote se deslizó para atravesar el río como un ave solitaria.

Por un momento valoraron la posibilidad de que las sorprendieran, pero no les costó demasiado esfuerzo desterrar la idea de sus mentes. Eran jóvenes y libres, y asumir el riesgo parecía merecer la pena.

Valerie vio de nuevo la luz de Peter y orientó el bote hacia la izquierda. Cuando éste viró, Lucie perdió su remo, se estiró para recuperarlo, desplazó su peso demasiado rápido y provocó que entrara agua en el bote por encima de la borda.

Las chicas gritaron cuando el agua se introdujo a borbotones. De inmediato se percataron de que, probablemente, las habían descubierto.

—¡Salten y den la vuelta al bote! ¡Y escóndanse debajo! —Valerie intentaba gritar y susurrar a la vez.

Tomaron aire y se lanzaron al agua, y con el impulso consiguieron dar la vuelta al bote. Se buscaron las manos bajo el agua y se sumergieron debajo de la barca. Ascendieron, las faldas ondeando detrás como sudarios, para encontrarse en la bolsa de aire del interior del bote.

No había nadie feliz. Tenían el pelo mojado y la ropa empapada después de todo lo que habían hecho para estar guapas para los chicos.

Allí se encontraban ahora, en el sucio inframundo azul de un bote podrido, pataleando furiosas y, aun así, completamente invisibles a los ojos de cualquier observador, incluso entre sí. De pronto, la situación les pareció desternillante, y juntas intentaron contener las convulsiones de la risa. Pero sucumbieron, y las carcajadas inundaron la noche con la estridencia de sus pocos gritos, aunque seguían haciendo un esfuerzo por contenerlas. Sonaba como si se hallaran en el interior de un caparazón.

Valerie estaba empezando a disfrutar de su papel de líder.

—Tenemos que solucionar esto —dijo, afirmando lo obvio—. Y en silencio —les hizo un gesto con el dedo sobre los labios. Hicieron un esfuerzo por escuchar si había movimiento en la orilla.

Roxanne asintió con seriedad para sí, como si Valerie hubiera dicho algo realmente perspicaz. Prudence elevó la mirada al cielo con exasperación ante la tiranía recién descubierta de Valerie.

Tras un momento de no oír nada excepto el golpeteo del agua contra el bote, Valerie decidió que seguían estando a salvo.

—Muy bien, vamos allá. Uno, dos, tres… ¡arriba! —dijo con una voz más marcial de lo necesario. La barca aterrizó en la posición correcta con el sonido de un gran salpicón. Las muchachas caminaron por las aguas poco profundas hasta la orilla, tirando del bote y sintiéndose estúpidas con el peso de sus faldas empapadas, que hacía de cada paso algo más lento y humillante.

—Aquí arriba —les llegó un susurro claramente audible.

Las muchachas escrutaban la oscuridad y no podían ver quién había hablado. Se miraron las unas a las otras, tratando de discutir cada una de ellas si la voz habría sido la de su elegido, antes de amarrar el bote a un árbol.

Valerie buscó a Peter mientras subían por la orilla del río, tambaleándose como patos. La danza de las fogatas ascendía al cielo, y se aproximaron a la más cercana a ellas; se sentían mugrientas, sucias por los cuatro costados. Lucie salió corriendo por delante del resto, pero enseguida se desvió y susurró:

—¡El padre de Rose!

—¿Hola? ¿Hay alguien ahí abajo? —oyeron decir a una voz procedente del círculo que formaban los hombres agachados junto al fuego.

—Nuestras disculpas —dijo Lucie con la voz de una mujer mayor. Las cinco muchachas intentaron parecer encorvadas y encogidas, y reprimir las risas de manera desesperada.

Los chicos tenían que estar en la siguiente hoguera.

Cuando se aproximaron a la luz, a través de las pavesas que revoloteaban en espiral procedentes del campamento, Valerie se dio cuenta de que Peter no se encontraba entre ellos. Los segadores que sí estaban allí se alegraron de ver acercarse a las jóvenes, pero también se sorprendieron.

—Eh, chicas, ¿han hecho todo el camino para venir hasta aquí?

—¡Pues claro!

—¿Y cómo ha sido eso?

Las muchachas intercambiaron miradas. *¿Es que no lo sabían?*

—Mmm...

Lucie intervino.

—Lo siento, siempre venimos a esta orilla del río cuando acampamos —era mentira, ya que nunca habían acampado antes.

Los muchachos se miraron unos a otros.

—No es que nos estemos quejando, ¿eh?

Las chicas se encogieron de hombros. No eran muy espabilados, aunque sí divertidos. Ellos se habían reído al verlas tan caladas y desaliñadas, pero no lo suficiente como para que las jóvenes se avergonzaran. Se comportaron como caballeros, incluso al intentar evitar con todas sus fuerzas que se les perdieran los ojos en la blusa de Rose: empapada, había descendido aún más y dejaba entrever la plenitud de su figura. Y ella no hizo nada para corregir la situación.

Mientras se secaban al calor de la lumbre, Lucie se puso a trenzar coronas de hierbas y tréboles, con destreza a pesar de tener los dedos arrugados como pasas.

—No tenemos flores por aquí —se lamentó en voz baja a uno de los chicos—. Nos tendremos que arreglar con esto —se le iluminó la cara al ponerse en marcha con la tarea.

Antes de que pasara mucho tiempo, uno de los segadores, el de Rose o el de Prudence —dependiendo de a cuál de las dos se le preguntara—, sacó un violín. No tocaba bien, pero tampoco importaba mucho. Las chicas escuchaban, y el fuego crepitaba y lanzaba fragmentos de ceniza al aire que planeaban ante sus ojos.

Rose se puso a bailar descalza junto a él; hacía aspavientos con la falda mientras intentaba atraer a su lado a las demás chicas, y con su pelo de un negro lustroso al ir secándose al calor del fuego. Prudence y Roxanne se tomaron de las manos e interpretaron un paso circular sin demasiada convicción. Hubiera resultado más sencillo, pensó Rose, si ambas la hubiesen acompañado con un poco más de cerveza. Lucie se levantó y colocó los aros de tréboles en sus respectivas cabezas. Regresó a su sitio con una de las coronas, disgustada por el modo en que había cerrado el lazo.

—¿Eras tú el de la luz intermitente? —preguntó Rose al violinista en una voz baja que le hiciera saber que podía confiar en ella.

Pero el muchacho no tenía ni idea de lo que le estaba hablando.

—¿Una luz intermitente? ¿Dónde? —miró a su alrededor, por miedo a haberse perdido algo.

Rose hizo un mohín. Sería que no.

El grupo estaba demasiado atareado para reparar en que Valerie desaparecía de la luz de la hoguera, rumbo a la oscuridad.

Sus manos sentían el camino a ciegas por el campo oscuro, rozando las puntas secas y ásperas de las hierbas. Cuando pasaba los dedos por una hoja en la dirección correcta, de abajo a arriba, la sentía suave, pero si de forma accidental realizaba el movimiento contrario, la hoja se le clavaba con crueldad, como un millar de cuchillos diminutos.

Esperó, escudriñó el vacío en busca de Peter, y no vio nada. Nunca le había importado estar sola —a menudo lo prefería, lo buscaba—, pero hallarse en la pena de la espera de otra persona hacía que se sintiera boba y patética.

De pronto se odió a sí misma y odió a Peter. Comenzó a regresar hacia la hoguera diciéndose que nunca se volvería a poner en una situación en la que se sintiera tan estúpida. Fue entonces, conforme a duras penas se abría paso entre los juncos, cuando vio el trémulo brillo de la vela en la foresta. Respiró hondo y su determinación se desvaneció antes de que el corazón tuviese tiempo de volver a latir.

Se adentró en la enmarañada oscuridad del bosque, y éste cobró movimiento. Algunos pájaros e insectos emitían los sonidos de sus registros independientes, solapaban sus canciones y creaban unas extrañas disonancias y paralelos. Podía percibir el tenue y dulce aroma del bosque nocturno, podía escuchar el crujido de la hojarasca seca bajo sus pies.

La vela, sin embargo, había desaparecido.

—¿Peter? —dijo Valerie en un susurro.

Pisaba precavida, se preguntaba si sólo se habría imaginado la luz y era realmente tan patética como se había sentido apenas unos momentos antes.

Pero ¿qué era aquello en el suelo? ¿Una señal? ¿Con la forma de... una flecha?

Al inclinarse con cautela para descartar la posibilidad, exactamente igual que tantas veces había hecho antes, sintió un empujón leve aunque sólido en la espalda, húmedo. Un soplo de aire débil. Se le cortó la respiración.

—Monta —escuchó al darse la vuelta.

Era el morro aterciopelado y húmedo de un caballo. Por encima de ella, se recortaba contra la noche la silueta de Peter, que llevaba las riendas con pulso relajado. Una mano se acercó a su altura, y Valerie la tomó. Era basta, callosa y cálida, y asía la suya con fuerza; y, sin pensarlo siquiera, se dejó subir, se deslizó a lomos de la montura, y su cuerpo se adaptó al de Peter. Se atrevió a rodearle la cintura con ambos brazos y a apretarlos cuando el caballo comenzó a moverse. El paso del animal atravesaba el claro, lento y cuidadoso, y el cuerpo de Valerie se agachaba con el de Peter cuando él se movía para evitar las ramas más bajas. No hablaron. Valerie se encontró con que no necesitaba conocer quién era aquel nuevo Peter, con que estaba bien si no lo conocía, con que, en realidad, era mejor no conocerlo.

Y entonces Peter encontró lo que estaba buscando: un atajo a través de la foresta. Valerie se aferró a él cuando ordenó a la montura un medio galope, y cabalgaron por el bosque, libres y veloces. Con el cuerpo de Peter tan próximo al de ella, Valerie recordó la emoción eléctrica de estar juntos cuando eran pequeños, correr por entre los árboles tan rápido que el aire silbara en sus oídos. Aquel sentimiento aún estaba ahí, pero cuánto más significaba ahora.

El caballo ganó velocidad, y el rápido golpeteo de los cascos reemplazó el latido del corazón de Valerie. El viento jugaba con su pelo. Peter, ella y el animal estaban tan unidos y tenían tanta fuerza que le parecía que serían capaces de seguir adelante para siempre, juntos. Volando.

Sin embargo, Peter acabó por hacer que el animal diese media vuelta. Permitieron al caballo ir al paso, escucharon sus profundas respiraciones y no rompieron aún el denso silencio. De repente, los gritos de un hombre hicieron añicos la quietud.

—¡Eh! ¡Vuelve aquí! ¡Ese caballo es mío!

Valerie no se había percatado de que aquel animal no era el de Peter. Sonrió incrédula en la oscuridad. Peter *era* peligroso.

—Te espero aquí mientras devuelves el caballo con disimulo.

—No te vayas a ninguna parte —dijo él, y permitió que desmontara.

Al observar su tenue silueta descabalgar para dirigirse a devolver el caballo, Valerie sintió el pecho atestado, como si tuviera demasiado dentro, como si algo intentara echar raíces y crecer allí.

Quizá fuera eso lo que sentías cuando te enamorabas.

Intentó recordar el cuerpo de Peter, sentirlo en su ausencia. Aquel chico peligroso, aquel ladrón de caballos olía a óxido y cuero. Aguardó su regreso y se preguntó qué vendría a continuación.

Valerie oyó un sonoro crujir de ramas y miró a su alrededor. Al no ver nada, miró al cielo, a la maraña de follaje sobre su cabeza. Entre ellas, había porciones de noche visible, y pudo presenciar cómo las nubes se volvían frágiles en el cielo y derivaban en la nada. Dos nubes quedaron, sin embargo, y se abrieron para enmarcar la luna.

A Valerie le llevó un instante darse cuenta de que era una luna llena. Y roja.

Se le nubló la mente, confusa. La luna llena había sido la noche previa, así que, ¿cómo…? Se le helaron las venas en el momento en que lo comprendió. Se trataba de algo de lo que hablaban los ancianos, no sin cierta falta de confianza. Quedaban mudos siempre que se les hacía una pregunta, refunfuñaban, pues nadie conocía la respuesta a ciencia cierta. Sólo sabían que no era una buena señal, como un gato negro o un espejo roto.

Luna de sangre.

Un rugido sobrenatural sonó en la distancia.

Valerie entró en acción como movida por un resorte, salió del bosque a toda prisa y descendió a la orilla del río, que se encontraba sumida en su propio caos: un enjambre de gente que zigzagueaba para ponerse a salvo como si fueran abejorros.

Todo el mundo estaba desperdigado y se abalanzaba a los botes para remar en dirección a la aldea. Valerie vio a Roxanne y a Rose que corrían hacia una barca apenas separada de la orilla y chapoteaban presas del pánico. Algunos campesinos habían logrado subir a bordo; no quedaba mucho sitio libre. Valerie se dirigió hacia ellas a toda prisa y se adentró en el agua hasta la cintura.

—¡Chicas, esperen!

—¡Sube! —Roxanne tiró de la mano de Valerie para llevarla a bordo.

—¡Espera! ¿Dónde está Lucie?

—Prudence y ella se marcharon en el primer bote —respondió Roxanne y señaló una barca que ya se encontraba a medio camino.

—¡O subes, o te quedas! —le exigió uno de los segadores al empezar a remar. Todas las amabilidades se habían desvanecido con la amenaza.

Una vez fuera del agua, Valerie se volvió para mirar a la orilla, que iba desapareciendo en la oscuridad a medida que los campesinos remaban con verdadera furia. Había otro bote aguardando allí, aunque no quedaban hombres suficientes para llenarlo. «Peter hallará un lugar en él», se aseguró a sí misma Valerie, en cuyo pecho fermentaba una sensación de angustia.

—La luna llena fue anoche —protestaba una voz desde uno de los carromatos en los que la gente se apilaba.

El Alguacil los hizo preparar y aguardar mientras se vaciaban los botes. Los armazones de madera crujieron al atravesar a toda velocidad los muros medio derruidos de la aldea. Unos hombres saltaron para cerrar tras de sí los enormes portones de madera del pueblo.

—Tendríamos que haber estado a salvo esta noche.

—¡Ha vuelto la luna de sangre!

Mientras el carro entraba volando en el centro del pueblo, todos hablaban, unos con otros, con voz de perplejidad.

Unos pocos hombres mayores discutían con vehemencia acerca del número de veces que habían visto una luna similar: dos o tres en sus vidas.

Conforme el carro iba haciendo paradas a lo largo de la hilera de casas, se oían voces:

—¡Noche del Lobo! ¡Todo el mundo adentro!

Valerie saltó del carro y voló a su cabaña con la esperanza de que Suzette hubiera seguido durmiendo durante todo el alboroto, pero su madre la esperaba allá arriba, se tensaba y apretaba el chal azul contra el frío. La luz de su vela iluminaba el porche y se derramaba sobre Valerie.

Al ver a su hija, Suzette exhaló un suspiro de alivio.

—Oh, gracias a Dios —y bajó la escalera.

—¿Madre? —Valerie se preguntaba si Suzette sabría ya que su hermana y ella se habían escapado del campamento de las mujeres.

—¡Tu padre las está buscando ahí fuera!

—Lo siento —no parecía que le hubieran llegado las noticias.

—¿Dónde está Lucie?

—Se marchó con Prudence —Valerie se quedó complacida consigo misma. Había dicho la verdad sin implicar a nadie en ninguna fechoría.

Suzette oteó el camino una última vez, si bien, relajada.

—Estoy segura de que tu padre parará por allí. Vamos a meterte en la cama.

Tendido en su altillo, el cuerpo de Valerie echaba de menos el de Lucie, qué extraña se sentía sin su hermana allí, a su lado.

Oyó el tamborileo de la lluvia, que rápidamente se transformó en un granizo que caía al suelo trazando sólidas líneas blancas, demasiado rápido para que el ojo humano distinguiera los granos individuales. Se avecinaba el invierno, y la tormenta era fría, rugiente como un dios airado. Valerie se preguntó por Peter. Se produjeron unos relámpagos, tras los cuales la oscuridad volvió a engullirlo todo. Envuelta en nubes de tormenta, la luna parecía impura, su luz rojiza mancillaba el cielo.

Esa noche, Valerie soñó que volaba.

—**R**ecuerdo cuando era una niña —decía Suzette, sentada en un taburete bajo—. Tenía once años cuando vi mi primera luna de sangre. Era pequeña y estaba loca por un chico. Fue casi romántico —con aspecto inocente, enrollaba en un dedo un mechón de su pelo ondulado, que le llegaba por los hombros—. De no haber sido tan horrendo, por supuesto.

Perdida en sus propios pensamientos, Valerie no prestaba atención. Por la mañana, con tareas domésticas por hacer, los temores de la noche previa se antojaban triviales; el pánico, injustificado. Mientras trabajaba con las manos un montón de masa almidonosa e inelástica, su mente saltaba de un pensamiento a otro. No estaba preocupada por Peter, decidió, porque él parecía conocer cosas que otra gente no sabía.

Le pareció que Peter podría enseñarle sus secretos y contarle detalles del mundo. Pensó que él era capaz de dar forma a las cosas, de ese modo en que antes tallaba santos a partir de bloques informes de madera. Aunque, se recordó, sólo había ido hasta allí para la cosecha… y la familia jamás le permitiría estar con él a causa de su historia en la aldea.

Valerie volcó todo su peso sobre la masa, irracionalmente molesta con la dificultad de la tarea y la monotonía de quedarse encerrada en un día tan hermoso. El anterior había sido el último del otoño; hoy, el primero del invierno. Se había levantado con las plantas de los pies suaves y secas al frío de la mañana. Eso le gustaba. Ahora oía voces en el exterior, aunque no pudo decir a quién pertenecían hasta que oyó la risa. Esa risa descarada de Rose. Hizo un esfuerzo para oír si Lucie la acompañaba. A su hermana se le daba mucho mejor la panadería que a ella, y, por costumbre, le habría ayudado después de terminar con su tarea. Pero se había librado con facilidad al pasar la noche en casa de Prudence.

—Qué más da —concluyó Suzette al advertir que Valerie no estaba escuchando—. Yo diría que ya tenemos hechas suficientes galletas —dio una palmada decidida sobre la mesa con ambas manos—. Mmm… guardaremos tu masa —añadió con un ojo puesto en el poco atractivo ladrillo que sostenía Valerie.

Suzette ocupó el lugar de su hija y envolvió en un paño blanco la docena de galletas calientes de cebada con un poco de queso, preparadas para llevárselas a los hombres. Valerie podía saborear el sueño que había tenido por la noche; era fresco y ácido, como el limón que una vez probó en la feria.

—Por favor, Valerie, mientras yo llevo el almuerzo a los hombres, limpia aquí y barre los suelos. Y después —dijo su madre adoptando un tono de cansancio—, ¿irías a buscar un poco de agua?

—Sí —dijo Valerie, quizá demasiado rápido—. Iré, madre.

Una vez en el pozo, Valerie comenzó a tirar de la cuerda y alzó el cubo del agua. Pensaba en la bebida fresca que estaba a punto de llevar a Peter, en cómo sus ojos la observarían por encima de la jarra mientras bebía, fijos en ella. Al imaginarse la mirada penetrante, dejó de tirar, su cuerpo se relajó, y sus dedos dejaron escapar la soga. El cubo cayó a plomo y golpeó con violencia contra el muro de piedra del pozo. Soltó un grito ahogado y se abalanzó a por la cuerda cuando el cubo se zambulló y quebrantó la superficie del agua. Con calma y detenimiento, subió otro cubo de agua y se marchó hacia la zona en que los hombres estaban talando.

Al acercarse, el seco aroma de la madera recién cortada puso en alerta los orificios nasales de Valerie.

El Alguacil había reunido un grupo de hombres bien preparados que propinaban golpes potentes a los árboles. No era de los que dejaban pasar la oportunidad de contratar mano de obra barata si ésta se encontraba en el pueblo. Los hombres trabajaban en grupo, realizaban los mismos movimientos, vestían las mismas ropas. Pero Peter destacaba. Su camisa negra colgada al hombro dejaba al descubierto una musculatura tensa y bronceada. Apoyada contra un árbol, Valerie observó la potencia de su hermoso cuerpo con cada vuelo del hacha. Le parecía ilícito verlo de aquel modo, y a la vez correcto en cierto sentido: ya lo sentía suyo.

Se alegró al ver en el suelo algunas sobras del almuerzo de su madre. Suzette ya había pasado por allí, y se había ido.

—Estas acacias... La corteza es muy gruesa —dijo Peter al Alguacil con un gesto en dirección a los árboles espinosos. Clavó su hacha en un tocón cercano y se marchó en busca de una sierra.

Valerie, al ver el hacha desatendida, salió como un rayo a apoderarse de ella y regresó a esconderse detrás del árbol.

Un leñador próximo que había dejado de dar golpes balanceó su hacha y se la echó al hombro, miró a Valerie con ojos perversos y una sonrisa, y le hizo un gesto que sellaba sus labios.

Ella retrocedió, pero vio entonces que alguien más había abandonado sus deberes: era Cesaire, combado contra un árbol, botella en mano, con la mirada perdida. Sin orden ni concierto, se llevaba cucharadas de estofado a la boca y muchas veces erraba el blanco.

Valerie miró hacia otro lado, como siempre hacía. Su padre, descuidado y desvalido, se bebía su salud. Pero también era un leñador, un cazador, fuerte y honesto. Qué duro resultaba verlo así. Valerie vivía sensaciones contradictorias; él era la causa de su gran orgullo y también de su gran vergüenza.

A la espera, comenzó a preguntarse qué haría que a Peter le costara tanto advertir el robo de su hacha. Pero reapareció entonces y de inmediato miró hacia su escondite. Se aceleró el pulso de Valerie. Notaba que se alegraba de verla, mas al acercarse venía sombrío; no le dio la calurosa bienvenida que ella esperaba.

Algo iba mal. No podía ser que se hubiera enojado por que le quitara el hacha. No era propio de él.

Peter se ocultó tras el follaje de manera que Cesaire no los viera ni los oyera. Ella alargó la mano hacia él. En el ambiente más frío, el tacto de su pelo era tan seco, tan espeso que se creyó capaz de contar los mechones.

—Peter.

Él le pidió silencio, su dedo acarició los labios de Valerie, que malinterpretó su expresión y, por un instante, se sintió molesta: no aceptaba bien la sumisión. Aunque, con lo feliz que estaba, muy pronto se desvaneció la sensación y se olvidó de su ira.

—¿Por qué tan triste? —se oyó a sí misma coquetear, nada más y nada menos. No lo podía evitar, sentía que su corazón estaba a punto de florecer.

—Dame el hacha.

—¿Y qué me darás tú a cambio? —replicó ella.

Peter avanzó hacia Valerie, pero ella retrocedió hasta toparse con un pino. Él avanzó hasta situarse muy cerca, aunque sin tocarla. Al ver lo serio que estaba, Valerie claudicó y presionó el hacha con suavidad contra el pecho de Peter; sus dedos se expandieron por la calidez que allí encontraron.

—Valerie… —ahora Peter parecía triste—. No te lo han contado.

—¿Qué? —sonrió ella. Se ponía muy guapo cuando se preocupaba. Se preguntó si estaría siendo molesta, o si ella se sentiría molesta de poder verse a través de los ojos de otra persona—. ¿Contarme qué? —preguntó impaciente.

—Antes oí a tu madre hablar con tu padre —dijo Peter con evasivas. Señaló una costura abierta en el hombro del vestido azul claro de Valerie.

—¿Y? —se apresuró a replicar ella mientras se llevaba la mano al hombro para tirar del roto en la tela. Nunca se había preocupado mucho por sus atuendos.

—Valerie, Valerie —vio que tendría que contárselo. La atrajo aún más hacia sí—. Te han prometido en matrimonio —la mano de la joven cayó de la rebelde costura de su hombro, y sus ojos se bloquearon de frente, en la piel bronceada de Peter—. A... a Henry Lazar —no le resultó fácil pronunciar aquel nombre.

Valerie sintió que algo caía en la parte baja de su estómago, como un trapo húmedo.

—No —dijo ella, que no quería creerle—. No, no —le dijo al pecho de Peter. Él enmudeció, con el deseo de poder decirle lo que ella quería oír—. No es posible —añadió Valerie.

—Lo es. Te lo estoy diciendo. Está hecho.

«Está hecho», intentó pensar ella.

—Quiero decir que... ¿y si...? No sé si... —los razonamientos de Valerie eran incoherentes, cada vez que hablaba desprendía una nota de urgencia, como si hubiese dado con un modo de desligarse de Henry—. ¿Qué hacemos? —apoyó la espalda contra el árbol.

Peter paseó arriba y abajo, el semblante cubierto con la sombra de la insurrección.

—¿Deseas casarte con él? —se detuvo frente a ella, muy cerca de ella.

—Sabes que no.

—¿Lo sé? ¿Es que aún nos conocemos? Ha pasado mucho tiempo. No soy la misma persona que era.

—Lo eres —insistió ella—. Te conozco —sabía que era ridículo, sentir tal intensidad tan rápido... pero así era. Sentía que su ser era estar juntos. Tomó su mano y la sostuvo con fuerza.

El rostro de Peter se suavizó.

—Está bien, entonces. Puede que haya una forma... —dijo al desvaído tono plateado de las llanuras anegadas del horizonte. Valerie le miró con ojos inexpresivos, su mente aceleraba por otros derroteros—. Podríamos huir —dijo él, y puso voz a las intenciones de Valerie antes siquiera de que ella fuera consciente de ello. Él se acercó todavía más, su frente casi tocaba la de ella—. Huye conmigo —reiteró Peter sus palabras con una sonrisa sincera, amplia y oscura, en ese modo tan aterrador que tenía, como si sus actos estuviesen aislados del resto del mundo, como si no hubiera consecuencias. Valerie deseaba formar parte de ese universo suyo carente de efectos concatenados.

—¿Adónde iríamos?

Los labios del muchacho acariciaron su oído.

—Donde tú quieras —dijo él—. El mar, la ciudad, las montañas...

A cualquier parte. Con él. Peter retrocedió para mirarla.

—Tienes miedo.

—No, no lo tengo.

—¿Abandonarías tu hogar? ¿A tu familia? ¿Toda tu vida?

—C-creo que sí lo haría. Cualquier cosa con tal de estar contigo —se escuchó a sí misma al decirlo y se percató de que era cierto.

—¿Cualquier cosa?

Valerie fingió que pensaba un instante, de cara a la galería, para ser capaz de decirse a sí misma que lo había hecho.

A continuación, casi con mansedumbre:

—Sí.

—¿Sí?

—Sí.

Peter dejó que se convenciera de ello. Oyeron el resoplido de un caballo y en la distancia echaron un vistazo a un carro amarrado, desatendido, listo para ponerse en marcha. Nadie a la vista. Parecía cosa del destino.

—Si vamos a hacerlo, tenemos que irnos ahora —dijo ella, que estaba teniendo la misma idea que él.

—Llevaremos medio día de ventaja antes siquiera de que noten que nos hemos ido —reconoció Peter, y le dedicó su sonrisa desenfadada.

—Entonces, vamos.

—A ver quién llega antes —la tomó de la mano y tiró de ella para atravesar el brillo del atardecer camino del caballo a la espera. El agua se desparramó por el suelo cuando Valerie abandonó el cubo.

«Un día», pensó ella, «viviré con Peter en un hogar que será de los dos, y habrá un huerto, y también un riachuelo estrecho y profundo donde ambos nos bañaremos y nadaremos. El sol nos cantará al atardecer, y, por la noche, los pájaros esconderán la cabeza bajo sus alas, a la espera».

La imagen se hacía más nítida cuanto más veloz era su carrera.

La carga de la libertad la hizo sentir liviana, como si fuera una semilla de diente de león que viajaba por el aire, flotando.

Fue alrededor de esa hora cuando Claude halló lo que no estaba buscando.

Claude, callado él, reparaba en cosas que nadie más veía. Advertía el batir de las ramas de los árboles, como alas; el modo en que la cosecha ondeaba como un mar de tormenta. Veía lo que había en las sombras, y también lo que había más allá de ellas.

No se tomaba los misterios a la ligera, e intentaba comprender. Lo que resultaba insondable era por qué había tanto que ver, tanta belleza que estaba obligado a desatender a cada instante. Le costaba concentrarse porque estaba concentrado en todo.

Llevaba una bolsa hecha de pieles crudas, y en su interior depositaba las bayas y pétalos cuyos pigmentos encontraba de una belleza especial. Era un observador, y también un artífice.

Ese día, había fabricado un espantapájaros muy alto que vestía un sombrero de trapo. Era una cruz delgada con fardillos de heno y una cabeza abierta en un penacho de trigo. Claude daba vueltas a su alrededor, aplaudía, aguardaba una respuesta, un despertar a la vida. Era un mago, y tenía fe en lo mágico.

Claude sacó su baraja de cartas del tarot, esa que él mismo había pintado con los materiales que logró recopilar a hurtadillas en la cocina: vinagre de malta y vino, jugo de remolacha y tinte de zanahorias machacadas. Había estudiado una baraja que trajo al pueblo un buhonero. A pesar de lo rudimentario de la paleta, la exactitud y precisión de los colores en los naipes era tal que cada personaje resultaba llamativo y característico. Sacó una carta de detrás de la cabeza del espantapájaros, un truco de prestidigitador que había estado practicando. Al observarla, se dio cuenta de que la pálida luz de la mañana había cobrado ya el brillo del primer atardecer. Sorprendido por el largo rato que había estado fuera, Claude arrancó su paseo de regreso a casa, barajando las cartas a cada paso.

Sin embargo, una carta solitaria, la Luna, escapó de entre las demás con piruetas y cabriolas al viento. A la caza, con la nariz arrugada contra el sol, Claude llegó a una zona donde el trigo había sido alisado.

Estaba manchado de sangre.

En la angustia del aire, el sentido del gusto de Claude podía percibir la maldad de algo que había estado allí, y también que él había llegado demasiado tarde.

Entre titubeos, siguió a la carta hasta algo terrible, algo que lo detuvo en el sitio, sin aliento. Y trastabilló al parar.

Lo que vio era demasiado horrendo.

Carne desgarrada y el dobladillo sucio de un vestido de color azafrán. La carta del tarot descansaba boca arriba, cerca de una mano inmóvil.

Su cuerpo, rígido por el temor, sufrió un instante de indecisión, y salió corriendo hacia la aldea, entre tropezones y caídas provocados por los nudos de las raíces y los montículos demasiado prominentes. A su espalda, el espantapájaros asintió al viento, viéndolo todo y sin ver nada.

En su carrera hacia el carro, Valerie creía imposible su libertad. Se sentía visible aunque desapercibida, como ese brote anidado en la maleza en el que nadie parece reparar.

El mundo era suyo, y la belleza se encontraba por doquier. En el pelo descuidado de Peter, en la ruda madera bajo su mano al saltar sobre el pescante, en la forma en que los rayos del sol incidían sobre las riendas de cuero engrasado.

Dong.

Dong.

Dong.

El tercer tañido de las campanas de la iglesia permaneció suspendido en el aire, y todo se detuvo. Alguien había muerto en la aldea. Valerie se quedó paralizada.

Dong.

Una cuarta llamada hizo añicos el silencio. El mundo se laceró, abierto, expuesto en carne viva.

Peter y Valerie se miraron el uno al otro en plena confusión, al principio; y después en una horrible conciencia.

El cuarto repique sólo significaba una cosa: *ataque del Lobo.*

Valerie no había oído nunca la cuarta campanada, excepto la vez que la dieron Peter y ella.

Y lo supo.

Con aquellas campanadas, la vida nunca sería la misma.

Segunda parte

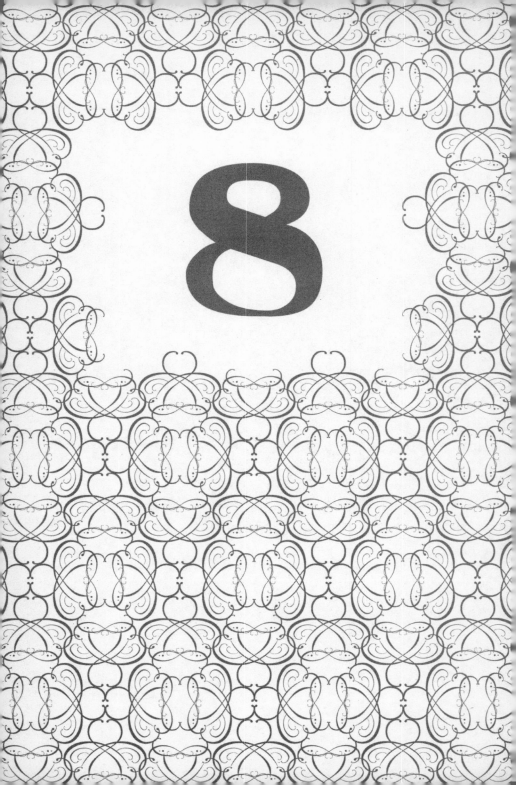

Claude, sin aliento, permaneció ante las escaleras de la bulliciosa taberna, consciente de que no se le permitía la entrada. Al otro lado de la ventana vio unos enormes pilares que sustentaban velas del tamaño de troncos. Distinguió las mesas, unidas y sujetas por estaquillas de madera, los tableros cicatrizados por décadas de maltrato a golpe de jarra. Pudo ver, también, cómo la luz se filtraba a través de las copas de vino colgadas y proyectaba discos de color rojo sobre las mesas de debajo. Rojo muy oscuro.

Vio todo aquello, pero se encontró incapaz de pronunciar palabra. Avanzó, se situó bajo el quicio de la puerta, y aguardó.

Marguerite, madre de Claude y Roxanne, estaba sumergida en la dureza de su trabajo; en cada brazo portaba dos bandejas y tenía que esquivar a los borrachos desatados. Se detuvo un instante al pasar junto a su hijo.

—Estoy trabajando —allí lo dejó, indeciso en la puerta, con aspecto de asqueado.

El ruido en la taberna era ensordecedor. Sin saber qué otra cosa hacer, temeroso de que nadie le escuchara, Claude gritó. Tenía el rostro de un hombre mucho mayor, unas profundas marcas desde los orificios nasales hasta la comisura de los labios. Su piel tenía defectos, y a la gente no le gustaba eso, en la aldea creían que se trataba de la señal externa de un alma imperfecta. Y nadie quería escuchar.

Marguerite se apresuró hacia el lugar de procedencia del ruido.

—¿Cómo te atreves? —le preguntó con crueldad en pleno silencio.

Claude permaneció callado, con la respiración agitada y la sensación de que una ola de rubor le cruzaba la cara pecosa. Segura de que ya no causaría más problemas, Marguerite dio media vuelta para dirigirse al interior.

Pero Claude dio un tirón de uno de los pliegues de su vestido.

—Maldito crío —masculló.

La taberna guardó silencio, desconcertada; el chico había sido muy violento con ella. Claude se quedó de pie, paralizado, aturdido por sus propios actos, sintiéndose desprotegido.

Sin embargo, a alguien se le escapó una risa floja, rompió el silencio y dio paso a un escandaloso festival de carcajadas. Detrás de aquellas risas, sabía Claude, había temor. Su propia madre sospechaba de él y lo veía como a un extraño. No entendía de dónde había salido su hijo.

Se preguntó si el Lobo le habría tenido miedo de la misma manera que lo tenían los demás aldeanos.

Ahora, tanto él como Marguerite estaban avergonzados. Se encogió para batirse en retirada.

El esfuerzo lo había agotado. Fue a emprender la marcha, pero irrumpió de vuelta. Lo que quería decir era: «Han atacado a Lucie y ahora yace muerta en el campo de trigo».

Tartamudeó, en cambio, y todo lo que pudo decir fue:

—L-l-lobo.

Finalmente, lo escucharon.

No pasó mucho tiempo antes de que las campanas repicaran.

Las campanas sonaban más fuerte, cuatro repiques seguidos, cuanto más cerca se hallaba Valerie del reguero de los aldeanos. Corría por los campos y esquivaba los almiares del día anterior.

—No le creas al chico —decía alguien.

—Por supuesto que no. Bien sabemos todos que han pasado veinte años y que el Lobo jamás ha quebrantado la paz —voceaba otro por encima del clamor, agitado por los campos echados a perder—. Es probable que haya visto un perro silvestre y se haya confundido.

Unos niños tiraban de las manos de sus madres, les metían prisa. Querían ver a cuento de qué venía tanto desorden. Temían haberse perdido algo, si bien no estaban muy seguros de qué.

Valerie corría por delante de ellos, anticipó su punto de destino. Al llegar al centro de los campos, vio que algunos aldeanos se encontraban ya allí, divididos en grupos. Al verla, guardaron silencio y se apartaron, respetuosos. Al fondo de la multitud se podían oír los sollozos y lágrimas de una mujer. Valerie no alcanzaba a ver más allá de los grupos de capas moteadas de gris y marrón, pero sí halló a Roxanne, Prudence y Rose fundidas en un abrazo para sujetar cada una de ellas a las otras dos.

—¿Quién es? —exigió saber.

Se volvieron hacia ella sin romper el grupo.

Nadie era capaz de decirlo.

El gentío se fue apartando para que Valerie pudiera ver a su padre y a su madre solos, de pie, con el rostro presa del horror. Lo supo antes, incluso, de que Roxanne se lo susurrara.

—Tu hermana.

Valerie echó a correr y cayó junto al cuerpo inerte de Lucie, agarrada en su desesperación a unos haces de heno. No fue capaz aún de obligarse a tocar a su hermana.

Lucie llevaba su mejor vestido, pero la tela estaba hecha jirones y apenas servía ya para cubrir su cuerpo. Su pelo, una formal trenza de cuatro guedejas, preparada de un modo tan cuidadoso la noche previa, se había soltado en una maraña apelmazada.

Aún llevaba la corona de hierbas sujeta al pelo. Valerie se quitó el chal y cubrió a Lucie. A continuación levantó la mano de su hermana hasta su mejilla y notó unos trozos de papel en la palma fría, le entregaba su último secreto. Parecían los restos de una nota, pero resultaba imposible distinguir la letra. Valerie se metió los trozos en el bolsillo.

Sintió la mano húmeda de rocío, y pegajosa por las manchas de sangre. Por fin sucumbió a la excitación del lamento y permitió que éste la enterrara como un manto de nieve, para que todo pareciera amortiguado y lejano.

Enseguida, Valerie sintió unas manos anónimas que la importunaban en presencia de su hermana fallecida. No podía soltarla, porque no sabía si Lucie había abandonado su cuerpo ya, no estaba segura de cuán inmediata era la marcha. Tuvieron que sacarla del lugar a rastras, las rodillas sucias de un marrón polvoriento por la sangre y el suelo del invierno, las mejillas surcadas por un río de lágrimas.

Mientras se la llevaban, comenzaron a caer las primeras nieves del año.

El invierno llegaba temprano.

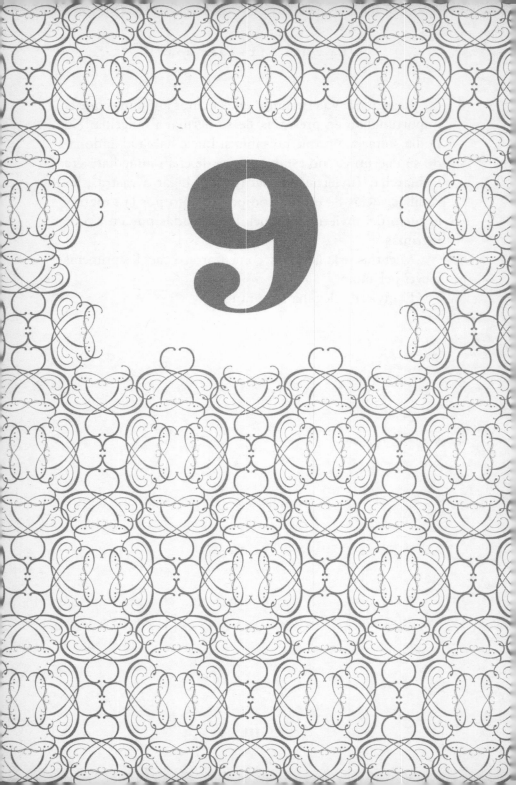

En el transcurso de una hora, la cabaña estaba tan llena de aldeanos que no quedaba aire para respirar. Valerie se sentía tan vacía como una calabaza hueca.

Los miembros de la familia vivían su duelo por separado, aturdidos. Parecía como si todo el mundo fuese distinto, aunque sus alrededores fueran, increíblemente, los mismos. Aparte de que uno de ellos se había ido, todo lo demás se encontraba como siempre había estado. Una cuerda de extremo a extremo de la habitación, combada bajo el peso de la ropa lavada familiar. Las galletas se secaban en la alacena. Todo estaba como lo habían dejado.

Suzette había ocupado un lugar junto a la puerta; observaba el exterior porque no aguantaba lo que había dentro. El brillo del descenso de la nieve la hacía parecer de cristal. Valerie se preguntaba si su madre estaría decepcionada con lo que le quedaba, ahora que la más bella, la más cariñosa, la más obediente de sus hijas ya no estaba.

Al otro lado de la sala, Cesaire echaba la cabeza hacia atrás en busca de otro trago de su petaca. Atormentado y estoico, rechazaba el consuelo, incluso de Suzette. Valerie pensó que ojalá pudiera ella ser menos dura con él. Tenía el aspecto de sentirse responsable de la muerte de su hija, por no haberla protegido.

Los dolientes iban de aquí para allá, sin rumbo, impactados, en la blandura de su compasión, diciendo aquellas vaciedades que todo el mundo decía a las familias de luto.

—Ahora está en un lugar mejor.

—Qué bueno que tengan a Valerie.

—Siempre pueden tener otro...

Claude y las chicas estaban vistiendo el cadáver de Lucie. Lo lavaban con ternura, su cara, sus manos, pero se mareaban al levantar sus pesados miembros. Envolver a Lucie, sentir su cuerpo, embellecerlo con flores parecía obsceno.

Valerie se encontraba de pie, entre ellos, pero no se movía ni hablaba. Sus amigos deseaban darle su apoyo, mas no sabían cómo. Casi temerosos ante la rígida intensidad de su luto, la dejaron a solas.

Los aldeanos tenían la sensación de que deberían hablar de Lucie, pero ¿qué decir? Pensaban en ella, y quizás eso fuera suficiente. Sentados por las esquinas, en conversaciones de susurros culpables, eran incapaces de concentrarse de forma plena en el duelo, inquietos ante la oscuridad inminente. La luna de sangre se alzaría esa noche por segunda vez, hasta ahí alcanzaban los ancianos a estar de acuerdo. Los hombres miraban a sus propias hijas y se preguntaban quién podría ser la siguiente.

—¿P-p-por qué nos odia el Lobo? —preguntó Claude por fin, y, por una vez, la gente guardó silencio mientras él hablaba.

Una pregunta simple. Y, aun así, nadie tenía respuesta.

Roxanne tosió, y ese ruido, pequeño y educado, inundó la estancia.

Una llamada a la puerta disipó la tensión.

—¡Son los Lazar! —oyó Valerie decir a su madre de forma vaga. Todas las demás chicas levantaron la vista cuando las tres generaciones de la familia hicieron su entrada: la señora Lazar; su hijo, Adrien, el viudo; y el hijo de este, Henry. Los labios de Rose ofrecieron una fina sonrisa al más joven, pero los ojos de Henry sólo buscaban a Valerie. Cuando los de ella ni siquiera mostraron intención de dirigirse hacia él, cuando retrocedió para alejarse más aún, Henry hizo una respetuosa reverencia y no intentó aproximarse a ella.

Sabía que Valerie se guardaba las cosas para sí.

Al sentir a Henry allí, y el disgusto de su madre por el modo en que lo había tratado, Valerie quiso enfadarse con él pero descubrió que no lo hacía. La joven sabía, no obstante, que entremezclado con sus afectos hacia ella se encontraba el problema de la pena que sentía Henry. Valerie miró a su padre, que asintió, antes de retirarse a la cama en el altillo, esa que había compartido con Lucie.

Acarició los acianos que su hermana, amante de la belleza, había colgado para decorar su lado de la cama. El dolor hacía que Valerie sintiera como si la piel se le hubiera estirado hasta el extremo, como si no lograra inhalar aire suficiente, como si sus pulmones hubieran perdido profundidad.

La señora Lazar levantó una mano para palparse el pelo canoso mientras evaluaba la cabaña con una máscara de desaprobación. Era una mujer mayor que había olvidado cómo comportarse entre grupos de personas, algo que estaba muy bien, pues esa forma suya de mirar fijamente incomodaba a la mayoría. Y tampoco gustaba su olor. Como a fécula y ajo.

—Cuánto siento su pérdida —le dijo a una Suzette rota y desconcertada.

La siguió Adrien, que se dirigió a estrechar la mano de Cesaire. El padre de Henry aún poseía un atractivo de facciones duras, el rostro con una sombra de arrugas a esa manera tan masculina.

—Lucie era una buena chica —dijo.

El pretérito imperfecto lo dejó aturdido. Cesaire todavía no estaba preparado. Tenía el hábito de mojarse los labios con su bebida cada vez que algo no le gustaba. Suzette le hizo un gesto negativo con la cabeza desde la otra punta de la estancia, y Cesaire supo lo que significaba: suelta ya esa copa.

Claude, ya fuera por deseo de incluirla o por travesura, escenificó tras la oreja de la señora Lazar su truco de la carta del tarot que aparece y desaparece. Ella hizo aspavientos para apartarlo.

Allá que voló otra carta.

La mujer puso a prueba una táctica diferente: sostuvo su taza de té bien alto e hizo como si el chico no existiera.

Valerie dio la espalda a la escena que se desarrollaba abajo, se metió en la cama y olió a Lucie. A avena, a leche tibia, a alguien en quien podía confiar. Era consciente de que el olor desaparecería, de que llegaría a perder incluso eso. Retiró un nudo de la madera para dejar al descubierto un escondite secreto en el techo y extrajo un ramillete de lavanda envuelto en terciopelo.

Recordaba cuando su madre solía llevarlas a Lucie y a ella a dar largos paseos. Dejaban atrás los campos de cereales, donde los espigados tallos ondulaban al ritmo fácil del viento. Las tres llegaban así a un claro vivo de lavanda. Las niñas recogían las flores, Lucie las llevaba en su falda, hasta que ambas se despellejaban los dedos y tenían que ir llorando hacia su madre; y Suzette se acordaba siempre de llevar consigo el bálsamo.

Fuera de escena, Valerie volvió a mirar hacia abajo, a la estancia principal de la casa. Se sentía cómoda en su habitual posición de observadora, allá arriba, apartada. Las voces entraban y salían de plano con fluidez. Las caras llegaban y se iban. Su mirada se perdió entre la gente, le costaba creer que fueran reales. Las voces de los aldeanos se solapaban, unas sobre otras, pero nadie decía nada. Valerie se sumergió en el zumbido, que la marea de voces la arrastrara.

El cuerpo de su hermana yacía inmóvil allá abajo, como una pieza del mobiliario. Todo el mundo cumplía con la visita obligatoria, daban vueltas y pensaban que deberían mirar al cadáver, pero al hacerlo se sentían como *voyeurs* y acababan por alejarse más pronto que tarde.

Suzette se encontraba sentada en un taburete bajo, cerca del fuego. Valerie vio cómo se quedaba mirando a Henry durante un buen rato. Su madre se ponía nerviosa cerca de él; casi parecía que lo deseaba más para sí que para su hija.

Valerie se tumbó en su lado de la cama, y el sueño rompió como una ola, la suspendió en su flotabilidad y se la llevó consigo.

Se despertó con el recuerdo de un tiempo lejano en la mente, cuando Lucie regresaba a casa al atardecer. Valerie fingía ser el Lobo, la seguía a hurtadillas, gruñía y se abalanzaba sobre ella. Lo que para sus padres era una cuestión de vida o muerte no suponía más que un juego para las dos pequeñas. Aunque consolaba a su hermana, entre lágrimas, Valerie ya se había dado cuenta entonces de que había algo destructivo, aun depredador, dentro de ella. Tras presenciar el sacrificio de Flora, sin embargo, nunca volvió a atemorizar a Lucie.

Durante un rato se torturó con este recuerdo, abría la herida del mismo modo en que, tras haberse hecho un corte, presionaba la piel en un pellizco con el objeto de sangrar más. Valerie se asomó por el borde del altillo. Ahí seguían los Lazar; y sus amigos dormitaban en taburetes, sus cabelleras roja, negra y castaña daban cabezadas de sueño. Vio a su madre sentada a la mesa, sola y dibujada por la estremecedora luz de una vela, que miraba hacia arriba con sumisión. Al ver a su hija despierta, Suzette se dirigió al altillo.

—Hay buenas noticias a pesar de estos momentos tan difíciles, Valerie —dijo al ascender por la escalera para situarse a la altura de su hija.

—Madre, ya me han dicho que me casarán con Henry Lazar. Solo dígame si es cierto —respondió Valerie entre susurros.

Sorprendida, Suzette recobró la compostura.

—Sí, Valerie —dijo con una voz dramática mientras daba vueltas a su alianza con el pulgar, el índice y el corazón tratando de mostrarse alegre—. Sí, es cierto.

Valerie sintió que le arrancaban la vida. En aquel instante pleno de duelo se percataba de la intensidad de sus sentimientos por Peter, a quien había perdido en la conmoción de la jornada. Lo anheló, pero se sintió culpable por pensar así en tales circunstancias.

—Madre, hablar de esto ahora me hace sentir mal.

—Tienes razón —admitió Suzette con tristeza—. No es el momento. Ya habrá tiempo para esto más adelante —acarició los cabellos de su hija. El sonido de la voz de Suzette era en cierto modo enervante y a la vez un consuelo—. Pero no deja de ser cierto que Henry es ahora tu prometido. Deberías permitirle presentar sus condolencias.

Valerie observó a Henry, allá abajo, con la marca de la preocupación en su amable y atractivo semblante.

—Apenas lo conozco siquiera.

—Aprenderás a hacerlo. Eso es el matrimonio.

Valerie no lo haría, no podría.

—Ahora no, madre.

Suzette tomó la decisión de intentarlo con más ahínco.

—Hay algo que deberías saber… Yo no amaba a tu padre cuando nos casamos. Estaba enamorada de otra persona —Valerie clavó los ojos en ella, en toda su complejidad—. Su madre no nos permitió estar juntos. En cambio, yo aprendí a amar a tu padre, y él me dio dos hermosas hijas. Ahora baja. Por favor.

—He dicho que no —le espetó Valerie, tragándose todas las preguntas no realizadas.

Suzette conocía esa faceta del carácter de su hija y no lo iba a combatir, precisamente. Volvió a bajar con sigilo por la escalera y esbozó una expresión de compostura, algo de lo que Valerie jamás fue capaz.

Mientras tanto, Henry había sido testigo de la tensa escena. Se volvió a Cesaire.

—Véngase a la taberna con nosotros —descansó una mano tranquilizadora sobre el hombro del padre—. Dejemos que las mujeres guarden luto a su manera —dijo con su elegancia característica.

Cesaire asintió, feliz ante la idea de marcharse.

Adrien también tenía aspecto de agradecer la propuesta de escapada de aquel ambiente cerrado. Con la amabilidad que derrochaba, nunca había sido él un hombre particularmente abierto en sus emociones. Valerie sabía que siempre había sido bueno con Lucie y que su muerte hubo de despertarle recuerdos sobre el fallecimiento de su esposa. Podía no ser fácil para él.

Henry dirigió un gesto amable de asentimiento al dormitorio del altillo al tiempo que sacudía su abrigo largo de cuero antes de seguir los pasos de su padre al exterior de la cabaña.

—No puedo creer que ella se haya ido.

Valerie descendió finalmente por la escalera hasta donde yacía el cadáver de Lucie. No le quedaban lágrimas, sólo la vastedad del vacío.

Suzette empaquetó la comida que le habían traído, cada plato apenas tocado por un par de cuchillos; nadie tenía hambre ahora. Las demás muchachas estaban sentadas alrededor de Valerie, pero no hablaban mucho. Necesitaban algo que hacer con las manos, cualquier cosa, y toqueteaban todo cuanto las rodeaba. Evitaba que se sintieran inútiles.

Roxanne manoseaba con tristeza los largos vestidos de lana de Lucie. Prudence codiciaba en secreto su capa de corderito, y acariciaba la lana de manera posesiva, con la esperanza de que alguien pudiera ofrecérsela de repente.

—¿Cómo es que nadie vio nada anoche? —titubeó la señora Lazar y rompió el silencio. Se volvió a Valerie—. ¿No estabas tú con ella?

Valerie se puso a atar lazos en el pelo de su hermana y no ofreció respuesta. Pensó en los trozos de papel que halló en el puño aferrado de Lucie, pero no encajaban unos con otros, y el rocío había disuelto cualquier mensaje que una vez hubiera allí escrito. Debía de haber sido una nota, pero ¿qué diría? ¿Sería una invitación a ir a los sembrados? ¿De quién?

Su mundo vagaba en torno a su hermana, y no era capaz de concentrarse en el rostro de la señora Lazar, todo el mundo pasaba por delante de ella como si de las ruedas de un carro se tratara, gira y gira.

—La bestia la atrajo y la apartó del resto —intervino una Suzette distraída, incómoda con el tema de conversación.

—Estaba contigo —se volvió Roxanne hacia Prudence—. Sé que la vi en tu bote.

—*Fue* en mi bote, y después dijo que iba a verte a ti.

—Es que no entiendo por qué diría eso. No es cierto —Roxanne lo negaba con la cabeza.

—Quizá fuera a encontrarse con un chico —sugirió Prudence en un tono sibilino.

—Mi hija no se interesaba de ese modo por los chicos —se apresuró a decir Suzette.

—Estaba muy prendada de mi nieto —anunció la señora Lazar. Tenía una forma de hablar tal, que sus palabras reptaban al interior de la mente como si se hubieran encontrado allí siempre—. Solía venir y seguirle a todas partes como un cachorrito. Si acababa de descubrir que Henry estaba comprometido con su hermana…

Las jóvenes se quedaron de piedra y se miraron entre sí para ver si alguien conocía con antelación aquel secreto tan enorme. Valerie bajó la vista a su regazo e hizo un gesto negativo con la cabeza. Hubiera deseado haber podido contárselo ella misma a sus amigas. Sabía que todas soñaban con verse del brazo de Henry.

Rose se enfurruñó un instante, pero enseguida lo superó pensando: «A Henry aún se le podrían ir los ojos». Prudence frunció el ceño, aunque sabía que no podía decir nada allí. Roxanne regresó mentalmente a Lucie: bien sabía que Henry jamás había sido para ella.

—Eso tuvo que partirle el corazón a Lucie —dijo por fin en un susurro enajenado.

—Quizá prefirió morir antes que vivir sin él —añadió Rose. Imaginativa—. Salió en busca del Lobo.

—No —corrigió Suzette con tono adusto—. Eso es impensable.

—Jamás me habló de lo que sentía —pensó Valerie, en voz alta, mientras sentía la traición en sus tripas. ¿Cómo había estado tan ciega? Su hermana amaba a Henry en silencio. ¿Tenía conocimiento del compromiso? ¿Escucharía a sus padres planearlo? Valerie supuso que era posible, pero parecía improbable, ya que siempre estaban juntas. ¿Le habría dolido?

—Tú no te preocupes, mi joven niña —dijo la señora Lazar con una apariencia incluso de desinterés en el tema de la muerte de Lucie—. Sé que te preocupas por tu hermana, pero Henry siempre tuvo sus ojos puestos en ti. Tú eres la guapa, siempre lo fuiste —estiró la mano para acariciar la mejilla de Valerie con un movimiento semejante al de una araña.

Suzette estaba pensando que preferiría que los invitados comenzaran a marcharse, pero oyó unos pasos que ascendían por la escalera, abrió la puerta, salió al porche con expectación y volvió a cerrar tras de sí a causa de la nieve. Cuando vio aparecer el cabello azabache de quien ascendía por los peldaños, deseó no haberlo hecho. Lo reconoció a pesar incluso del paso de los años.

—Es para Lucie —dijo Peter en voz quieta. La llama de un cirio dorado temblaba en su mano.

—Márchate.

Peter se había imaginado tal reacción y estaba preparado. Se aclaró la garganta.

—Vengo a presentar mis respetos —dijo, en un intento por mantener las formas. Aquella mujer guardaba luto por su hija.

—Puedo imaginarme la razón de que estés aquí. Acabo de perder a una hija —dijo con la mano en la puerta—. No voy a perder a otra.

—Espere.

—Ella es todo lo que me queda. Y tú no tienes nada que ofrecerle.

Peter sabía que estaba en lo cierto, que Valerie se merecía algo mejor, pero no podía renunciar a ella.

—Tengo oficio, el mismo que su marido.

—Conozco a la perfección cuánto gana un leñador —Peter fue a protestar, mas Suzette lo contuvo—. Henry Lazar es su única esperanza de una vida mejor.

Peter miró a los angustiados ojos de Suzette, sus palabras le habían golpeado en un lugar muy profundo. Lo asumió: él no podía darle a Valerie una buena vida.

—Si de verdad la amas —dijo Suzette con voz quebrada—, la dejarás en paz.

Se miraron fijamente el uno al otro con ojos centelleantes cargados de emociones contradictorias. Peter rompió primero, le dio la espalda, enfadado con el desprecio de la mujer y consigo mismo por comprenderlo.

Suzette entró, cerró la puerta y se apoyó en ella. Les diría a los presentes que se trataba de un campesino que fue a presentar sus respetos.

Al descender por la escalera, Peter se dio cuenta de que, a través y detrás de la desesperación, en el acto de dejarla marchar había algo que lo hacía sentir bien.

Él era alguien con convicciones, alguien que creía en el valor de algo y lo consideraba sagrado.

Sólo que, hasta ahora, nada había tenido tanto valor para él.

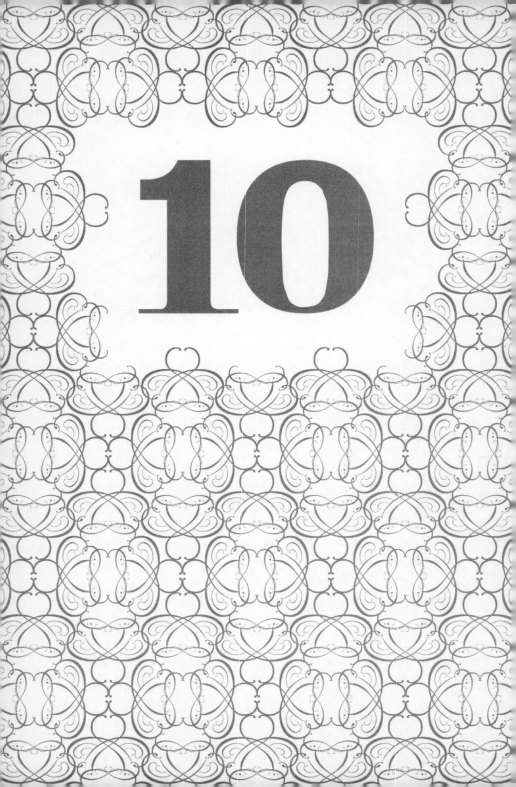

10

Peter caminaba por la aldea silenciosa, acallada por la nieve, el luto suspendido en el aire que respiraba. Los hombres estaban en la taberna, las mujeres seguían de duelo en casa. El pueblo, aun hermoso, se había unificado en su amplia quietud.

Entró por la puerta trasera de la taberna y vio que un candelabro, repleto, goteaba cera en la misma esquina donde ya lo hacía años antes y la amontonaba en el suelo para que se elevara como un castillo. Nadie se molestaba en limpiarla, y menos Marguerite, que ya tenía suficiente en sus manos.

Al ver las barricas con franjas de metal herrumbroso, recordó una larga tarde que una vez pasó con Valerie en el interior vacío de uno de los barriles. Se preguntó si ella se acordaría.

Al deslizarse junto a la pared del fondo, Peter oyó al padre Auguste decir:

—He solicitado ayuda.

El pastor local era alto, y se angustiaba. Como el tallo de una margarita, era recto y decidido, y al mismo tiempo frágil y delgado.

El Alguacil miró al pastor y esperó a oír más. Mordió una cebolla que había estado pelando.

—La de alguien más próximo a Dios —prosiguió el hombre consagrado. El padre Auguste llevaba una cadena con una ampolla que contenía agua bendita y lo protegía del mal. Ahora la sujetaba en su mano, como si ésta lo acercara más a su ídolo—. El padre Solomon.

La sala quedó en silencio. *El padre Solomon.* Era legendario, un pastor y renombrado cazador de licántropos que había destruido bestias a lo largo y ancho del reino. Hombre de recursos, valiente y astuto, que no se detendría ante nada para erradicar el mal; los mercaderes ambulantes contaban que él viajaba con un pequeño ejército: guerreros procedentes de España, el norte de África, el Lejano Oriente.

—¿Quién les ha dado autorización para hacer tal cosa? —el Alguacil se plantó frente a él.

—Dios. La más elevada instancia.

—Ustedes podrán organizar la otra vida —masculló el Alguacil—, que yo me encargo de organizar ésta.

—Pero el Señor...

Adrien empujó hacia atrás su silla y se puso en pie.

—Esto es un asunto del pueblo —dijo con decisión—. Nosotros lo mataremos.

El Alguacil masticaba su cebolla y asentía.

Cesaire respiró con un ligero silbido, como si se refrescara el cielo de la boca tras beber un sorbo de algo demasiado caliente. Los aldeanos se volvieron hacia él.

Era a su hija a quien habían matado. Asintió para dar su aprobación a las palabras de Adrien.

—El padre Solomon nos privará de nuestra venganza —dijo Cesaire.

—Mire, era su hija, pero... —el padre Auguste miró suplicante a Cesaire.

—Estamos aquí —insistió Adrien— para enderezar un error. Hoy debemos permanecer unidos y decir que lucharemos no sólo para vengar nuestro pasado, sino también para *renovar nuestro futuro*. Para mostrar a la bestia que nos negamos a vivir atemorizados —llegó hasta detrás de la barra vacía con grandes zancadas y apoyó el peso de su cuerpo sobre ella.

—Quizás el padre Auguste tenga razón —arrancó a decir un Henry reflexivo, que se levantaba de un banco—. Quizás deberíamos esperar.

Desde el fondo de la taberna, Peter reprimió un brote de risa. Henry se agarró al borde de la mesa.

Adrien se volvió hacia Henry con una mirada fulminante.

—Quizás, hijo mío —dijo con sosiego—, deberías hacer acopio de valor.

Henry respiró con dificultad.

—¿Quieren matar al Lobo? —entrecerró los ojos, rechazado—. Muy bien, entonces. Cacémoslo.

El Alguacil, ancho, corpulento y con unas manos del tamaño de ollas de hierro, estampó con agresividad su jarra contra la mesa.

—Hemos permitido que esto continúe demasiado tiempo. ¡Estamos aquí para recobrar nuestra libertad! —gritó para unir a los presentes. Extrajo la daga de plata de la cintura de sus pantalones y la clavó en la mesa.

Los hombres alzaron los puños en señal de aprobación.

—¡Matemos a ese maldito Lobo! —gritaron.

—Brindo por eso —dijo Cesaire y acabó con lo que restaba en su jarra.

Era la primera hora de la tarde, y el grupo vio que sería mejor ponerse en marcha. Comenzaron a alinearse en el exterior y a prepararse para la caza.

El padre Auguste se tambaleó.

—¡Esperen! ¡Deberíamos aguardar al padre Solomon!

Pero su voz histérica se perdió entre el coro de vozarrones y brindis.

Cesaire se detuvo a rellenar su jarra y, de camino a la salida, la vertió entera por la cabeza del padre Auguste poniendo así fin a sus protestas.

Los hombres se apresuraron a salir de la taberna, hacia la luz grisácea. Alborotaban y resquebrajaban la nieve recién caída, lanzaban los sombreros al aire y ondeaban las chaquetas por encima de la cabeza. No cabían en sí, reventaban de pura determinación.

Sus esposas oyeron el clamor y salieron tras ellos, para volver corriendo por paquetes de comida y cálidas bufandas. La nevada se iba intensificando y traía el puro invierno antes de lo normal.

«Será mío», pensaba cada uno de ellos. «Yo seré quien lo consiga». Apenas vieron a sus mujeres o a sus hijos, y se encargaron de no reparar en sus expresiones de preocupación.

Atraída al exterior por el ruido, Valerie miró a su alrededor en busca de Peter. Estaba enfadada porque no había ido a consolarla, pero no lo dejaría marchar sin despedirse.

Enseguida lo encontró en la multitud; el pelo oscuro y la capa negra destacaban contra el blanco de la nieve. Las palabras de su madre resonaban en su cabeza. Se preguntaba si sería incorrecto que se casara por amor cuando su madre no lo había hecho, que viviese un amor más grande del que su madre jamás viviera.

Al verla, Peter se apartó hasta un cobertizo. Resultaba difícil decir si el rostro se le había ensombrecido cuando la vio o si era simplemente cosa del descenso de la luz. Apartó sus pensamientos y le siguió hasta el lugar polvoriento y lleno de telarañas.

—Ten cuidado —dijo ella buscando los dedos de Peter con los suyos—. Acabo de perder a mi hermana. No puedo perderte a ti también.

Sintió que él se apartaba. La mano de Valerie titubeó en el aire y cayó; la necesidad le hacía sentir cosquillas en las yemas de los dedos.

Peter la miró. También se moría por tocarla, pero intentaba ser fuerte.

—Lo sé, Valerie, pero todo esto es un error.

—¿Qué lo es?

—No podemos hacerlo.

Valerie no lo comprendía. Todo lo que veía ella era el semblante torturado de Peter. «Yo lo salvaré», pensó.

—Tienes que cumplir con esto. Tienes que casarte con Henry —le dijo.

Confundida, lo negó con la cabeza en un gesto, como si hubiera saboreado algo amargo.

—Pero quiero estar contigo —se sentía como una idiota al decirlo, aunque lo había dicho en serio. No podía perderlo a él también.

—Tu hermana acaba de morir…

—No. No, ¡cómo te atreves a utilizar eso! —Peter ni siquiera se había molestado en ir a presentar sus respetos y, ahora, estaba intentando esgrimir la muerte de Lucie.

—Valerie, no conviertas esto en algo que no es —dijo él endureciéndose frente a ella—. Fue lo que fue, nada más —añadió con suavidad y precisión.

Valerie retrocedió ante el aguijonazo de sus palabras.

—Tú no crees eso —persistió ella y negó con la cabeza.

Sin embargo, él permanecía inmutable, su rostro con una austeridad inflexible. No quiso mirarla, pero con un dedo tocó un mechón de su largo pelo rubio. No pudo reprimirse.

Con el dolor del enojo en la garganta, apartó a Peter de mala manera e irrumpió de vuelta entre la multitud. Se encaminó hacia su cabaña, y en el interior de sus vestiduras, su cuerpo se sentía morir.

—Valerie, he estado buscándote.

Era Henry Lazar. Miró a sus ojos marrones de mala gana y vio el contraste entre Peter y él. Los ojos de Henry eran abiertos, se ofrecían, no ocultaban nada… o quizá fuera que nada había detrás de ellos.

Valerie echó la vista atrás y no vio rastro de Peter. Intentó recomponer los añicos de sus sentimientos.

—He hecho una cosa. Para ti —dijo él, que podía notar que Valerie tenía la cabeza en otra parte, y aun así siguió adelante—. Lo siento, sé que el momento no es el mejor. Lo que estás pasando… Tendría que haber esperado… —miró por encima del hombro de ella y vio que Peter se fundía con el gentío—. Pero por si acaso no volviera, me gustaría que tuvieras esto.

Valerie estaba decidida a no amar a Henry, incluso a que no le agradara. Su encanto, su dulce honestidad, ya no podrían convencerla.

Sin embargo, él buscó en su bolsillo y extrajo una fina pulsera de cobre. Era simple y elegante, trabajada con minúsculos orificios y crestas delicadas.

—Mi padre me enseñó a hacerla, a perfeccionarla, para que un día se la diera a la mujer que amo.

Muy a su pesar, Valerie se sintió conmovida. Era algo que recibía entre tanta pérdida.

—Volverás a ser feliz —le dijo él con un cierto aire consciente y le abrochó la pulsera en la muñeca—. Te lo prometo —Valerie se sintió consolada de un modo extraño.

Adrien se aproximó, puso una mano sobre el hombro de Henry y le hizo un gesto para que se uniera al bullicioso grupo de hombres que marchaba para salir de la aldea. El joven estrechó la mano de Valerie y se cuadró de hombros para unirse a la multitud.

Ella se quedó con las demás mujeres, viendo partir a los hombres. No podía evitar enfurecerse ante la división de los sexos. Le quemaban los dedos por asir un arma, también, por hacer algo, por matar algo con su ira.

Localizó a su padre, que caminaba silencioso con dificultad, demolido en las profundidades del peso de su ropa. Corrió hasta él. Sus ojos rotos, como algo hecho añicos.

—Voy contigo —le dijo intentando desterrar la pena del tono de su voz.

—No.

—Era mi hermana.

—No, Valerie —se colgó el hacha al hombro—. Esto no es para las mujeres.

—Sabes que soy más valiente que la mayoría de esos hombres. Puedo...

Sus palabras quedaron interrumpidas por la sorpresa cuando notó que la mano de Cesaire la agarraba por el brazo. No sentía su fuerza desde que era una niña que elevaba la mirada a su altura, paternal y suprema.

—Yo me encargo de esto —dijo con ojos desorbitados—. No puedes ir. Eres todo lo que me queda. ¿Comprendes?

En ese momento, miró a su padre y volvió a sentir admiración. Había regresado, con toda su fortaleza. Y la sensación fue buena, se sintió bien y a salvo.

Y asintió.

—Bien.

Le soltó el brazo.

Entonces, como si viese una vela extinguirse, percibió cómo lo abandonaba su fortaleza de padre, y el hombre triste que quedaba se encogió de hombros y sonrió con esa cara que durante años había estado diciendo: «Sí, se ríen de mí, pero al menos lo sé».

—Si no regreso, tú, mi hija, serás la heredera de mi orinal —bromeó.

Valerie no pudo reírse. Lo vio desaparecer en el grupo.

«Si ni siquiera puede levantar el hacha para acertar en una muesca abierta en un árbol», pensó ella, «¿cómo va a enfrentarse a una bestia voraz?».

Luego se volvió hacia la cabaña pensando en el brebaje de salvia que había dejado en su cartera.

Una vez que todas las mujeres se hubieron apresurado a regresar a sus casas, y su madre se hallaba en los brazos del sueño gracias a una dosis del té de la Abuela, Valerie hizo lo que tenía que hacer. Se puso su basta capa gris con el dobladillo raído y el cuello de cuero deshilvanado.

Sabía hacia dónde se dirigían, allá donde el Lobo tenía su madriguera. Había visto huesos en el sendero que conducía al monte Grimmoor y en el bosque de Black Raven. Siguió al último de los hombres a través de la aldea desierta, y se apartó para ir por los callejones más oscuros y no ser descubierta.

Escuchó y vigiló mientras tomaba una senda paralela, y vio a qué se dedican los hombres cuando se juntan solos como una manada de animales salvajes.

Claude, que portaba una horca de campesino y un cuchillo de cocina, apareció vistiendo un improvisado atuendo de guerra que había compuesto a base de cacerolas viejas y sartenes.

—Y-y-yo voy —dijo muy serio. Mientras hablaba, sus manos gesticulaban disparadas hacia ambos lados como pájaros inconstantes.

—No se admiten bestias —le gritó uno de los hombres. El grupo se rio y apartó a Claude a sopetones. Valerie sintió deseos de ir hasta él y se alegró al ver que Roxanne llegaba corriendo para acompañarlo de vuelta. Se lamentó por Claude, pero reconoció que debería quedarse a salvo en casa.

Se percató de que Cesaire llegaba a la altura de Adrien, en la parte delantera del grupo. Tenía un aspecto imponente, airado, sus botas araban el suelo nevado conforme iba avanzando con valentía.

—¿Un traguito? —algunas salpicaduras de licor salieron despedidas de la boquilla destapada cuando le ofreció su petaca.

Adrien levantó una mano en señal de rechazo. Cesaire se encogió de hombros y dio un largo trago.

—Gracias por hacer valer a mi Lucie —dijo.

—Pronto seremos familia —asintió Adrien—. Usted habría hecho lo mismo.

Valerie nunca había visto tanto compañerismo entre los dos. ¿Quién iba a decir que el hombre más rico de la aldea y el borracho del pueblo podrían encontrar lugares comunes? Imaginó que incluso un borracho podría tener algo que un hombre rico deseara: una propiedad que añadir a las arcas familiares. Las mejillas de Valerie se sonrojaron al percatarse: «Sólo soy un objeto con el cual comerciar».

Sus ojos siguieron veloces el paso de un conejo blanco apenas visible contra la nieve. Captó el movimiento de la mancha de dos ojos negros y húmedos. Ahora, pensó, no era momento de distracciones.

Vio que Peter y Henry caminaban hoscos a lo largo de ambas márgenes del camino, y a la par: ninguno quería quedarse atrás respecto del otro.

Eran cautelosos, precavidos respectivamente, y sólo se atrevían a mirar cuando tenían la seguridad de que los ojos del otro se dirigían a otra parte.

Con rápidos movimientos para mantener el ritmo y con pisadas ligeras a fin de evitar el ruido, Valerie elevó la mirada a la luna llena carmesí, grávida de presagio en el cielo nocturno.

No podría soportar otra pérdida más aquella noche.

Al ver la negra ráfaga de cuervos que levantaba el vuelo desde el suelo, la Abuela supo que los hombres estaban en camino. Salió al porche a esperar. Y pronto llegaron hasta allí. Los integrantes del grupo levantaban la vista hacia ella como si se tratase de una diosa aterradora, el fuego de sus antorchas rizaba el aire tanto si pasaban de largo como si se detenían a la espera de captar un vistazo de la Abuela. Se trataba de un ser legendario, intemporal. Era hermosa y joven a pesar de su edad, si bien algo envejeció aquel día a causa del duelo. Llevaba el pelo atado en trenzas con cordel gris, y sus mejillas manchadas con el recorrido de las lágrimas no mostraban arrugas. No era de extrañar que la gente la acusara de brujería. Descendió con una vela en mano que iluminaba sus pasos.

—Hijo —se dirigió a Cesaire y lo abrazó—. Me he enterado de lo de nuestra Lucie —no explicó cómo—. Prométeme que tendrás cuidado, hijo mío.

Le entregó el paquete que había preparado.

—No te preocupes. El Lobo no tiene el menor interés en mí —dijo Cesaire, atravesando su dolor con una sonrisa—. Soy todo cartílago.

La Abuela ascendió por las escaleras, el corazón apesadumbrado. Desde su porche observaba el avance del grupo cuando uno de los hombres, el último de la fila, se desvió y comenzó a subir tras ella. La Abuela notaba el crujido de la madera bajo el peso que la silueta imprimía a cada paso. Se movía rápido: arriba, más y más arriba. La Abuela sintió un escalofrío cuando el visitante inesperado llegó hasta la tarima.

El desconocido se acercó sigiloso hasta ella, se quitó la capucha de su capa y...

Era Valerie.

La Abuela meneó la cabeza y liberó la tensión en forma de risa.

—Cielo, querida, ¿qué estás haciendo?

Valerie frunció el ceño.

—¿Por qué no habría de ir con ellos? Era mi hermana.

La Abuela suspiró y la tomó en sus brazos.

—Pero si ya estás congelada con esta capa tan fina. No creo que vayas a conseguirlo.

—Pues no, supongo que no —dijo Valerie tiritando mientras la Abuela la acompañaba al interior con un tintineo de sus fetiches y amuletos.

Daba ánimos a Valerie el hecho de estar allí, en el hogar selvático de la Abuela. Las ramas crecían a través del tejado, los invernales dientes de león surgían de entre las tablas de la tarima, y en cada rincón había una especie de nido. La casa del árbol estaba llena de cosas curiosas. Valerie dejó que sus ojos vagaran por aquel pequeño espacio interior. Conchas de moluscos como orejas gigantes, un alfiletero incrustado de madreperla, un cuerno convertido en copa, ñames desecados, la garra de un buitre. Los dobladillos raídos de unos tapices polvorientos con motivos de pavos reales, en tonos rosados y azules desvaídos, rozaban unas interminables hileras de botellas caprichosamente coronadas con corchos retorcidos. Una tetera enorme temblaba en la cocina.

Valerie adoraba la forma de vida de la Abuela, aunque fuera objeto de las leyendas de la aldea y sus habitantes la ridiculizaran. Aunque el precio que hubiese de pagar la anciana fuera que algunos la culparan de la presencia del Lobo en el pueblo.

—Tendrás que dormir —la Abuela entregó a Valerie una taza humeante de su brebaje de salvia.

Valerie abandonó su té, se puso en pie junto a la ventana y vio a los hombres abrirse paso a través de la oscuridad del bosque. Miró hacia el pedregal y notó el empuje del viento frío entre los árboles, húmedo de nieve, en un resoplar racheado como el de un niño pequeño que sopla las velas de su cumpleaños. El bramido tiraba de las antorchas de los hombres, y el último de ellos ascendió al trote por la roca empinada y desapareció en el interior de la cueva. Una antorcha pertenecía a su padre, otra al hombre que amaba, y otra al hombre con quien podría acabar; todas estaban reducidas a puntos de luz que centelleaban en la distancia. Sintió que su estómago se encogía y se apartó de la ventana.

«¿Quién regresará? ¿Regresará alguno?». Otra ráfaga repentina de viento la inquietó. Atemorizada, sintió la facilidad con la que se sacudían los cimientos de la casa del árbol, el tronco grueso y su pesado ramaje.

Nada iba bien.

Lucie se había ido.

Valerie sentía la ausencia de belleza. Sabía que Lucie se encontraba más allá de los límites de su altillo, de la aldea, del reino y del mundo. Que ahora se hallaba en otro lugar, sin lugar.

—Soy su hermana. Debería haber estado con ella —soltó Valerie al hundirse en el sofá.

—No te puedes culpar —dijo la Abuela, que dejó un bol de brebaje. Se encorvó para espolvorear en él unas hierbas amargas machacadas. Tenían el sabor de algo que supuestamente no debía ingerirse—. Claro que, como decía mi abuela, «la pena...».

—«...con pan es menos pena» —Valerie completó con su mitad la frase que tan bien conocía.

La Abuela intentó una débil sonrisa. La joven no se molestó.

—¿Sigues teniendo frío?

Valerie reparó en que así era.

La Abuela abandonó la estancia en silencio. Valerie observaba cómo las ramas cargadas de nieve dibujaban ochos imaginarios en el vaivén del viento. La Abuela apareció a su espalda y la envolvió con algo por los hombros.

—¿Y esto? —Valerie bajó la vista. Se trataba de una capa hermosa, brillante, roja—. Abuela...

No había visto nunca nada igual. Era el rojo de las tierras lejanas, de las fantasías, un rojo de ultramar, un rojo que Daggorhorn jamás había visto, un rojo que no pertenecía a aquel lugar.

—La hice para tu boda.

Los ojos de Valerie descendieron hasta la pulsera.

—No siento esa boda como mía. Más bien siento que me han vendido.

Las palabras de Peter se aferraban a ella, pero no las mencionó, sabía que sus padres no lo aprobaban, aunque, ¿y si vengaba él la muerte de Lucie, y si regresaba después de dar caza al Lobo? Comenzó a fantasear sobre la redención del muchacho, sin embargo, el escozor de sus palabras la inundó de nuevo, y supo que nada de eso importaba ya.

—Hay alguien más, ¿no es así? —la Abuela se inclinó hacia delante.

—Alguien había... —dijo Valerie lentamente—, pero quizá ya no lo haya —la Abuela asintió. Parecía capaz de encontrar lógica en el sinsentido de la explicación de Valerie—. Es que no puedo creer que haya renunciado a mí con tanta facilidad.

La Abuela sorbía su té.

—Quizás haya algo más en esta historia.

Valerie lo negaba con la cabeza en un intento por desterrar sus pensamientos.

—Quizás. Odio pensar en ello ahora, con la muerte de Lucie tan reciente.

—Cómo desearía que pudieras seguir los dictados de tu corazón —dijo finalmente la mujer mayor.

Creyó ver una ráfaga de ira atravesar los ojos de su abuela.

—Eso es muy poco probable —el rostro de Valerie se ensombreció en respuesta—. Todo lo que le preocupa a mi madre es el dinero, y mi padre está demasiado borracho como para percatarse de la mitad de las cosas.

La Abuela se giró. Una sonrisa se asomaba por sus labios.

—Tú, Valerie, nunca has tenido pelos en la lengua.

Nieta y Abuela se empaparon de silencio, y dejaron que todo cuanto se había dicho con ligereza cayese con todo su peso sobre ellas. Las campanas que la Abuela conservaba en el exterior de la entrada tintineaban con el viento.

—Cuando era joven —comenzó a decir la Abuela con una voz que serenaba la tensión del ambiente—, el Lobo atacaba a familias enteras. Lograba atraerlas fuera de la aldea.

—¿Cómo? —Valerie pensó en los trozos de papel que halló en la mano de Lucie.

—Nadie lo sabe.

—Pero las muertes cesaron cuando empezaron a sacrificar animales para apaciguarlo —dijo Valerie. Sentía pesada y caliente la taza de té en sus manos.

—Sí, pero eso fue tras un largo período de brutalidad. Fue entonces cuando se pusieron en uso las campanas. Esos cuatro tañidos. Todos los meses —bajó la cabeza con lágrimas en los ojos—. Creí que esos días habían pasado ya.

Hubo un tiempo en que Valerie no entendía la importancia de aquellas campanas en la iglesia.

Éramos cinco o seis. Yo me encontraba en los alrededores de la plaza del pueblo, esperando a Peter. Pero él no andaba por allí.

—*¡Cuidado con la cabeza!*

Miré hacia arriba. Peter había escalado el campanario.

Enfadada porque a él se le hubiera ocurrido antes que a mí, trepé por los aleros de la iglesia para ir a su encuentro, y rechacé su ayuda. Cuánto nos parecíamos.

Éramos lo bastante pequeños como para caber dentro de la campana. Nuestro propio mundo particular. Sin leyes. En la sombra de latón, Peter dijo:

—Tócala.

—¿Que la toque?

—Toca a víctima del Lobo. Cuatro veces. Cuatro golpes.

Peter siempre sacaba lo mejor y lo peor de mí.

Agarré el badajo y lo empujé contra el lateral de la campana.

¡Dong! ¡Dong! ¡Dong! ¡Dong!

El repique lanzó a la aldea al pleno caos. Padres que encajaban las mandíbulas al mismo tiempo que adelantaban a empujones a mujeres frenéticas y confusas, madres que hacían recuento de sus hijos mientras los conducían a la taberna.

Peter y yo saltamos de debajo de la campana, y, con el ruido, alguien nos vio.

—¡La hija del leñador!

Vi cómo me buscaba mi madre allá abajo, pálida de terror. Vi cómo le cambiaba la cara del horror a la decepción y de la decepción a la ira. Mi padre y mi madre me alejaron de Peter, que se quedó dando patadas a la arena de la plaza, desierta cuando se retomó la jornada de trabajo.

Todo era distinto ahora. Se dejó hundir en el regazo de la Abuela.

La medianoche había descendido sin que se dieran cuenta.

Valerie comenzó a caer por el túnel del sueño, pero se despabiló con un ruido.

Plic, plic, plic.

Sólo era un trapo mojado que colgaba de un gancho. Respiró. De repente, la tarima se movió y crujió.

La Abuela vio que Valerie no podía dormir. La noche, bien sabía ella, era el momento en que los pensamientos oscuros tiraban de la psique como amarras.

—Bebe, pequeña.

—Mi hermana ha muerto... —dijo Valerie, que intentaba aceptarlo.

—Lo sé, cielo. Bebe un poco más.

La tetera era vieja, y había dejado su sabor metálico en el té.

Valerie sintió que le pesaban los ojos, secos, y los cerró con el frío escozor de sus párpados húmedos. Estaba pensando en la muerte de Lucie, mirándola de frente, como a algo que aguardara al otro extremo de un túnel.

—El Lobo mató a Lucie...

Sin embargo, no finalizó su sentencia, porque el sueño se la había llevado como la muerte.

En el interior de la montaña, las bravuconadas de la taberna habían dejado paso a la inquietud del silencio.

—Es por aquí —Henry oyó decir al Alguacil entre susurros al llegar a un desvío y hacer un gesto de asentimiento en dirección a un túnel que descendía a un antro de oscuridad. El Alguacil se había girado y estaba frente al grupo de seguidores, con Peter y Henry firmes a cada lado como los topes de una biblioteca. Aun con la luz que daban las antorchas, los rostros de los hombres se veían nublados en la negrura impenetrable de la cueva. El aire olía a cortado, denso y agrio.

—No es seguro —dijo sin mucha convicción un curtidor de cueros—. No vemos qué hay más allá del recodo.

—Nosotros iremos por el otro desvío —afirmó Peter señalando a los de su grupo.

Henry miró a su padre; no deseaban admitirlo, pero Peter tenía razón. Un grupo de veinte hombres era demasiado numeroso para maniobrar en la oscuridad de la cueva. Henry deseó haber hablado él primero.

—Cierto —dijo tan sólo por añadir algo—. Algunos deberíamos separarnos.

—Como les parezca oportuno —dijo con arrogancia el Alguacil, que avanzaba solo mientras los demás evaluaban las opciones y tomaban su decisión. Unos pocos, satisfechos con el liderazgo del Alguacil, decidieron seguirlo. Peter, Henry y Adrien, aquellos que deseaban liderar en lugar de ser liderados, se quedaron incómodamente solos. De ese modo, por lo menos, Henry tendría la posibilidad de mantener a Peter bajo estrecha vigilancia.

Albergaba la esperanza de que su padre lo dejara llevar las riendas, pero Adrien asumió el control al ver la composición del grupo. Los leñadores se encontraban con ellos, perseverantes como el abrojo: irían allá donde fuera Peter. Cesaire, que se rezagaba para dar cuenta de un último y enervante trago de su petaca revestida de cuero, decidió de mala gana seguir al grupo del Alguacil y se apresuró a alcanzarlo.

Solos ahora, Adrien, Henry, Peter y los leñadores continuaron avanzando. Estos últimos intentaban que sus pisadas fueran ligeras, pero su corpulencia y su brusquedad eran excesivas, y tampoco tenían demasiada experiencia a la hora de caminar de puntillas.

Henry se acercó sigiloso a Peter y lo sorprendió.

—Puede que sea peligroso ahí abajo —encendió una cerilla—. Será mejor que te andes con ojo.

—Ándate *tú* con ojo —dijo Peter señalando la llama que había consumido la cerilla. La amenaza contenida en su mirada era evidente incluso en aquella oscuridad.

—Claro —dijo Henry, y sacudió la mano cuando lo alcanzó el fuego.

Antes de que se pudiera producir una escalada en el enfrentamiento, el grupo llegó a otro desvío. Una bifurcación resultaba más amenazadora que la otra, absolutamente oscura.

—Tenemos que buscar en todos los rincones —Peter volvió a dar muestras de dirigir a los leñadores para así separar de nuevo al grupo—. Nosotros iremos por la cuesta.

—No —interrumpió Henry, deseoso por mostrar su desacuerdo y evitar que Peter volviera a tomar una decisión por ellos—. Ahora deberíamos permanecer juntos.

—Quizá deberías irte a casa y esperar al padre Solomon —voceó Peter por encima del hombro, ya de camino pendiente abajo.

Ante el choque dialéctico de los muchachos, los leñadores intercambiaron miradas significativas. ¿Iban a confiar sus vidas a un jovencito con exceso de orgullo? Echaron la vista atrás, hacia las siluetas indecisas de Adrien y Henry en lo alto, y siguieron a Peter con ciertas dudas. Con la mirada puesta en el grupo, Henry notaba los ojos de su padre en él. «¿Por qué no habré sido yo quien lo sugiriera?».

Peter sonreía de oreja a oreja, satisfecho con su victoria. Su grupo lo seguía de cerca, y su antorcha recorría las paredes y los suelos en busca de cualquier señal de movimiento.

Al atravesar un corredor estrecho con paso lento, los leñadores sintieron miedo: situaban con cautela un pie delante del otro a la espera de que el Lobo saltara sobre ellos, a la espera de caer en la inmensa negrura de la muerte. Se levantó una leve brisa; un mal inquieto parecía susurrar en la oscuridad.

Unos segundos más tarde, un leñador, sobresaltado por un gran saliente en la roca, asestó su golpe. El eco metálico retumbó por los túneles. Los hombres se veían movidos por unos temores ciegos, pero, afortunadamente, Peter pensaba por ellos. «Camina», se dijo. «Espera a que cambie el aire, a sentir ese instante de quietud que precede al movimiento».

El aire cambió en un momento, y una poderosa ráfaga de viento sacudió la cueva y los lanzó a él y a sus hombres al caos de la nada.

Henry, lejos de allí, vio cómo los muros desaparecían en una envoltura de oscuridad cargada de pánico cuando lo alcanzó el golpe de viento que removió fragmentos de tierra y le lanzó arena a los ojos.

Todo lo que oyó fueron gritos. Alaridos. Pies acelerados.

Su antorcha se apagó.

El Alguacil lo vio primero. El manchón triangular, el semicírculo formado por cuatro borrones redondos, y, lo peor de todo, las cuatro marcas minúsculas sobre éstos. La sangrienta huella del Lobo estampada en el polvo, iluminada por su propia antorcha. Se había agachado hasta el suelo, rodeado por los hombres, cuando, procedente de algún lugar profundo en la cueva, oyó un grito lejano.

Un hombre había sido atacado.

El Alguacil estaba listo para aquello, sabía con exactitud de dónde procedía desde la primerísima nota de aquel ruido penetrante.

—¡Corran! —gritó.

Lo siguió la mayoría de los hombres, pero unos pocos se dispersaron, se alejaron a toda prisa del alarido y se dirigieron a la boca de la cueva. El eco de sus gritos resonó por toda la montaña.

«Baja por el túnel, abajo, abajo», se ordenaba el propio Alguacil. «Está demasiado lejos para que el desvío sea el camino más corto. Tiene que haber otro. Aquí, el suelo está muy mal, el limo muy suelto. Cuidado, no te resbales. No te tropieces y te caigas con las rocas a los lados del sendero».

Su respiración era sonora, y sus pasos más aún. «Hay luz. Corre hacia la luz, quizás haya algo». Ya podía verla. «Una abertura, una cámara, ¡allí arriba, más adelante!».

El Alguacil se adentró a trompicones en aquel espacio, y sus hombres lo siguieron a cuentagotas. La nieve, tiznada de rojo por la luz de la luna, caía arremolinada procedente de una abertura en las rocas altas, por encima de sus cabezas. Escrutó el perímetro de la estancia, y sus ojos cayeron sobre unas siluetas retorcidas en alto.

«¿Formaciones rocosas?».

Se acercó muy poco a poco, con un ojo vigilante en busca de movimiento, y llegó hasta ellas.

Y vio que no eran rocas, en absoluto.

Huesos, huesos humanos. Apilados hasta los tres metros de altura. Eran de un blanco tan nítido que casi parecían pintados. El Alguacil permaneció ante la torre, escarmentado.

Elevó la mirada. ¿Dónde estaba el Lobo? «No puede haber salido...». Las cuencas vacías de las calaveras lo miraban hacia abajo con la forzada sonrisa de sus maxilares, se reían de su difícil situación, pero no le ofrecían respuesta.

Escudriñó la cámara... y dio con algo más.

Adrien. Su cuerpo yacía frío y sin vida, destripado con truculencia por el Lobo.

Algo se agitó en el pecho del Alguacil. A su espalda sentía el perplejo silencio de los hombres. Encontraría al Lobo y se lo haría pagar. Con un arrebato de agresividad, abandonó la precaución en sus pasos. Puso empeño en henchirse y ocupar más espacio, en caminar con zancadas sólidas y resonantes. Iba a encontrarlo.

Embelesado, imaginando la grandeza de su gloria futura, el Alguacil escuchó un ruido a su espalda.

Un gruñido grave.

Dio media vuelta y se enfrentó con unas fauces de colmillos iracundos. La saliva se concentraba en los belfos. Unos caninos gigantescos y brillantes.

Sin saber cómo había sucedido, el Alguacil vio ante sí su propia daga en su mano. Se erizó el pelo en el cuello de la bestia, y la perniciosa baba de su horrendo morro goteó estruendosamente contra el suelo de la cueva. Los ojos del animal se encontraron con los suyos. Se detuvo el tiempo. Y el monstruo se abalanzó proyectando un arco sobre su siguiente víctima.

*¡*B*am!*

Valerie se despertó y regresó de un lugar muy profundo en una pesadilla, con el pelo adherido a la frente sudorosa a pesar de que hacía frío en la habitación. La primera luz de la mañana era de un color azul grisáceo, el color de la pizarra.

Intentó orientarse. No se encontraba en su cama; estaba en casa de la Abuela… y su hermana estaba muerta. El ruido procedía de la habitación de la anciana.

—¿Abuela?

Valerie se paseó descalza por la casa, con la sensación del aire frío que formaba corriente a través de las tablas de la tarima.

—¿Abuela…?

Seguía en la cama, de espaldas a Valerie, su esbelto cuerpo cubierto y aferrado a las mantas. Los bordes de su cubrecama, sedoso como la piel de un durazno, revoloteaban en la brisa. Un postigo se cerró de golpe contra el marco. Se había quedado abierto al viento.

¿O es que había entrado alguien?

Valerie fue a cerrarlo. En el exterior, el bosque parecía menguado y triste, los árboles encorvados en la nieve.

Se volvió hacia la Abuela, cuya silueta parecía extrañamente alargada, estirada, casi como si le hubieran desencajado las articulaciones de sus miembros.

Valerie se aproximó. La figura se movió y comenzó a levantarse. Ella retrocedió, aterrorizada, preparada para correr...

Pero sólo era la Abuela, aquella mujer mayor que le ofrecía una sonrisa mientras se desperezaba.

Tras devorar un desayuno frío, Valerie se marchó corriendo a casa a través del bosque, envuelta en ambas capas, la nueva y la vieja, para defenderse del aire frío.

—¿Madre? —preguntó al entrar en la cabaña.

Suzette alzó los ojos. Estaba sentada en una silla, con la mirada fija en la chimenea apagada. Desolada, abatida por el dolor.

A Valerie se le hizo polvo el corazón. Tendría que haberse quedado y esperar con ella.

—¿Y padre, está...? —no quiso finalizar la pregunta, porque no deseaba saberlo.

—Está bien —dijo Suzette mirándose las manos—. Los hombres han regresado y han ido a la taberna —Valerie asintió, incapaz de preguntar por Peter—. Estás preciosa —dijo Suzette con lágrimas en los ojos al reparar en la capa roja.

Cuando se dio la vuelta para subir al altillo, su madre se puso en pie y le agarró el brazo.

—Valerie, ¿qué es eso que llevas en la muñeca? —le preguntó ladeando la cabeza para verlo.

—No es nada. Un regalo de Henry —intentó ocultarla al notar que estaba avergonzada. Aún no quería que la consideraran una mujer, no estaba preparada para recibir joyas de los hombres. Y tampoco deseaba que fuera explícito que llevaba puesta la ofrenda de Henry.

Aunque era casi más vergonzoso el sentirse avergonzada, así que la mostró. Su madre la estudió durante un buen rato.

—Valerie —dijo Suzette un momento después—, escúchame. Lleva esta pulsera. No te la quites. Ahora eres una mujer comprometida.

Ella asintió incómoda y subió por la escalera al altillo. En la seguridad de su propio espacio, se cambió de ropa. Se maravilló ante su nueva capa roja, asombrada de nuevo por su vibrante belleza.

La mayoría de las capas eran sobrias, de lana, hechas de un *tweed* rígido. Ésta, sin embargo, no era tiesa ni picaba, poseía una finura imposible y era casi fluida, como si se tratara de una tela de pétalos de rosa. Y resultaba fresca al tacto.

Al sentirla contra sus brazos desnudos y entre sus dedos, Valerie se veía más poderosa que nunca. Había algo muy natural en ella, como una segunda piel que le hubiese pertenecido siempre. Se sintió fuerte y sigilosa, y la capa hizo que se apoderara de ella el deseo de saltar desde el altillo como una pantera y atravesar el pueblo corriendo, veloz; dejar atrás el bosque, donde llovía, hasta los cultivos, donde escampaba.

Se escabulló de su madre en silencio y se dirigió de nuevo al exterior, a la taberna.

Los hombres habían regresado del monte Grimmoor sin pasar antes por sus casas y su olor era fuerte, a tierra y sudor. Valerie podía ver aún la energía que emanaba de los latidos de sus cuerpos. Rodeó el gentío y se apoyó contra la pared, a escuchar.

Como siempre en reuniones similares a aquella, Valerie se sentaba aparte, separada. Algunos aldeanos repararon en la joven: la capa roja destacaba, pero eso a ella le gustó. Se sentía segura en aquel rojo. A partir de ahora, la llevaría siempre.

La taberna era un yacimiento arqueológico, encerraba la historia de la aldea en su mugre. Los hombres se habían dedicado a tallar las paredes de madera desde el mismo día en que las levantaron: iniciales, por supuesto, pero también espirales y caras, flechas y conejos, serpientes, tréboles, círculos entrelazados, cruces rodeadas de marcas radiales. Los cojines de los bancos estaban sucios, a tantos hombres diferentes habían acomodado ya. Unas gigantescas velas rezumaban goterones de cera sobre las mesas y al enfriarse se convertían en coágulos de nuez blanca que permanecían allí durante meses, hasta que a algún bebedor inquieto le daba por escarbar en ellos con sus uñas mugrientas. Los cráneos de ciervo que colgaban de la pared más alejada parecían mostrar una sonrisa de muerte, como si se hubieran llevado un tentador secreto consigo.

Valerie escrutó la sala, vio a su padre y después a Peter, hermoso en su heroico regreso, aunque ni siquiera levantó la cabeza. De ella se apoderó el alivio, y después la ira. Odiaba preocuparse tanto, ser capaz de seguir amando a alguien que no correspondería a su amor...

Pero entonces se dio cuenta de que faltaba Henry.

El Alguacil se encontraba sentado en la cabecera de la mesa, rodeado de admiradores, la cabeza del Lobo ensartada en una pica junto a él. Los hombres que habían estado en las cuevas —incluso los muchos que habían huido— se sentían con el derecho de compartir su gloria, necesarios para su éxito. El Alguacil relataba toda la historia, interpretaba su sigilo para dar un golpetazo con la jarra en la mesa en el momento culminante. Las mujeres se deshacían de admiración mientras la cerveza espumosa le caía por la espesa barba. Valerie se llenaba de desprecio al ver aquella sonrisa suya de estar tan pagado de sí mismo. Las mujeres se colgaban de su cuello y lo alababan por ser tan desinteresado, por vengar la muerte de la pobre muchacha, cuando, en realidad, nada tenía que ver con todo aquello.

El propietario de la taberna, un hombre calvo con una arruga que recorría de oreja a oreja su nuca desnuda, escuchaba ensimismado. Su esposa atendía el bar mientras él permanecía sentado, extasiado. Ella ensanchó de una vez con el embarazo, y nunca se recuperó. Él, sin embargo, no tenía tal excusa.

El Alguacil finalizó su actuación lamentándose de las pérdidas que habían sufrido, para revelar a continuación la verdad que flotaba en el aire y que Valerie ni siquiera se atrevía a imaginar... Adrien había muerto por aquella gloria. Valerie cerró los ojos. Ahora entendía la ausencia de Henry. Hallaba cierto alivio en que fuera el padre, pero también sentía empatía hacia el hijo que ahora quedaba huérfano.

Volvió a mirar hacia Peter, aunque éste seguía sin levantar la vista del suelo.

Todos se habían dirigido a la taberna porque nadie deseaba marcharse a casa. Mientras el Alguacil narraba su triunfo, el pueblo sentía regocijo. Un matrimonio se pasaba de uno a otro una misma jarra enorme, dos aldeanos se sentaban juntos en un banco bajo frente al fuego y compartían la comodidad del calor.

Alguien destripaba al Lobo enfrente de la taberna. Los niños miraban con una alegría horrorizada, aturdidos por su buena fortuna; sus padres se sentían demasiado complacientes como para recordarles que se echaran para atrás.

El sol se alzaba alto y brillaba aun cuando las ráfagas de nieve seguían cayendo danzarinas, y las muertes, las de Adrien y Lucie, casi resultaban justificadas en pro de la libertad que ahora sentían los aldeanos. No parecía un trato tan injusto, sólo dos paisanos en los últimos veinte años y se acabaron los sacrificios. Les daba razones para pensar que ahora podrían comerse ellos los pollos más cebados, que podrían quedarse a trabajar en el exterior hasta bien entrada la oscuridad, que ningún lugar estaba prohibido, que podrían volver a ser dueños de sus propias vidas.

También se alegraban de saber que el dinero no significaba la exención, al haber sido el hombre más rico quien se fuera.

Pagar ese precio parecía una pequeñez, aquellas dos muertes.

«Pero el precio no fue pequeño», pensaba Valerie.

Claude apareció en la ventana y empañó el cristal azulado al poner una cara graciosa. Se volvió borroso, sin embargo, cuando, detrás de él, Valerie vio pasar algo sobre ruedas.

Adrien, su cuerpo yerto sobre el carro del enterrador.

Sólo su cabeza quedaba a la vista, los ojos cerrados en el sueño eterno para no volver a abrirse jamás. Poco a poco, la sangre se había ido filtrando de su cuerpo como un sirope y se había convertido en un manchón en la tela.

La señora Lazar iba detrás, lloraba su pena. Sus ojos apuntaron a través de la ventana para ver a Valerie, y la mirada entre ambas se mantuvo hasta que la dama salió del marco.

Los hombres se echaban sus sucias manos al sombrero, y se lo llevaban al pecho de forma respetuosa al paso del cadáver.

—Por Adrien —Cesaire elevó su vaso al reparar en que quizá su juerga fuera de mal gusto—. Por su sacrificio.

—¡Por Adrien! —el resto de los aldeanos alzó la copa.

Valerie levantó la mirada para ver si Peter se daba cuenta y, a continuación, se escabulló de la taberna. Henry le había ofrecido sus condolencias a ella, y, ahora, ella también lo haría. No sabía qué iba a decirle, pero sí sabía dónde estaba.

Entró en el taller de herrería. La puerta de la fragua estaba abierta, una cueva ardiente, y el rojo de sus tripas refulgía a través del humo. Durante un buen rato, Henry, con el cuerpo medio desnudo mientras producía unas chispas despiadadas, no se percató de su presencia. Valerie se sintió desdichada al ver que aquel torso pálido y potente le recordaba el pecho descubierto de Peter el día anterior, y lo cálido que era.

La joven pensó en el compromiso que Suzette había acordado. Ahora se encontraba más atrapada que antes, si cabe; ya no había forma de huir y abandonar a Henry en su dolor. Y se sintió culpable, también, por pensarlo siquiera.

Sabía que habían traído el cuerpo de Adrien, que debía de yacer frío en el altillo, más arriba. No alzó la vista.

—Henry... tu padre era un hombre valiente.

Continuó atacando el metal con un mazo, golpeando brutalmente el yunque. No estaba segura de que la hubiera oído. Entonces se detuvo, el mazo suspendido en el aire, pesado, el crepitar del fuego frente a él.

—Estaba lo bastante cerca como para olerlo —sus palabras hervían, no se volvió—. Pero tuve miedo. Me escondí de él.

¡Clang!

—Tendría que haber hecho algo —*¡clang!*—. Tendría que haberlo salvado.

Valerie vio que estaba destruyendo todos sus proyectos inacabados. Quedarían así para siempre.

—Yo también he perdido a alguien, Henry. Sé cómo es. Por favor, apártate del fuego.

No lo hizo.

¡Clang!

—Henry, por favor.

Una de las pavesas incandescentes saltó de la fragua, aterrizó sobre el brazo de Henry y le abrasó la piel. A modo de castigo autoinfligido, no se detuvo a retirarla hasta que, por fin, con un rápido movimiento, señaló en dirección a la puerta de forma violenta y se la quitó de encima.

—Márchate, Valerie —gruñó—. No quiero que me veas así.

Consciente de cómo era el deseo de estar solo, ella se marchó, pero se sentía incapaz de disipar la imagen de Henry, ennegrecido de hollín y furioso a la luz roja de la fragua.

Al salir de la herrería, Valerie se sorprendió al ver a su madre sentada en un tronco. El rostro somnoliento de Suzette se fijaba en el piso superior del taller, donde yacía el cuerpo amortajado de Adrien. Valerie hizo que se incomodara al acercarse a ella desde un lado para tomarle la mano. Fue entonces cuando vio que Suzette sujetaba algo medio escondido, algo que destellaba a la luz.

Una preciosa pulsera labrada...

Idéntica a la que Henry había hecho para ella.

Confundida, la muchacha echó la mano a la suya. Estaba intacta en su muñeca.

Alargó el brazo para tocar el metal de la pulsera de su madre.

Sorprendida con la guardia baja, Suzette se zafó.

—Estaba pensando en encargar unas bisagras —dijo entre dientes antes de girar sobre sus talones y salir de forma apresurada.

Pero Valerie se fue detrás.

Suzette comenzó a hablar, aunque se detuvo cuando no encontró las palabras.

Entonces fue cuando Valerie lo comprendió.

—Madre, me dijo que amaba a otra persona antes de casarse.

Suzette no contestó, su silencio pronunciaba las palabras que a ella se le negaban.

Aceleró el paso al atravesar la plaza, y Valerie igualó su ritmo. Pasaron junto a dos carpinteros que preparaban un montículo de ramas donde quemarían el cuerpo del Lobo, dejaron atrás a los aldeanos que salían en tropel de la taberna portando la cabeza del animal ensartada en una pica.

—Dígame quién era.

Suzette disminuyó el paso. Las palabras se atascaban en su garganta, se resistían a aflorar.

—Creo que ya lo sabes.

—Cuéntemelo, madre. Quiero que me lo diga —Valerie no podía contenerse, del mismo modo que no podía evitar tirar de un hilo suelto hasta que deshilachaba la prenda.

Suzette estaba llorosa. Se mordió el labio.

—Yo soy la hija —le espetó Valerie—. El papel de madre se supone que es suyo, la mía, mi madre. Lo menos que puede hacer es decirlo.

—El hombre al que amaba era Adrien Lazar.

Al oírlo en voz alta, Valerie se estremeció. Pensó en las imágenes de Adrien que debió de conservar su madre; las cosas que debió de haber dicho, palabras que habrían de reverberar en su mente ya desde entonces. ¿Con qué frecuencia había pensado en él? Porque debía de haberlo hecho.

Al adentrarse en el sueño con ojos temblorosos, ¿habría soñado con un Adrien que le entregaba la pulsera labrada, le prestaba su ayuda con el cierre, la cobijaba en sus brazos? Al lavar en el pilón, al frotar con sus manos la prenda arriba y abajo por la aristada madera de la tabla, ¿habría sentido las manos de él sobre las suyas? En esa laberíntica manera en que la mente funciona, a buen seguro que cualquier cosa incognoscible que hicieran ella o su hermana Lucie pudo haber invocado una imagen cristalina de Adrien. Valerie intentó imaginar los recuerdos que su madre guardaba de su amante, esos que conservaba en una caja personal de la que sólo ella tenía la llave. Cosas que únicamente ella y Adrien sabrían jamás, y la mitad que era Adrien había desaparecido en las cuevas del monte Grimmoor.

Valerie sintió que se detenía su flujo sanguíneo. No era posible. Y aun así podía ser. Tenía lógica.

La prueba había estado ahí, a plena vista, oculta sólo por una falta de escrutinio.

Y, al igual que el hilo que se deshilacha, surgió otra sospecha.

—¿Lo sabe padre? —preguntó Valerie como si su propia voz le sonara a la de otra persona.

—No —miró de forma suplicante a su hija—. Prométeme que no se lo contarás —Suzette observó el rostro de Valerie y se calmó. Podía atisbar los extremos a los que llegaría su hija con tal de proteger a su padre—. Pero has de saber esto —prosiguió en tono muy serio—. No se trató de que *no pudiera* querer a tu padre, sino de que ya amaba a Adrien.

Valerie se encontraba abrumada por una sensación de tristeza por su madre. De repente se sintió mayor, su niñez perdida; sintió que tenía una visión general, aérea, de la vida de su madre; que podía trazar un mapa de ésta y ver dónde se había extraviado la ruta. No era capaz de evitar sentir que su madre había tomado una decisión incorrecta al casarse con su padre.

Las lágrimas escocieron en los ojos de Valerie, lamentos por su padre, por su madre.

Antes de que la muchacha pudiera responder, un carruaje oscuro y lustroso pasó a gran velocidad. Siniestro y elegante, procedía del mundo exterior.

El padre Auguste salió corriendo a la calle desde el cementerio, y gritó:

—¡Ya ha llegado!

—Vale ahí —gruñó el cochero a los animales al detenerse con elegancia el carruaje negro.

Valerie oyó el sonido atronador de los cascos de los caballos contra el suelo nevado cuando una docena de soldados de aspecto atemorizador llegó a lomos de sus poderosos sementales, sus armas relucientes al sol del atardecer. Un arquero enmascarado montaba un majestuoso corcel blanco, lucía un yelmo pesado y también una ballesta enorme colgada de los hombros. Aquel temible grupo llevaba tras de sí un gigantesco elefante de hierro sobre ruedas y unos carros cargados con su material: armas y libros, equipamiento e instrumental científico. Aquella interpretación rudimentaria de la figura de un elefante era enorme y monolítica, con una trompa serpenteante, enrollada, y ojos amenazadores. Valerie observó a los demás aldeanos, que se preguntaban acerca de su uso; no parecía muy lógico que aquellos hombretones llevaran consigo un juguete. Reparó en una portezuela con bisagras en la panza, y sintió un escalofrío.

Localizó allí a sus amigas, pero la caravana se detuvo en la plaza antes de que le diera tiempo a cruzar hacia ellas. Hizo un gesto de saludo a Roxanne con el mentón, aunque Rose y Prudence no la vieron. O bien eso, o bien le guardaban rencor por su compromiso.

El cochero parecía algo mareado por la irregularidad del camino. Resultaba evidente que habían hecho un viaje largo y a la carrera, y los orgullosos caballos, con sus ojos llenos de hastío, habían ido descargando sus frustraciones a golpe de pezuña. El tintineo de sus bridas era el único sonido, ahora que la multitud había acudido en tropel a la plaza y aguardaba expectante.

Las mujeres observaban desde los porches y detrás de las cortinas, e intentaban ver más allá de los barrotes de hierro de las ventanas del coche, moldeadas en forma de cruces. La taberna se había vaciado, y los hombres aguardaban para ver si los recién llegados estaban a la altura de su reputación. Daggorhorn era un pueblo acostumbrado a las decepciones.

Peter se encontraba lejos de Valerie. No cruzaron la mirada. Qué bueno que hubiera tanto más que ver allí.

Sin embargo, la chica cayó en la cuenta de que quizá no mereciese la pena el riesgo. Al saber de las tribulaciones secretas de su madre, del trauma provocado por el amor, Valerie no quiso sentir un dolor así. El amor, el deseo, qué horrible era todo aquello. Olvidaría a Peter, decidió, y olvidaría a Henry. Llevaría una vida de reclusión, en los bosques, igual que su abuela, solitaria, autosuficiente. Basta ya de «amor».

Un maltratado burro de la aldea se apartaba del sendero con desánimo y acompañado del sonido de sus pezuñas, pensando, con toda probabilidad, que hubiera preferido ser un caballo. Los niños habían estado depositando pequeños objetos, bellotas, muñecos de paja, en los surcos gemelos que las ruedas del carruaje habían excavado en la nieve. Se dispersaron, no obstante, al levantar la vista y ver el ejército que se había formado.

Unos pocos hombres, descomunales, descargaron el coche, desataron las cinchas que sujetaban unos troncos de madera y los apilaron a un lado del camino. El resto de los soldados permanecía inmóvil, aguardaba órdenes. Incluso el mono encaramado, ojo avizor, en el hombro de un lancero parecía estar a la espera de una orden.

—Ante ustedes, su eminencia... —dijo un soldado. Era un moro magnífico, como nadie que Valerie hubiese visto nunca. Tenía el pelo tan corto que bien se lo podían haber dibujado en el cráneo, con un tono grisáceo en lugar de negro. Llevaba un mandoble colgado de los hombros. Sus manos eran enormes y parecían capaces de un estrangulamiento sencillo. Mantenía una de ellas en la cintura mientras caminaba, apoyada de forma cómoda sobre la espiral de un látigo negro. Era el Capitán.

—...el padre Solomon —concluyó otro soldado que sólo podía ser hermano del moro. Ambos hombres hablaban en un tono de voz que sonaba como la caricia del terciopelo sobre la piel.

La aldea estaba maravillada con la venida del padre Solomon. Impresionante como la realeza. Las mujeres se arreglaban el pelo suelto, las deslucidas faldas.

Los observadores contenían el aliento a la espera de que se abriera la puerta. Cuando lo hizo, los vecinos del pueblo se sorprendieron al ver a dos niñas pequeñas en los asientos que miraban al frente de la marcha. Eran tan asombrosas que los aldeanos casi se olvidaron de a quién esperaban ver. Nadie había contemplado nunca un par de niñas con un dolor tal, grabado de forma tan clara en la frente.

Solomon miraba al interior del coche, daba su recta espalda al gentío.

—Por favor, no lloren —se inclinaba sobre ellas—. ¿Ven a todos esos niños? ¿Lo asustados que están? —hizo un gesto en dirección a la multitud congregada en la plaza. Una de las pequeñas se agarró a uno de los barrotes de una ventana para mirar fuera, sus dedos cerrados en un minúsculo puño—. Tienen miedo porque hay algo malvado aquí, un Lobo. Y alguien ha de detenerlo.

A Valerie le gustaba la forma de hablar de Solomon, acentuaba todas las sílabas, como si cada sonido fuera un memento.

—¿Es la bestia que mató a nuestra madre? —preguntó la mayor de las niñas con la cadencia de voz de una mujer adulta.

Las niñas tenían un aspecto arrugado a causa del viaje, de desplomarse en aquellos inmensos asientos de cuero hasta encontrarse hombro contra hombro. Sin embargo, Solomon no parecía cansado ni andrajoso. Cuando se volvió, el gentío pudo ver que vestía una brillante armadura de plata, impecable, con el pelo argentado a juego de forma implacable y peinado al azote del viento. Su aspecto era exactamente el que tendría un cazador de lobos.

—Bien podría serlo —contestó Solomon con gravedad, y una sombra recorrió su expresión.

Las pequeñas se estremecieron, la idea de la bestia ahogó cualquier queja infantil que intentara llamar la atención de papá.

Abrió los brazos, corrieron a cobijarse en él, y Solomon se inclinó almidonado a darle un beso a cada una de ellas en la cabeza. Se suavizó al acariciar el pelo de la más pequeña con el dorso de la mano.

—Es la hora —asintió al Capitán.

Un personaje sombrío se inclinó para empujar a las niñas, entre sollozos, al oscuro interior del carruaje. Su tutor.

—Ahora, sean buenas —dijo, y cerró la puerta con una firmeza paternal. Allí dentro estarían a salvo. Valerie se encontró con que se sentía perversamente celosa de las dos pequeñas de Solomon, a resguardo tras los barrotes de hierro.

El padre Solomon las vio marchar cuando el coche salió de la plaza y, más adelante, de la aldea para llevárselas de forma apresurada a otro lugar más seguro. Los aldeanos las envidiaron y desearon poder huir también, recibir caricias en la cabeza y suaves pellizcos en el mentón. El padre Solomon se tomó un instante para armarse de valor y enfrentarse al trabajo antes de dirigirse a la multitud, que había empezado a convencerse de que se hallaban en la presencia de un gran líder. Con sus guantes negros, elegantes, y su capa de terciopelo purpúreo como la del rey, tenía un aire regio y autoritario. Al observar su rostro, el gentío supo que Solomon había visto un mundo que ellos jamás verían.

Cuando se percató de que les había llegado el turno de recibir su preciada atención, el padre Auguste dio un paso al frente para hablar en nombre de Daggorhorn.

—Es un verdadero honor, vuestra eminencia —se inclinó ante el hombre mayor, ese hombre que era tan magnánimo como para comparecer ante ellos, tan humildes. Valerie deseaba pasar los dedos por la suave tela de su capa, que capturaba la luz conforme caía por sus hombros.

Solomon asintió apenas. Sus movimientos eran tensos y precisos.

—Por fortuna, nos encontrábamos viajando por esta región y hemos tenido la posibilidad de llegar con rapidez. Tengo entendido que han perdido a una muchacha de la aldea —caminaba frente a la muchedumbre—. ¿Contamos con algún familiar de la joven entre la concurrencia?

Suzette no hizo un gesto, y Valerie no localizó a su padre, quizá todavía en la taberna. Los aldeanos se movían inquietos. Miró a Peter, que nada ofrecía desde un lugar alejado en el gentío, y, resignada, alzó la mano.

Solomon se dirigió hacia ella a grandes zancadas e hizo que bajara la mano y que descansara sobre la suya. Olía a metal engrasado, a seguridad.

—No te preocupes —le dijo con voz humilde y una genuflexión—. Los horrores presenciados son suficientes, y también bastan los sufrimientos soportados. Encontraremos a la bestia que ha matado a tu hermana. Lamento mucho tu pérdida.

Aunque sabía que todo era teatro, hallaba un cierto consuelo en ello, en una disculpa pública, en un reconocimiento de que ella, Valerie, era quien había sufrido.

Solomon hizo una ligera reverencia, y su rostro se endureció al volverse hacia los hombres y mujeres que no habían perdido a nadie aún.

Valerie vio al Alguacil avanzar pavoneándose, incapaz de seguir conteniéndose. La joven se sentía asqueada por él y por el resto de los hombres, que se comportaban como niños con toda su violencia y su vanidad.

—Llegan tarde, usted y sus acompañantes —posó una manaza sobre el hombro del padre Solomon—. Pero a tiempo de tomar parte en nuestro festival —el propietario de la taberna murmuraba su apoyo mientras el Alguacil señalaba la cabeza peluda en la pica con ojos vidriosos, blancos—. Como pueden ver, ya nos hemos encargado del Lobo.

El padre Solomon bajó la vista a la mano del Alguacil y al anillo de mugre de sus uñas. Se libró de su presión.

—Eso no es un licántropo —masculló el padre Solomon de forma críptica al tiempo que hacía un gesto negativo con la cabeza.

Valerie notó que Roxanne y Prudence se miraban la una a la otra para, acto seguido, dirigir sus ojos hacia ella. Valerie se encogió de hombros en respuesta. Rose se perdió el intercambio, aún paralizada por la escena que tenía ante sí.

—Ya no, desde luego —dijo el Alguacil, que recibió la aprobación de la gente—. Es posible que ahora no lo parezca, pero es que no lo vieron cuando estaba vivo.

Los hombres de Daggorhorn asintieron convencidos.

—No me están escuchando —dijo con calma el padre Solomon, de un modo que logró que todo el mundo prestara atención—. Ésa no es la cabeza de un hombre lobo.

Se produjo un revuelo entre la gente, que trataba de encontrarle el sentido a todo aquello. ¿Estaba bromeando, sería alguna forma de humor de las clases altas que ellos no alcanzaban a entender?

—Con el debido respeto, padre, hemos vivido con esta bestia durante dos generaciones. Cada luna llena se lleva nuestro sacrificio —la gran sonrisa del Alguacil se escondía enterrada bajo su espesa barba—. Sabemos a qué nos enfrentamos.

—Con el debido respeto —replicó el padre Solomon, impertérrito—, no tiene la menor idea de a qué se enfrentan —Valerie estaba intrigada. Alguien que se atrevía a cuestionar al Alguacil, eso era nuevo—. Veo su rechazo. Una vez yo me comporté igual —admitió el padre Solomon con algún titubeo—. Permítanme contarles una historia, la de mi primer encuentro con un hombre lobo. Llevaré mis pensamientos de regreso a la noche que haría cualquier cosa por olvidar —Valerie percibió cómo la aldea contenía el aliento—. Mi esposa se llamaba Penélope. Me dio dos hijas preciosas, como ya han visto. Éramos una familia feliz que vivía en una aldea muy similar a esta. Y, al igual que Daggorhorn, la nuestra también estaba asolada por un hombre lobo —Solomon se paseaba por delante de su público, sus botas golpeaban pesadas el suelo—. Fue seis otoños atrás. La noche era de una gran quietud, se diría que estaba muerta. La luna se asomaba llena por encima de nuestras cabezas, y su brillo se proyectaba sobre todas las cosas. Ya era tarde cuando mis amigos y yo salimos de la taberna tras una… celebración —Valerie veía cómo se sonreía al recordar, una sonrisa que apuntaba a otras historias, inéditas—. Decidimos dar caza al Lobo. La posibilidad de que realmente nos topásemos con él jamás se nos ocurrió. Pero lo hicimos. Y resultó ser fatal —dijo con un candor exagerado—. Me encontré cara a cara con la bestia. Respiraba, podía sentirlo. Parpadeó, pude oírlo. Me sentí atravesado por una corriente. Me hizo temblar.

Valerie se sorprendió tan cautivada por el relato como lo estaban los demás. Incluso su madre escuchaba con atención a su lado.

—Pero el Lobo me dejó marchar, se dirigió hacia mi amigo y me obligó a ver cómo lo partía por la mitad. Fue rápido, mas no lo suficiente como para que no oyese el crujido de su espina dorsal —Valerie se mareó al pensar en Lucie, en lo que podría haber oído ella de haber estado allí—. Grité *como una mujer,* y de repente se encontraba sobre mí. Todo cuanto vi fueron dientes amarillos. Le solté un hachazo y, en un instante, había desaparecido. Le acababa de cortar una de las pezuñas delanteras. Se me ocurrió que podría convertirla en un interesante *souvenir*, y me la llevé a casa —hablaba de una manera íntima, como si nunca hubiese contado a nadie aquella historia—. Llegué por fin a mi hogar, borracho y a tropezones, exultante y orgulloso. Cuando me dirigí a la entrada principal, seguí un rastro de gotas similares a la sangre hasta llegar a una forma oscura que yacía sobre la mesa de nuestra cocina. El líquido oscuro goteaba por el borde de la mesa y se encharcaba en los tablones del suelo —aquellas palabras tenían un efecto físico en Solomon, le brillaban los ojos—. Al acercarme, descubrí horrorizado que se trataba de mi esposa. Llevaba un trapo ensangrentado en la muñeca izquierda. La mano le había sido cercenada. Y cuando abrí el saco, *esto* es lo que hallé dentro —hizo una pausa y acrecentó el suspenso.

El Capitán sacó una caja de detrás de su espalda. Aguardaba el momento. Marchó hasta llegar frente al Alguacil, se acercó mucho, casi de manera gratuita, y, poco a poco, abrió la caja con una floritura propia del clímax. Los demás aldeanos se arremolinaron para verlo más de cerca.

La caja forrada de terciopelo contenía la mano momificada de una mujer, el brillo de una alianza matrimonial, sobre un lecho de pétalos. Los niños dejaron escapar gritos ahogados y salieron corriendo, para volver a acercarse enseguida y echar otro vistazo.

—Rosas —interrumpió Solomon—, las favoritas de Penélope.

Los aldeanos miraban sin desdén, algunos incluso se aproximaron más aún.

—Dije a mis hijas que el hombre lobo había matado a su madre, pero era mentira —afirmó en un tono de una quietud fantasmal—. *Yo la maté* —las palabras del padre Solomon permanecieron suspendidas en el aire—, porque *ella* era el Lobo. ¿Sabe alguno de ustedes lo que se siente al matar a la persona más amada?

Levantó la vista sobre un mar de miradas inexpresivas.

—Quizá lo sepan pronto. Cuando un hombre lobo muere —empezó diciendo Solomon—, retorna a su forma humana.

Miró a la cabeza del lobo, que sin duda había perdido parte de su lustre desde que Solomon iniciara su relato.

—Eso no es más que un lobo gris común. Su *hombre* lobo continúa vivo —se santiguó. Había finalizado el primer acto—. Vengan ahora. A la taberna.

Cuando hubo entrado todo el que allí cabía, Solomon mostró en alto una espada de plata incrustada con gemas y la imagen grabada de Cristo en la cruz.

Al verla, al padre Auguste se le iluminaron los ojos.

—Es… —intentó tranquilizarse—. Es una de las tres únicas espadas de plata bendecidas por la Santa Sede. ¿Puedo tocar…?

Solomon le dirigió una mirada de reproche.

El padre Auguste retrocedió, escarmentado.

—Estos son tiempos muy peligrosos —dijo Solomon al subyugado pueblo de Daggorhorn.

Claude oteaba la escena tumbado sobre el estómago en las vigas del techo. Valerie le dedicó una breve sonrisa desde donde estaba, apretujada e incapaz de ver apenas. Deseó haber pensado antes en subirse allí.

—Por supuesto, todos saben lo que significa la luna de sangre —¿lo sabían? La gente miraba a su alrededor en busca de alguien mayor que hablara—. Veo que no tienen ni idea de su significado.

Los aldeanos sintieron que se sonrojaban sus mejillas, presa de la vergüenza. Eso no les gustaba.

—El planetario —Solomon extendió la mano. Era todo lo que tenía que hacer.

El Capitán situó sobre la mesa un instrumento de latón con esferas de cristal.

—Lo inventaron los persas, aunque este lo he hecho yo mismo. Hasta el menor de sus engranajes —dijo mientras giraba uno de los globos con un movimiento suave del dedo y ajustaba la posición de otro. Encendió una vela que tiñó el modelo de una luz rojiza—. Vean, el planeta rojo converge con la luna una vez cada trece años.

Es el *único* momento en que se puede crear un nuevo hombre lobo.

Con un golpe de muñeca, la esfera explotó. La gente pestañeó ante el sonido. Solomon esbozó esa ligera y tensa sonrisa suya.

—Durante la semana de la luna de sangre, el hombre lobo puede transmitir su maldición con un simple mordisco. Incluso a plena luz del día...

—Le ruego me perdone, pero está equivocado —el Alguacil parecía complacido—. La luz del sol convierte al hombre lobo en humano...

—No, es usted quien se equivoca —dijo Solomon mirando a los ojos de los hombres que habían arriesgado sus vidas en las cuevas. Los del padre Auguste brillaban. El Alguacil cambió de postura—. Un hombre lobo jamás es realmente humano, con independencia de su aspecto. Durante la luna llena normal, la mordedura del Lobo los mataría, pero durante los días de la luna de sangre, son sus *almas* las que corren peligro.

La estancia se quedó helada.

—¿Cuánto tiempo, exactamente?

—Cuatro días.

«Quedan dos noches», pensó Valerie. «Mañana será el último día».

—Como he dicho —interpuso el Alguacil con aire de autoridad, sonriente, sus mejillas mofletudas tirantes—, nada de eso importa. Ya estamos a salvo. El Lobo está muerto. Yo mismo lo maté en su guarida, la cueva del monte Grimmoor —el Alguacil comenzó a darse la vuelta con la esperanza de haber puesto el punto final.

Solomon lo miró como si se tratara de un niño. Los aldeanos no sabían con seguridad cuál de los dos patriarcas debería recibir sus lealtades.

—Han sido engañados por la bestia —dijo Solomon mientras se apretaba los nudillos para que crujieran de manera sistemática—. Desde el principio. Lo más probable es que atrajera a un lobo hambriento hasta la caverna y lo atrapase allí para que ustedes lo encontraran. Les ha hecho creer que vivía en el monte Grimmoor para evitar que lo buscaran en el lugar más obvio —hizo una pausa y les permitió entender el alcance de su propia insensatez—. El Lobo vive aquí mismo. En esta aldea —miró a los vecinos del pueblo—. Entre ustedes. Es *uno de ustedes*.

Comenzó por uno de los extremos de la multitud y fue mirando a los ojos de todos y cada uno de los aldeanos presentes y en fila. El arquero enmascarado examinó a la muchedumbre por su lado, con la ballesta colgada en la espalda.

—El verdadero asesino podría vivir en la casa de al lado, ser su mejor amigo, incluso su mujer —sus ojos eran como gemas talladas.

Valerie vio cómo los pensamientos de los hombres regresaban a la cueva. ¿A quién habían echado de menos? Resultaba imposible saberlo, en el caos de la oscuridad. Su propia mirada se cruzó con la de la señora Lazar, con la de Peter, con las de sus padres. Comenzó a reproducir mentalmente los relatos de sus amigas acerca de lo que había sucedido en la acampada. ¿Cómo fue posible que perdieran de vista a Lucie? ¿La habría retenido alguien y después la habría arrastrado a la oscuridad… o habría escrito una nota para atraerla hasta allí?

Su mirada de sospecha se posaba sobre las gentes que conocía de toda la vida. Entonces se dio cuenta de que ellos tenían sus ojos clavados en ella.

—Cierren la aldea con barricadas —ordenó el padre Solomon—. Aposten hombres en cada una de las puertas del muro del pueblo. No saldrá nadie hasta que matemos al Lobo.

El Alguacil se frotaba los dientes con la lengua.

—El Lobo está muerto —gruñó—. Esta noche lo celebraremos.

Solomon lo miró fijamente, sus ojos en llamas.

—Adelante con la celebración —dijo, levantando las manos como sólo haría un hombre acostumbrado a que lo escuchen—. Ya veremos quién tiene razón.

Dio media vuelta y salió a grandes zancadas de la taberna.

El padre Solomon era un caminante brioso, y Valerie se vio obligada a correr para alcanzarlo. Aunque se detuvo poco después, cuando la espalda de Solomon se tensó y su mano se dirigió hacia su acero. «No es hombre al cual acercarse de sopetón».

Se volvió, y la amenaza desapareció de sus ojos.

—Lo siento —dijo ella.

—No, no. ¿De qué se trata, hija?

—Necesito saber… mi hermana…

—¿Sí?

—¿Por qué? ¿Por qué ha esperado el Lobo hasta ahora para atacar? ¿Y por qué a ella?

—Solo el Diablo lo sabe.

Podía ver que la muchacha no se había quedado satisfecha, que no era una joven aldeana de mente simple a quien disuadir con tópicos piadosos.

—Ve y habla con mi amanuense. Puede mostrarte cosas que te ayudarán a comprender lo insondable.

Ella se quedó atrás mientras los trancos de él proseguían.

—Lo insondable, sí —oyó decir a una voz que no reconocía—. Comprender, quizá no.

Se giró, y el amanuense, que había estado siguiendo a Solomon, se detuvo y le mostró un gran libro forrado de cuero. El hombre tenía el mentón prominente y un rostro amable. Valerie inspeccionó el cierre del libro. Parecía como si estuviera hecho de pezuñas de caballo, y bien podría estarlo. No lo preguntó.

Abrió el libro con un sonoro *clac*. Las imágenes eran dibujos a lápiz de las bestias a las que el padre Solomon y sus hombres habían dado muerte, dibujos interpretados con gran belleza.

El amanuense se colocó las gafas sobre la nariz. Las páginas estaban cubiertas por una caligrafía constante y distinguida.

—Ése es el obour. Sobrevive a base de sangre y de leche. Desgarra las ubres de las vacas por la noche —el amanuense poseía una voz entrecortada, arrastrada—. No te gustaría encontrarte a uno de estos en la despensa.

Hojeó el libro y reparó en las líneas cuidadosas y elegantes, la superficie de las páginas ligeramente emborronada de carboncillo al haber sido tocadas y repasadas tantas veces. Ella misma recorrió cautelosa con los dedos las imágenes fantásticas.

—Hermosas, ¿eh?

—Sí.

—Las cosas que rondan tus sueños.

Las páginas de papel de vitela, con subrayados azules y rojos rodeados de florituras doradas, mostraban extrañas criaturas con cabeza de cuervo, monstruos marinos con cuerpo de lagarto, y rostros humanos que exhalaban un humo de lacre pertrechados sobre letras destacadas. No era capaz de convencerse de que fueran reales.

Y el corazón le dio un vuelco cuando sus ojos se posaron en la descomunal figura de un licántropo bípedo. Pensó en la dulce Lucie y cerró el libro, incapaz de seguir mirando.

15

"Los restos de mi hermana muy pronto dejarán de serlo", pensó Valerie mientras descendía por la pendiente que llevaba al río. El atardecer ya estaba avanzado, Cesaire portaba uno de los extremos de la delgada balsa que soportaba el cadáver de Lucie, y Valerie y Suzette, el otro. Llegaron hasta la orilla, donde la tierra era demasiado blanda y parecía hecha de cenizas que se movían bajo la nieve ligeramente salpicada de las tenues huellas de pies y de patas que los habían precedido.

Vieron que los Lazar —lo que quedaba de ellos— ya estaban allí, en vigilia sobre el cuerpo de Adrien, yaciente sobre su propia balsa. La señora Lazar se encontraba de pie, bien erguida, como si la anciana se negara a encorvarse. Henry estaba detrás de ella.

Ambos asintieron al aproximarse Valerie y su familia. Henry arqueó las cejas a la joven, a modo de disculpa silenciosa por su conducta en la herrería. Dispusieron la balsa de Lucie junto a la de Adrien. La escena hizo que Valerie dirigiera la mirada hacia su madre, pero Suzette se hallaba perdida en su mudo dolor por partida doble.

Cesaire se puso en cuclillas y comenzó a preparar las dos antorchas, a prender chispas con el pedernal, a evaluar el río.

Valerie no podía evitar que la tristeza de su padre le pareciera insoportable.

La joven retrocedió hasta aproximarse al bosque. Un gran árbol había caído con el viento de la noche previa, y sus raíces volteadas lanzaban las garras al aire en busca de su tierra perdida.

Cesaire levantó la vista. Las antorchas estaban preparadas.

Henry descendió del terraplén irregular para recibir una de ellas. Antes de que le diera tiempo de pensarlo demasiado, la inclinó sobre la balsa de Adrien y empujó el ataúd flotante al río, que se onduló como un tejido sedoso. Sus cortes y ondas siempre coincidían en los mismos surcos y pliegues, de manera que todo momento pareciera igual que el siguiente, como si el agua no se moviera en absoluto. Ésta sofocaría las llamas, pero sólo después de que el fuego concluyera aquello para lo que había sido invocado.

Henry se dirigió hacia su abuela mientras las llamas prendían la balsa. Firme, a su lado, rodaba una piedra con el pie, adelante y atrás. La señora Lazar cerró sus párpados arrugados, y Valerie pudo ver la amenaza de las lágrimas asomarse a ellos. Por un instante no fue más que una madre que quería a su hijo. Valerie sintió que atisbaba el corazón de hueso de aceituna de aquella mujer mayor.

Lo que no podía era imaginarse a la señora Lazar como una jovencita, alguien dependiente de otro. Resultaba difícil creer que hubiera participado de necesidades humanas tales como dormir o comer. Y, aun así, la señora Lazar no era del todo mala. Valerie, que lo había explorado todo, sabía que aquella mujer sacaba en secreto recipientes de leche para los perros callejeros.

A través del velo del luto, los cinco dolientes oyeron el sonido de unos pies que rozaban contra las piedras del suelo. Era Claude, que acudía a presentar sus respetos a Lucie. Con la mirada fija en los ojos de Valerie, descendió por el terraplén. Lo estaba asumiendo lo mejor que podía. Claude creía en muchas cosas y, aun así, antes de aquel día, no había creído en el mal. Había hecho falta que viera a Lucie tendida en los campos de trigo para convencerse.

El mal estaba en todas partes.

La señora Lazar sollozó y dio la espalda al intruso, si bien Valerie le dedicó a Claude una leve sonrisa. No le molestaba que se uniera a la familia en su duelo.

Cesaire, al ver que la balsa de Adrien se había adentrado ya bien en el río, dio un paso al frente. Valerie le hizo un gesto negativo con la cabeza. Un momento más.

Observó con detenimiento a su hermana por última vez: su cuerpo, aquellos pies tan pequeños que no parecían listos para desaparecer por siempre. La miró e intentó decirle adiós.

Pero el adiós no era fácil.

Suzette se acercó a la balsa, temblando entre lágrimas. "Las madres no deberían sobrevivir a sus hijos", pensó Valerie. "En la naturaleza debería haber una ley que lo impidiera".

Cesaire, que miró primero en busca de permiso, tocó el borde de la balsa con la antorcha. Una vez prendida, la liberó al río.

Suzette titubeaba a su espalda, lo suficientemente lejos como para dejar claro que su duelo no era por separado, pero tampoco unido.

Valerie sintió un toque y se volvió de forma instintiva hacia el pecho de Henry: un lugar silencioso. Percibió un brazo a su alrededor y se dio cuenta de que estaba llorando y le estaba empapando de lágrimas el cuello de cuero. En el momento en que volvió a levantar la vista, la señora Lazar había desaparecido.

Cuando las llamas descendieron para fundirse con el río, Valerie se apartó del refugio del cuerpo de Henry. Al no desear ir junto a su madre, al sentir que no debía ir junto a su padre, se fue caminando por la orilla del río, cuya superficie parecía una masa sin mezclar. Ahora, su hermana era agua, fresca y clara. Encontró un lugar donde el río batía suavemente contra la ribera, donde unas pocas plantas se erguían a través de la nieve. ¿Cómo podía ser que aún crecieran esas plantas? Se sentó, aceptó la sacudida del frío mordiente de la marea que sumergía sus pies, los enjuagaba, hasta que Claude gritó su nombre, traído por el viento.

Se volvió y encontró a su madre mirando las dos balsas, preguntándose por qué no se la habrían llevado también a ella.

Lucie se había ido, de eso no cabía ya ninguna duda.

Valerie y sus padres regresaron a casa dando un paseo a lo largo de la oscura hilera de árboles que recorría el muro de la aldea. Al entrar, atravesaron una barricada con refuerzos y pasaron bajo la implacable mirada de los soldados del padre Solomon, que patrullaban a caballo. Comían al tiempo que vigilaban, sus armas colgadas de los hombros. Con la boca de medio lado, arrancaban mordiscos de unas barras enormes o bien se liquidaban jarras de cerveza en un par de tragos, pero sin quitarle ojo a la familia.

La barricada recién erigida resultaba atemorizadora; significaba que, ahora, el mundo consistía en la aldea contra el Lobo, pero atemorizaba a Valerie por una razón que le daba miedo admitir, incluso para sí.

La barricada significaba que estaría atrapada en el interior.

Ni siquiera le importaba dónde se hallaba el Lobo, cayó en la cuenta en un momento de lucidez. Lo importante era que existía el exterior, y que ella no formaría parte de él. Se sentía como si estuviera bien hundida en el fondo de un pozo, y alguien cerrara la trampilla.

En la oscuridad, los tres oyeron un ruido ensordecedor y, a continuación, algo saltó sobre ellos de entre los matorrales, fabuloso y aterrador.

Era un lobo con rostro humano.

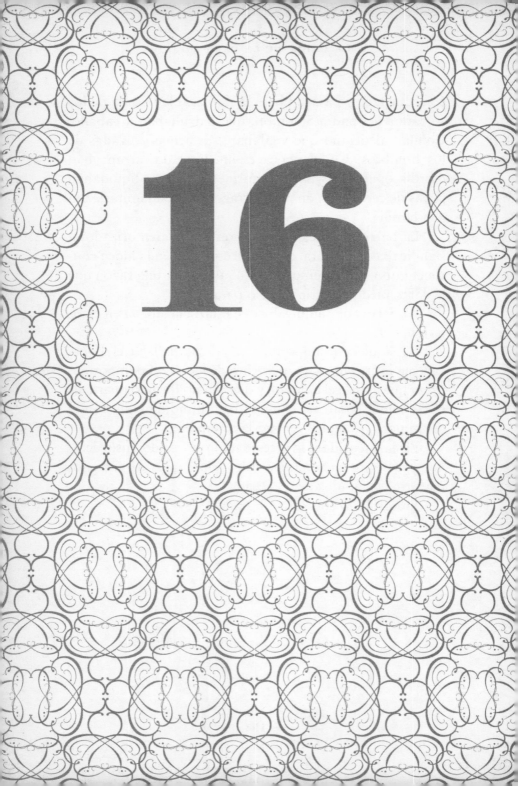

16

El hombre con el disfraz de lobo crispó los nervios de Valerie, ya de por sí a flor de piel. Casi había olvidado que aún tenía lugar la «celebración» del Alguacil. Al entrar en la plaza sin un rumbo claro, pero los sentidos en estado de alerta, notó que unos ojos se clavaban en ella. Asustada, miró a su izquierda y vio que pertenecían a la cabeza de un jabalí que transportaban en una fuente de peltre. Llevaba una manzana roja en la boca y unas uvas por ojos que le otorgaban una mirada ausente.

Habían construido una gran efigie del Lobo sirviéndose de una pirámide de raíces, palos afilados y escombros. Ardía en el extremo más alejado de la plaza y tosía pavesas del negror de sus fauces. La luna de sangre se alzaba madura en el cielo de aspecto vacío.

Se había improvisado un escenario a partir de unos pocos tablones combados, sobre los cuales el cabrero y

varios leñadores hacían girar las manivelas de unos orga-
nillos y golpeaban las cuerdas de unos laúdes. Simon, el
sastre, le había echado el guante a una gaita, y aquella
cosa resollaba con el volumen y la estridencia de un animal agonizante. Los músicos soplaban sus cuernos con
todas las fuerzas de que disponían, se quedaban sin respiración, engullían más aire y empezaban de nuevo.

A pesar de tanta comida de aspecto delicioso, los olores a basura podrida y el sudor de los hombres seguían
inundando la plaza. A Valerie se le revolvió el estómago.

Buscó a Solomon y a los suyos, pero no los encontró
por ninguna parte. Había visto su campamento montado en el cobertizo enorme que había detrás del granero
e imaginó que estarían allí encerrados y se negaban a
participar.

Todo el mundo parecía estar celebrándolo por todo lo
alto para convencerse de que debían celebrarlo siquiera.
Bailaban, frenéticos y desinhibidos, como si en su frenesí
fueran a conseguir olvidar. Algunos hombres, respetables
durante el día, se arrastraban a cuatro patas y destroza-
ban sus pantalones por la nieve. Una mujer tropezó y cayó
al barro delante de Valerie, pero, antes de que pudiera
prestarle su ayuda para levantarse, ya la habían devuelto
al baile de un tirón. Hombres con el rostro colorado balanceaban a sus corpulentas compañías y admiraban las
curvas de sus mujeres a un brazo de distancia con las manos entrelazadas sobre la cabeza. Hermanas que bailaban
con sus hermanos pequeños aunque sus ojos se posaban
en los chicos del otro extremo del escenario. Las voces
rebotaban por la plaza y lograban que pareciera que había cientos de personas más allí.

Rodeada de todos sus conocidos, Valerie se sentía en completa soledad.

Suzette mantuvo la mirada baja y se fundió con la multitud sin decir palabra. Valerie vio al Alguacil, su cabeza calva reluciente de sudor, que dominaba prepotente la escena desde una larga mesa dispuesta frente a la taberna. Le dirigió una señal para que se acercara a él, pero Valerie le hizo caso omiso por puro desprecio. No obstante, resultaba difícil mantener su amargado sentido del ultraje. Había demasiada gente inmersa en el delirio de la celebración como para hacer descansar la culpa en una única persona. El azote del luto era extenuante. Valerie se rindió.

Su padre, que ya se descolgaba de una rama de forma despreocupada, soplaba con fuerza e intensidad el cuerno de un buey con el inútil propósito de inaugurar un festival que la gente ya había comenzado. El sonido del cuerno fue largo y grave, como si alguien se sonara la nariz.

—¡Eh! ¡Eh! ¡Todo el mundo!

Valerie y quienes la rodeaban se giraron hacia la voz estridente. Marguerite se había hecho con un cubo oxidado y le había dado la vuelta con el fin de ganar altura, y gritaba para que su voz se impusiera, los brazos levantados por encima de la cabeza.

—¡Silencio todo el mundo!

El supuesto podio estaba inclinado y comenzó a ceder hacia atrás. Henry lo detuvo para estabilizar a la camarera antes de que ésta se cayera.

Los que se encontraban a los lados de la mesa continuaron con el jaleo: o bien no la oyeron, o bien no se preocuparon por escuchar. Marguerite levantó una jarra de peltre.

—¡Por el Alguacil! —entonces, al darse cuenta de que había exigido la atención de todo el mundo, añadió—: Por, mmm..., su valentía y su coraje y por no tener miedo.

Valerie se preguntaba si iba a decir algo más. Parecía que ni la propia Marguerite estaba segura, pues ni siquiera sabía lo que iba a decir en primera instancia.

—...y por dejar al Lobo más tieso que los clavos de una puerta. Como los clavos que hace el pequeño Henry —Henry sonrió en un intento de componer una expresión educada—. Aunque ya ha dejado de ser pequeño —le guiñó un ojo y ladeó los labios para dar más énfasis.

Por muy brillante que fuera el rosado de las mejillas de ambos, Claude y Roxanne se mantuvieron al margen, juntos, y con la elegancia de quien no dice nada. No era aquella la primera vez que su madre los avergonzaba. Valerie miró a Roxanne de manera compasiva.

Se quedó al margen de la multitud. Los sentimientos de dolor y temor se apoderaban de los aldeanos y se mezclaban con la ira, que los hacía verse invencibles y salvajes. La caída de la noche siempre los hacía sentirse descontrolados.

Un artesano candelero se encontraba sentado en el borde del pozo y daba patadas al agua con los pies. Empapó a los músicos. El que tocaba la mandolina revisó la boca de su instrumento.

Prudence se acercó sigilosa hasta Valerie, la falda gris de su vestido sujeta con ambos puños mientras bailaba.

—¡Qué alegría que hayas venido! —gritó por encima del ruido. Agitaba su pelo castaño en el aire, de un lado a otro. Valerie confió en que aquello significara que había recibido el perdón por su compromiso con Henry. Decidió confesar sus preocupaciones a su amiga.

—Prudence, el Lobo no se ha ido, ¿verdad? —dijo con una voz que a sus propios oídos sonó hueca al haber hecho la pregunta que ardía y se ahogaba en las gargantas de todos, como un petardo gastado.

Prudence detuvo su danza y dejó caer la falda.

—¿Por qué dices algo así? —frunció el ceño—. Ya has oído al Alguacil.

—Pero el padre Solomon...

—Los hombres saben lo que hacen. Ahora ven, ¡vamos!

Valerie vio el pelo rojizo de Claude destacar entre la multitud. Esperó que el muchacho fuera capaz de disfrutar de algo de diversión tras los sucesos del día anterior.

Al ver que ella lo miraba, el chico intentó un animado baile; dio patadas al aire en ángulos complicados para hacerle reír, y ella forzó una sonrisa para él. Sin embargo, inconsciente de su propio tamaño, la danza lo envió contra un grupo de mujeres hoscas que tuvieron que apartarse de en medio a regañadientes. El muchacho les sonreía de oreja a oreja cuando otro adolescente, William, pasó corriendo y le quitó el sombrero de la cabeza de un topetazo.

—¿Quién teme al lobo feroz? —gritó William con un tono de inocencia fingida.

—¡Alto! —gritó Valerie, pero el chico ya se alejaba corriendo en la dirección contraria.

Claude salió detrás de él y lo persiguió alrededor del pozo. Sus pies resbalaban en la tierra en su intento de persecución. Roxanne, que nunca lo perdía de vista durante mucho tiempo, se acercó rápidamente y se encogió de hombros con docilidad ante Valerie mientras se enfrentaba a su hermano.

«¿A quién está intentando engañar todo el mundo?», se preguntó Valerie. Cerca de la efigie del Lobo, un par de imbéciles lanzaba restos de mobiliario al fuego. El gentío se enardeció cuando alguien levantó por encima de su cabeza el símbolo de la luna llena del altar del Lobo y lo destrozó contra la hoguera.

Vio que Henry Lazar se abría paso hacia ella por el exterior de la plaza, pensó en el refugio que había hallado en él con anterioridad y, curiosamente, no tuvo deseos de evitarlo.

—Henry —dijo, sintiendo el vínculo del duelo.

—Todo esto parece fuera de lugar. Apenas acabamos de celebrar los funerales —comentó él.

Valerie observaba a la muchedumbre escandalosa y quedó horrorizada al ver a Rose balancearse contra Peter, restregar sus anchas caderas de forma seductora. Él la sujetaba bien de cerca, la aferraba a su pecho, y giraban hombro contra hombro al unísono.

—No —dijo Valerie, que se volvió de pronto hacia Henry con una compasión que de forma inexplicable llegaba a su límite—. Deja que lo celebren.

—Resulta difícil creer que sea el momento —negó el joven con la cabeza.

De repente, al notar la profundidad de su propio dolor, Valerie sintió deseos de hacerle daño.

—Ya has oído al Alguacil. El Lobo ha muerto. Retomemos todos nuestras vidas —se odió a sí misma al instante.

Él había expresado con exactitud lo que ella sentía, y ella lo había atacado por ello. Valerie tenía la sensación de no encontrarse en sus cabales.

Se volvió para disculparse, pero él ya había desaparecido.

William pasó corriendo con el sombrero de Claude puesto. Valerie vio que Claude otra vez se marginaba y se apartaba de la plaza, aún avergonzado y sin saber qué hacer. Había sido una noche dura para él, y ella se dirigió a su lado.

—William es un asno. Recuperaremos tu sombrero.

En un duro esfuerzo por no parecer infantil, Claude no pudo evitar un tartamudeo.

—L-lo hizo mi hermana.

Valerie le dio unos golpecitos en el brazo e intentó localizar a William, por todas partes excepto por donde estaba Peter. Dirigió la vista al fuego. La música iba ganando volumen, y las llamas ascendían más y más alto en el cielo nocturno. Entonces vio que su padre había resbalado en el fango y no podía levantarse. Una niña saltó por encima de él y le pasó los lazos de las botas por la cara.

—Discúlpame, Claude.

Al acercarse, observó que un hombre vestido con un disfraz de lobo andrajoso se encontraba sobre Cesaire, le azotaba con la cola plana y le bufaba en la cara.

—Y soplaré y soplaré hasta…

—¡Apártate de él! —gritó la joven.

Cuando vio que no lo hacía, Valerie salió corriendo, agarró un leño y le atizó con agresividad. Unas mujeres cesaron sus burlas y guardaron silencio, impresionadas.

—¡He dicho que te apartes! —le gritó bien alto, por encima de la música. El hombre salió correteando de regreso al abrigo del escándalo de la muchedumbre.

—¿Es que me quieres reventar el tímpano? —se rio Cesaire desde el suelo con el rostro pegado al barro y, al parecer, sin conciencia alguna de lo que había sucedido. Estaba claro que había visto en aquella noche la ocasión de beber mientras pudiera, todo cuanto pudiese, hasta embriagarse tanto que no fuera capaz de echar mano a nada más.

—No estoy para bromas.

Por lo general, Valerie aguantaba las juergas de su padre, pero no podía hacerlo esa noche. Con tanta atención dedicada a su familia, quería llevarlo a casa sano y salvo. En ese momento, sintió la pérdida de Lucie de un modo más acentuado que hasta entonces; Lucie la habría ayudado a encargarse de su padre.

Avergonzada, Valerie vio que su padre estaba tirado sobre un charco de su propio vómito.

—Padre...

—Ya me levanto, ya me levanto —se las arregló para sentarse, pero no pudo ir más allá—. Creo que he perdido un trozo de diente —dijo desde el suelo y frotándose la mejilla con la mano.

Valerie lo ayudó a levantarse sobre sus pies inestables. Estaba muy borracho y se esforzaba con ahínco. Le sujetó ambas manos mientras él se balanceaba adelante y atrás en un intento por recobrar el equilibrio.

—Las cosas que parecen tan fáciles de día...

Valerie le permitió apoyarse en ella mientras lo arrastraba lejos de la gente y lo conducía a casa.

Cesaire bajó la vista a su camisa, al vómito.

—Le damos la vuelta a esto y listo para ver al rey —dijo mientras intentaba quitársela.

Pasaron junto a un grupo de adolescentes.

—¿Es que se ha desmayado la mujer barbuda? —gritó un muchacho con cadencia cantarina.

—¡Una señorita en apuros! —se mofó otro.

Valerie apretó la mandíbula. Sentía el peso de su padre como una piedra al cuello.

—No te preocupes por ellos, Valerie —masculló Cesaire. Mientras él arrastraba los pies a su lado, ella se avergonzaba por avergonzarse de él. Sabía que su padre era consciente de ello, y sabía el dolor que le causaba—. Mi buena chica —soltó con ojos llorosos, frágil en su estado de embriaguez. Intentó darle unos golpecitos a su hija con la mano que tenía libre, pero erró el objetivo.

Se dio la vuelta y, esta vez sí, se las arregló para dar con la cabeza de Valerie. Ella sabía que Cesaire tenía que alejarse de la infernal zozobra del festival, una celebración a pesar de la muerte de su hija.

Él miró a su alrededor, se preguntaba dónde estaría su casa y la encontró.

Se soltó de ella de un empujón.

—…a da fiesta, pásadelo bien —ordenó a su hija. Ésa fue toda la sabiduría paterna que fue capaz de reunir y, sin mucho más que otra mirada en dirección a su hija, avanzó tambaleándose con pinta de necesitar quizá tomarse un descanso bajo la casa antes de atacar la escalera.

De regreso a la plaza, Valerie vio a dos niñas tomadas del brazo, con cuidado de no perderse la una de la otra en medio de la multitud. Recordó un festival al que acudió su familia cuando Lucie y ella eran pequeñas, daban vueltas en brazos de su padre, y, más tarde, su madre se agachaba para introducirles trozos pequeños de carne en la boca, como si fueran las crías de un ave.

—Ojalá pudiera yo sentirme tan libre como Rose —se acercó Prudence entre pavoneos y gritando por encima de la música al tiempo que mantenía la postura perfecta aun bailando.

Consciente ya de a qué se refería, Valerie se giró incómoda hacia Peter y Rose. Ella le rodeaba y abrazaba el cuello. Las manos de él, sobre el rostro de ella, se adentraban en un pelo oscuro tan similar al suyo que en cierto modo lo convertía en algo más íntimo, una traición más profunda de lo que fuera que sus cuerpos hicieran. La banda tocaba, animaba y abucheaba a la pareja cada dos por tres, algo que no hacía sino echar más leña al fuego de Rose para que se restregara más. Peter mantenía la cabeza baja. Valerie se sentía como si Rose la estuviera castigando por lo de Henry, algo que ni siquiera había sido cosa suya.

Les deseaba la muerte. No era capaz de decidir a quién odiaba más, si a Peter o a Rose. La vista se le nublaba al mirarlos.

—¿Estás bien? —preguntó Prudence con la mano sobre la espalda de su amiga.

—Sí.

—Me pregunto si no deberíamos detenerla. Al bailar con *él* está terminando de arruinar la poca reputación que le queda —Prudence se retiró un mechón castaño detrás de la oreja.

Valerie reparó en que la hoguera había crecido. Las llamas se elevaban bien alto y proyectaban sombras alargadas que bailaban por el suelo.

—No —dijo en tono misterioso—. Deja que haga lo que quiera.

Justo en ese momento, pasó por allí un vidriero casi irreconocible por el barullo de hojas que llevaba pegadas en la cara; daba grandes tragos de cerveza.

Valerie alargó el brazo hacia la botella de aquel hombre y, con la cabeza hacia atrás, se mojó la punta de la lengua con el fuerte brebaje. Vació todo el contenido de la botella, que le quemara garganta. Levantó la vista y sintió que nadaba por el aire.

Agarró a Prudence y tiró de ella en una danza alocada, la luz de las extáticas llamas sobre sus rostros.

Se inclinaban hacia delante con las piernas abiertas. La una frente a la otra, agachaban la cabeza de manera que el pelo se les echaba en la cara al levantarse. Dos pasos al frente, un paso atrás. Tres pasos al frente, ahora, y estaban cara a cara, pecho contra pecho. Al no haberle prestado nunca demasiada atención a su cuerpo, Valerie se sentía con mayor libertad que Prudence y que las otras chicas, y se agitaba como si un espíritu poderoso morara en ella.

Ninguna de las dos se detenía a pensar hacia dónde girar, o hacia dónde iría la otra. Lo hacían, sin más, y funcionaba. Ágiles, describían círculos eufóricos, se levantaban las faldas y se buscaban mutuamente las manos en el aire. Se retaban con la mirada, y sus ojos brillaban plenos de secretos. Valerie se llenaba de júbilo con la unión que ella y su amiga compartían.

Entre tanto, Peter se movía con Rose. Su cuerpo descansaba sobre el de ella mientras ésta se levantaba la falda y mostraba sus piernas. Aunque el baile de Valerie y el de Peter eran distintos y sus cuerpos se movían de forma diferente, ambos se entregaban a la misma danza. La danza de los celos, tan antigua como el ser humano.

Captaron miradas que se abrían paso a través de los vibrantes cuerpos de una pareja que bailaba entre ambos, y Valerie observó a Peter, que la observaba a ella, y ambos fingieron no hacerlo. La energía fluía entre ellos, transportada por unas líneas visuales que se aseguraban de no encontrarse jamás.

¡Bam!

Sin que Valerie se percatara de ello, Henry se había aproximado a tropezones hacia ella, derramando con descuido la cerveza de una jarra que claramente era la última de una larga serie. Peter se había desplazado de manera protectora para bloquearle el paso.

Valerie obtuvo una cierta satisfacción del hecho de que Peter debía de haber estado tan pendiente de ella como ella lo había estado de él.

Henry, en un denodado esfuerzo por hallarle el sentido a las cosas en la falta de claridad de su embriaguez, finalmente se dio cuenta de que había sido Peter. Se volvió con brusquedad, la respiración agitada, y se abalanzó hacia su rival con un fuerte empujón a un trío de borrachos disfrazados de cerditos que había en su camino.

Al ver los desaforados ojos de Henry a la carga, Rose se echó a un lado para aferrarse a Prudence. Henry atropelló a Peter con tanta fuerza que éste se tambaleó hacia atrás.

—Cálmate, amigo —dijo Peter, que recobró el equilibrio y advirtió rápidamente el estado en que Henry se encontraba.

—¿*Amigo*? Tú nos abandonaste. En las cuevas —los músculos de Henry se tensaron.

Peter retrocedió con precaución. Henry no parecía él.

—Ya veo que algunos no saben beber —dijo Peter. No siguió por ese camino, pensó que quizá Valerie se acordase de su padre.

—Y ahora —proseguía Henry a lo suyo al tiempo que se acercaba más a él con el olor a alcohol en el aliento—, mi padre *también* está muerto.

—No hagas esto, por favor —intervino Valerie—. No merece la pena.

Henry se la quitó de encima y siguió, sin ser consciente de su fuerza, que la tiró al suelo de espaldas. Peter le sujetó el brazo y se lo retorció. En una reacción excesiva, Henry tomó fuerza con el puño y lo descargó contra uno de los ojos de Peter. El gentío se rio al ver la dura caída del joven contra el suelo.

Henry se lanzó por él, lo sujetó por el cuello de la camisa y lo obligó a enfrentársele como nunca lo había hecho. Miró a los ojos del hombre a quien deseaba culpar por la muerte de sus padres, porque eso le ofrecía un refugio de la terrible posibilidad de que todo se pudiera perder con un simple desliz del destino.

—Tú, puerco —le espetó.

Aquello sí hizo que la gente se agitara, pero Peter no se rio. Extrajo un cuchillo de su bota, saltó y tiró una estocada al rostro de Henry.

—Aparta tus manos de ella, o te las corto —el cuchillo temblaba frente a Henry, a escasos centímetros de su cara. Parecía que Peter se las fuera a cortar de todas formas.

Henry, preparado para derrotarlo, no tenía aspecto de asustado.

—Peter, por favor... —dijo Valerie en tono suave.

Lo que buscaba Henry era una riña adolescente, pero Peter, sabía ella, iba en busca de sangre. La voz de Valerie se bloqueó, asombrada por la temible belleza de aquello, de ser tan amada. Se emocionó de culpabilidad y orgullo ante la idea de su propio poder, ante la idea de que alguien la amara hasta el punto de matar por ella.

Al oír su voz, Peter retrocedió poco a poco, aunque se detuvo para apuntar a Henry con el cuchillo una vez más.

—Lamentarás esto —y desapareció de la plaza.

Henry permaneció mudo mientras Valerie lo miraba decepcionada por un momento, antes de salir corriendo detrás de Peter.

Lo siguió al oscuro refugio de un callejón. El espacio cerrado amortiguaba el ruido del festival hasta convertirlo en un murmullo.

Peter aguardaba con la espalda contra la pared, el pecho agitado, los ojos salvajes y peligrosos.

—Déjame en paz.

Pero ella se sentía demasiado poderosa para eso. No le dirían lo que tenía que hacer.

—Estás sangrando —extendió la mano con ternura para tocarlo cerca del ojo.

—¿Y qué? —dijo al tiempo que apartaba su mano con rudeza—. Dios, Valerie, ¿a ti qué es lo que te pasa? ¿Qué tengo que hacer para que lo dejes ya?

Valerie no aceptaría un no por respuesta, porque sabía lo maravilloso que sería un sí. Por mucho que hubiera renegado de sus sentimientos por él un rato antes, no podía negar lo que ahora sentía tan real. Notaba el curso de la bebida a través de ella, la llevaba en volandas.

—Peter —comenzó a decir. Él levantó la mirada, y Valerie pudo ver el dolor en sus ojos—. Te quiero —dijo con libertad. Con Peter estaba al desnudo; él hacía que se saliera de sí misma.

Él no supo qué decir. Sus ojos ardían con un brillo trémulo, y sólo permitió que los viera un instante antes de apartarse de ella. Su respiración se entrecortaba.

—¿Qué hacías con Rose, por cierto? —exigió saber Valerie, y ya era mucho pedirle.

Peter se volvió a ensombrecer, le dio la espalda y dio otro paso para alejarse más aún en el callejón, y luego decir con voz gélida:

—No hace falta que me guste para obtener lo que quiero.

—No te creo —dijo Valerie, que volvía a extender la mano hacia su rostro. Peter se apartó de ella—. Estás mintiendo.

Valerie se moría por tocarlo, por sentir el latido de su corazón, por saber que se encontraba allí dentro, que ése era su Peter. Antes de que él pudiera detenerla, ella, veloz, lo había rodeado con su brazo por la espalda hasta llevar la mano sobre su pecho, y dijo:

—Tu corazón late muy rápido. Sé que tú sientes lo mismo.

Él se volvió y agarró la pulsera que Henry le había regalado. Ella no permitió que se la quitara.

—Valerie, sabes que yo no puedo darte nada parecido. No puedo ahora, ni podré nunca.

—¿Crees que me importa su dinero?

—Valerie —dijo él para darle otra oportunidad de echarse atrás—, yo soy dañino para ti.

—¿Y qué?

Por fin se volvió para enfrentarse a ella, se atrevía a creer, y ella de repente se encontró besando la suavidad de sus labios, rápidos, repletos. Peter vaciló en pleno combate con la promesa que había hecho a Suzette, y cuando Valerie lo rodeó con sus brazos fríos y sus dedos se enredaron en su pelo, él no pudo seguir luchando. Se había mantenido en pie, tembloroso, como un árbol tajado hasta su punto de ruptura. No obstante, aquel beso era el golpe de gracia, el impacto definitivo, y por fin cedió, cayó.

Los dedos de Peter, endurecidos por el trabajo, rozaban sus mejillas conforme respiraban a la par.

—Durante mucho tiempo he tenido verdaderas ansias de ti —respiró él, y el peine de sus dedos recorrió el largo y sedoso pelo color maíz.

Y, justo entonces, Valerie tuvo esa misma sensación del festival, aquellos ojos de uva, el peso de una mirada. Oyó que algo se movía en la boca del callejón. Esta vez no era una cabeza de jabalí.

—Peter, ¿has oído eso?

Ni siquiera se preocupó por responder. Desplazó sus cálidas manos para levantarla, para llevarla al interior del granero cercano y subir las escaleras, y después, para aprisionarla contra la rugosidad de la pared. Y Valerie se olvidó de todo lo demás.

—¿Mejor? —consiguió decir él.

Ella no podía responder. Sentía la presión de cada milímetro del cuerpo de Peter contra el suyo mientras sus manos le recorrían ligeras la cintura. Y buscaron los lazos de su canesú. Los hallaron y jalaron de ellos hasta aflojarlos.

El rostro de Peter no era terso, sus manos no eran suaves.

—Peter... —la mano de Valerie deambuló para descansar sobre la parte alta de su muslo. Allí estaba ella, y él también, y su cuerpo presionaba con fuerza el de ella, hacia arriba, que deseaba aplastar su físico sobre el de él para siempre, sentir la marca. Sus ropas y las de ella, todo cuanto se interponía entre ambos, de repente se tornó insoportable. Y estaba deseando tocarlo, hacerlo de verdad, con sus manos, y con su ser, y con su todo.

Peter la tendió sobre la paja que cubría el suelo del altillo del granero. Valerie miraba el interior de la cúpula, alta y oscura. Era mareante, como hallarse dentro de las cámaras paneladas de un caleidoscopio de roble.

La respiración de él era inestable y entrecortada contra su cuello. El calor reverberaba a través de su cuerpo como una crecida desbocada. Valerie tenía que recordarse que debía respirar.

Él le abría la blusa, que se había desprendido de la falda. Unos dedos ásperos recorrieron su piel cuando sus manos se abrieron camino en el interior. Era demasiado, advirtió Valerie. Soltó un grito ahogado, pensando que tenía que escabullirse —no estaba preparada para la intensidad del deseo de Peter—, cuando sonó un ruido metálico en la parte de abajo.

Se separaron.

—Rápido —dijo Peter, que la puso en pie y la condujo detrás de una viga de manera que sólo él quedara visible para el intruso.

—¡Peter! —llamó alguien.

Él miró hacia abajo. Dos leñadores cargaban un barril en una carretilla.

—Peter, échanos una mano, ¿te importa?

Dirigió a Valerie una mirada de desesperación. Ella le hizo un gesto para que se acercara un instante. Peter se agachó y fingió que sacaba una piedrita de la bota mientras la joven le susurraba:

—La única vida que deseo es contigo —antes de atraerlo hacia sí y darle una serie de besos intensos, ardientes, uno detrás de otro.

Peter se tambaleó, acarició la colorada mejilla de Valerie y se marchó.

Apoyada contra el poste, Valerie aún sentía el rastro cálido de la huella de la piel de Peter sobre la suya. Había sido abrumador, y aun así deseaba conservar el momento a salvo para siempre.

De nuevo tuvo la sensación de ser observada. Elevó la vista de forma instintiva. Un cuervo de ojos lustrosos posado en lo alto de la torre dirigía su negra mirada hacia abajo; desplegó sus alas y emprendió el vuelo.

Desde detrás de su poste, Henry Lazar vio cómo Valerie notaba su presencia y miraba hacia arriba. La vergüenza lo anegaba por dentro, como algo verdaderamente húmedo. Sus sentimientos cercenados, cortados como la cinta de un lazo. Intentó marcharse al verla con Peter, pero no pudo apartar los ojos. En cambio, se quedó petrificado, horrorizado, hipnotizado por la intensidad de un espectáculo de tanta desdicha, tan hermoso.

Permaneció allí un momento más, tensó los músculos de la mandíbula y se alejó reptando.

Valerie aguardó hasta que las voces de los hombres se apagaron, se volvieron tenues y desaparecieron. Sólo entonces se puso en pie y salió con sigilo por la puerta lateral para regresar a la celebración, contenta de escapar.

No vio ni rastro de Peter. Una hilera de figuras se movía al son del pulso de la música y al contraluz del largo tono rosado de las llamas. Parecía que nadie hubiera reparado en su ausencia. Incluso Roxanne estaba ocupada, observaba con asombro las piruetas de los que caminaban sobre las brasas, daban volteretas y atravesaban los rescoldos sobre las palmas de las manos, los pies bien altos a empellones por el aire. Qué hermoso era todo de repente.

Rebosante de la fiereza de un animal, Valerie se creyó capaz de cualquier cosa. El propietario de la taberna deambulaba con pesadez y un par de cuernos de cabra en la cabeza anudados bajo el mentón. Valerie se apartó el pelo de la cara y rápidamente se hizo una trenza suelta con movimientos instintivos de las manos; le quitó los cuernos al tabernero de un agarrón y se los puso ella.

Sobre los fardos de heno apilados había una serie de copones metálicos desparramados, la cerveza se filtraba lentamente a través de los fardos bien prensados y goteaba por el fondo. Al oír unas risas sobre su cabeza, Valerie alzó la mirada. Sentados en un árbol, había unos hombres que tiraban sus bebidas entre el ramaje y sobre todo aquel que pasaba por debajo. Una de las víctimas pensó si se enfadaba, pero al final decidió reírse. Alguien se desplomó entre los arbustos, y un valiente se adentró en ellos a buscarlo. Algunos granjeros, en su borrachera, propinaban tajos a unas ramas, y de vez en cuando caía alguna grande con cierto estrépito. La gente lo oía, pero, en el clamor de la noche, ni se molestaba en mirar.

De repente, los humeantes y atrayentes carbones de la hoguera recordaron a todo aquello por lo que Valerie había pasado: las pérdidas, los fracasos, los lamentos. La música latía con fuerza cuando pasó corriendo junto a Roxanne y por encima de las brasas rojas extendidas por el suelo. Se sentía ingrávida mientras danzaba sobre ellas, su existencia se reducía al movimiento. La sensación finalizó justo cuando Valerie se percató de su inicio, corrió para salir de los carbones hasta pisar en el suelo y volvió la vista atrás, hacia el lugar por donde acababa de pasar.

Roxanne, que la había seguido, se dirigía hacia ella a toda velocidad, chillando de risa. Y se encontraron la una en brazos de la otra, dando vueltas y más vueltas. Valerie no podía ver nada, su revolucionada visión del mundo se condensaba en un borrón. Lo que había ahí fuera no era real. Lo que había sido real era la sensación de las manos de Peter, el peso de su cuerpo, el roce de su aliento.

Aunque algo se apartaba del resto. Una pareja de chicas se sintió inspirada y siguió su ejemplo sobre las brasas en una masa inestable de color. La danza de sus cuerpos pasó de largo y reveló algo en el callejón, algo que se abrió camino a través del paisaje borroso y atrapó la atención de Valerie.

—¿Y tú dónde has estado, por cierto? —preguntó Roxanne, ajena, dando una bocanada de aire.

Unos ojos.

Valerie se detuvo en seco y dio un empujón a Roxanne.

—Pero ¿a ti qué te pasa? ¿Sabes? Te he estado buscando.

Por un breve lapso no hablaron y permitieron que el mundo dejase de girar. Roxanne, expectante, aguardaba una respuesta, pero Valerie estaba en otra parte, muy lejos en el tiempo.

Tenía siete años, una pequeña en el bosque negro, paralizada de terror, atravesada por unos ojos salvajes.

Unos ojos que la *vieron* a ella.

No la vieron a la manera ordinaria, sino de un modo en que nadie la había visto antes. Sus ojos penetraron en ella. La reconocieron.

El Lobo.

Siempre había sabido que aquel día llegaría. Lo había tenido presente mientras recorría la vulgaridad de su vida cotidiana, pero no se había permitido pensarlo. Aunque lo sabía.

Y aquí estaba.

Al principio fue un gruñido grave, inaudible entre el tumulto de los festejos, mas fue como la gota de agua que da paso a una bestial riada.

Con un rugido y un gran salto, el Lobo había pasado de largo a Valerie y se hallaba en el centro de la plaza del pueblo.

El Alguacil, que pontificaba en la mesa presidencial, miró con ojos entrecerrados a la monstruosa silueta oscura que tenía ante sí, el semblante tenso en un intento de comprender. Su mente alcoholizada combatía por vislumbrar. Apenas era ayer cuando había visto una forma igual, en la cueva, pero esto no podía ser un lobo; la bestia que había hecho de él un héroe se quedaba en simple perrito faldero comparada con aquella... *cosa*.

Aunque los ojos... esos ardientes ojos amarillos... su negror descomunal... su pelaje, esculpido por la musculatura que había debajo...

Horrible.

El Alguacil se puso en pie, inestable; su mano buscó a tientas el cuchillo en el cinto, consciente de que todo el mundo estaba mirando.

La gigantesca sombra negra se lanzó a por él, veloz como una flecha, y, un instante después, ya lo había pasado de largo. Pero un instante bastaba. El Alguacil permanecía de pie, inmóvil, cuando una línea oscura se fue abriendo en su garganta; y entonces cayó al suelo. Un momento atrás sonreía, rodeado de admiradores en toda su gloria; al siguiente, estaba muerto.

—¡Nos atacan! —quiso gritar alguien.

Cuando el Lobo rondó la plaza, el pánico rasgó la aldea igual que unas tijeras se deslizan por la seda fina.

Aldeanos que bajaban a trompicones del escenario, que caían al pozo, las botellas vertidas, cestos de manzanas por el suelo, instrumentos abandonados que se balanceaban con sus cuerdas aún vibrantes. Hombres que no se detenían a ayudar a las mujeres caídas al fango de la nieve derretida; mujeres que se tenían que poner en pie solas, las faldas empapadas y sujetas por unas manos demasiado estupefactas como para temblar siquiera.

Claude había estado en su soledad, barajando las cartas, aún con la esperanza de que William regresara con su sombrero. Al percibir el terror, comenzó a dar vueltas, presa del pánico, y los naipes se le fueron cayendo de las manos. Y caían lentamente, como pétalos, y se depositaban relucientes en el polvo del suelo. Sobre sus rodillas y sus manos, Claude se lanzó a recuperar su tesoro desperdigado. Tenía que levantarse, lo sabía, pero también sabía que si se dejaba una sola carta, todo lo que había salido mal jamás podría enderezarse, y que tal fatalidad se extendería como un hongo hasta engullir el mundo entero.

Se quedó helado al arrastrarse debajo de un carro en busca de la carta de la torre que se derrumba. Al otro lado del carro, un hombre iba sobre su espalda: la cabeza y los miembros rebotaban contra el suelo como un saco de manzanas mientras el Lobo lo arrastraba por la nieve. Una vez que pasaron, Claude pudo ver lo que hasta entonces le tapaban: una costurera del pueblo que apenas dos meses atrás había ganado el concurso de bordado con una imagen de *El amante que retorna de la caza* que su diestra aguja había recreado en un pañuelito de señora...

Ahora se encontraba lastimosamente desplomada en el suelo, y la sangre de sus venas manaba de ella en un torrente cálido y oscuro.

Y, allí, a cuatro patas como un perro, le sobrevino la idea de que nunca sería capaz de contener la marea de oscuridad; su vida era infinitesimal, e hiciera lo que hiciera, la reluciente baraja de cartas de la vida quedaría para siempre desperdigada y humillada contra el polvo de este mundo sufriente. Claude se agazapó, y su cuerpo se sacudió con un sollozo.

Valerie se hallaba en medio de la locura, en un lugar más allá del temor.

«¿Por qué corre todo el mundo? ¿Qué les ha dado jamás la vida? Desde el primer momento han pertenecido al Lobo, y él, ahora, ha regresado a recoger lo que siempre ha sido suyo».

Y entonces cuatro aldeanos pasaron junto a ella a grandes zancadas, ocultos en sus capas, con una extraña valentía.

Todo adquirió su lógica cuando se arrancaron sus disfraces y mostraron sus armas: una espada de plata con un brillo siniestro, un par de mortíferas hachas de combate y unos látigos tan pesados como cables de acero. Eran los soldados del padre Solomon. Se habían limitado a quedarse al margen, a la espera de que comenzara el verdadero espectáculo.

Uno de ellos, el Capitán, obsequió a Valerie una sonrisa cínica.

—Corre y escóndete, muchacha —le susurró.

Avanzaron con paso firme a la matanza y, procedentes de las otras esquinas de la plaza, se aproximaron los demás hombres del padre Solomon.

Valerie miró en derredor, en busca de la criatura.

El Lobo tenía las garras plantadas sobre la espalda del carnicero del pueblo; sin embargo, sus orejas se alertaron al oír el sonido de un feroz grito de guerra, y observó los alrededores; un brazo arrancado aún se retorcía presa de sus enormes fauces.

Vio cómo dos hachas descendían sobre él; cada una, un remolino en manos de un vikingo enorme. El Lobo pareció quedarse paralizado ante la tormenta de metal, pero, al caer las hachas para darle una muerte doble, se produjo un movimiento borroso con un gruñido, demasiado rápido para cualquier ojo, y el increíble grito de guerra se convirtió en un chillido horrible. Las hachas volaron por los aires, una fue a hendir la nevada tierra, la otra se encontró con el rostro de un desafortunado aldeano a la huida y fue salpicada con su sangre.

Con una gran embestida, en un segundo el Lobo se halló a veinte metros de distancia, persiguiendo a otros de los hombres de Solomon; había dejado al vikingo caído sobre el cuerpo mutilado del carnicero.

Flotando en aquella pesadilla, Valerie se tropezó con un espectáculo imposible: el amanuense, que dibujaba el caos con diligencia, estaba apostado lo bastante cerca como para apreciar los detalles. Su mano se movía con rapidez; sus ojos, más rápidos aún, veían a la bestia en fragmentos: grupa, pelo, dientes, lengua. No miraba su pergamino. Se reservó un segundo para contemplar a Valerie y le ofreció una sonrisa triste que sugería que el dibujante estaba horrorizado por lo que veía, pero lo impulsaba una cierta y aviesa necesidad humana de registrarlo.

Valerie lo vio acercarse más al Lobo, lo bastante cerca como para ver la electricidad que erizaba los pelos del lomo de la bestia, la saliva que goteaba de su quijada. La pluma rechinó sobre la página, y la tinta marrón salpicó el papiro. El amanuense agitó la pluma para librarse de la tinta, y ese mínimo movimiento bastó para que los ojos del Lobo se volvieran hacia él. Valerie acabó por cubrirse la boca, horrorizada al ver al amanuense mostrar la pluma en alto. ¿Lo haría en autodefensa? ¿O era para decir: «mira, sólo soy un dibujante»?

Qué más da. Fue el último gesto de su vida.

Valerie corrió hasta su cuerpo y retiró del suelo su última obra para evitar que se borrara con la sangre y la porquería. Un semental poderoso pasó junto a ella, entre relinchos según el viento le metía las crines en los ojos. El padre Solomon lo cabalgaba, gritando:

—¡Métanse en la iglesia! —sonó su grito por encima del pánico—. ¡El Lobo no puede traspasar suelo sagrado!

Al desenvainar el padre Solomon su espada y cabalgar sobre el cadáver del Alguacil, Valerie sintió que saboreaba la confirmación de sus advertencias. Les había avisado, ellos prefirieron no escuchar y ahora pagaban su precio. Qué bien se sentía uno al tener razón, pensaba Valerie, incluso en cuestiones sobre las que uno preferiría equivocarse.

—¡Ha llegado tu hora, bestia!

La armadura de plata brilló a la luz de las llamas cuando el cazador cabalgó a la refriega. Valerie se preguntó si la espada de Solomon se perdería en el denso y apelmazado pelaje del Lobo. ¿Había alguna arma lo suficientemente grande como para derribar a tal criatura?

La elevada efigie del Lobo se había convertido en una mancha de color anaranjado contra el cielo.

Los hombres de Solomon partieron hacia el Lobo y se mantuvieron agachados, cerca del suelo. El semblante de la bestia no registraba ira ni temor, más bien, se imaginaba Valerie, era una mirada de cierta molestia. Casi de diversión.

Se aproximó al Lobo un soldado que balanceaba una cadena con una bola de pinchos en cada extremo. El arma aparecía violenta en su simplicidad. Y así, con la misma simpleza, el Lobo lo derribó.

Otro soldado de tez morena avanzó veloz con un sable curvo, duro y hermoso en su ira. Se mostró sorprendido cuando las garras del Lobo alcanzaron su objetivo, su piel reventó con el desgarrón y liberó una gran salpicadura de sangre por la rendija entre los petos superior e inferior de su armadura.

Y aun así los soldados continuaban atacando, uno detrás de otro, sin dar tregua al Lobo.

Finalmente, el Capitán llegó corriendo y entre restallidos de su látigo como muestra de su fiereza. Su cuerpo era fibroso y elegante, con un aspecto más cercano al de una bella escultura que al de una persona. A su lado apareció su hermano con paso arrogante, echando mano del látigo, enrollado en una espiral bien apretada. Lo liberó para ir preparándose.

Ambos hombres flanquearon al Lobo. Un tercer soldado se encontraba detrás de ellos, con la respiración alterada y la lanza en ristre. Los dos hermanos se desplazaron como dos delfines, se arquearon y proyectaron al restallar sus látigos contra la bestia. A esas alturas, la mayoría de los aldeanos había hecho caso de la recomendación del padre Solomon y había huido a la iglesia, pero Valerie continuaba allí, vigilante, con una sensación tan tensa en las tripas como aquellos látigos de cuero.

Pensaron que lo tenían.

Sin embargo, atrapado, el Lobo plantó las patas y comenzó a retroceder, tirando de los soldados por medio de sus dos correas estiradas.

Ambos hombres corpulentos se deslizaban sobre la arena e intentaban mantener el equilibrio con cuidado de no inclinarse demasiado hacia delante o hacia atrás. Les temblaban las piernas en su forcejeo con la bestia. Su peso conjunto no era demasiada carga para el Lobo.

Entonces algo se rompió, una tensión que se liberaba de manera inevitable, y el corazón de Valerie se hundió como una piedra en su interior cuando vio por una parte al Capitán arrastrado sobre la nieve ensangrentada hacia un lateral, y por otra que el Lobo arrojaba al hermano al lado opuesto de la plaza: su impotente cuerpo brilló en el aire como una estrella.

El hermano del Capitán se levantó a duras penas, pero el Lobo se encargó de devolverlo de golpe a la tierra.

Valerie levantó la mirada hacia el padre Solomon a lomos de su poderoso corcel, y en su rostro vio lo que jamás habría imaginado.

Incertidumbre.

El hombre que llegó preparado para todo había caído por sorpresa.

El soldado de la lanza se volvió y se dirigió hacia Solomon, que había observado la escena con precisión y detalle.

—¡Es fuerte, más fuerte que ninguno al que nos hayamos enfrentado!

—Ten fe. Dios es más fuerte —dijo Solomon con la vista fija al frente, y espoleó a su corcel, la empuñadura de su espada firme contra su mano.

Al otro lado de la plaza, el Lobo reaccionó ante la mención divina. Dio media vuelta para enfrentarse al padre Solomon y dejó escapar un gruñido grave. Solomon miró a los ojos del monstruo. Su mano buscó y encontró el crucifijo que colgaba de una cadena en su cuello, y lo besó.

Valerie vio que, fuera lo que fuera aquello que se había apoderado de él —dudas, temores—, ya lo había abandonado, y el hombre de certidumbre regresaba de veras.

—¡*Dios es más fuerte!*

Y con aquello, restalló las riendas y clavó las espuelas en los costados de su caballo. Al cargar su corcel, Solomon levantó la espada. La espada de la ira de Dios.

Pero el Lobo se mantuvo firme. Impávido. Desafiante.

Y sus fauces se abrieron, y lanzaron un rugido sobrenatural que hizo temblar el suelo que pisaba Valerie.

El caballo de Solomon se asustó, se encabritó, se tropezó con sus propias patas y lanzó volando de espaldas a su jinete, que fue a estamparse contra los rescoldos incandescentes de la hoguera y levantó una nube de pavesas rojizas. Los cascos del animal resonaron contra el suelo cuando se alejó al galope.

El agónico grito de ira de Solomon pareció divertir al Lobo. Valerie podía notar el placer en cada ondulación de sus músculos cuando éste se abalanzó hacia las brasas para acabar con su enemigo indefenso. En su lucha por salir del fuego, su espada perdida, Solomon supo que había llegado su final.

¡Sssssiiiiisssss!

De la nada, unas sombras diagonales surcaron el aire de la plaza.

No, no procedían de la nada. El arquero de la máscara estaba sentado en la baranda del balcón de la taberna y, ballesta en mano, no paraba de disparar flechas con punta de plata. Los dardos silbaban en dirección al Lobo, que soltó un gruñido de indignación y, con un salto muy poderoso, se elevó hasta lo alto de una cabaña. El arquero enviaba flecha tras flecha persiguiendo a la sombra que brincaba por los tejados.

Con un salto final, la bestia se desvaneció en la noche.

Pero el espectáculo no había finalizado. Valerie vio que una silueta se alzaba de los rescoldos abrasadores y el humo, y se retiraba las cenizas calientes de la cara. Quemado, marcado de por vida. Sin embargo, incitado por el dolor y el odio, por una amarga ira y sed de venganza, el padre Solomon se levantó.

Resucitado.

Seguía el rastro de dos siluetas. *Siluetas humanas. Vulnerables.*

—Claude —sollozaba una de ellas, apenas capaz de articular palabra.

Patético. Aunque un sollozo patético suena muy alto a oídos de un depredador.

Eso, y el latido del corazón de una muchacha humana.

A través del desastre, la quemazón en los ojos por el humo, Valerie se sentía aislada, apartada de los sucesos que acababa de presenciar, como si se encontrara detrás de una pared de cristal. Se preguntaba de un modo vago por qué no estaría ella entre los muertos. ¿Por qué había sido ella perdonada y su hermana no? ¿Y por qué no estaba ella aterrorizada hasta los tuétanos igual que Roxanne, que temblaba a su lado?

—¡Claude! —volvió a gritar Roxanne con voz de pánico—. ¿Dónde estás?

Roxanne no iba a confiar en que su madre se preocupara por Claude, pero ni ella ni Valerie lo habían localizado entre los aldeanos agazapados de miedo, agrupados en la iglesia como pececillos de colores. Habían encontrado a sus respectivos padres, y con la misma velocidad los habían perdido al seguir adelante.

Y hasta entonces no habían encontrado a Claude entre los muertos.

Hasta entonces.

Y Valerie tampoco había encontrado a Peter. Deseaba llamarlo a voces, también, pero Daggorhorn era un pueblo que se cebaba con el escándalo, de manera que, en plena tragedia, se guardó su secreto.

Algo más había que le estaba impidiendo llamarlo. Una sospecha que había empezado a levantarse en su interior y con la que, hasta entonces, su mente solo había jugueteado, se negaba a aceptarla sin reservas. «Todo esto comenzó cuando llegó Peter... Tuvo que ser una coincidencia...».

Percibió un movimiento cercano y miró a su alrededor con detenimiento, sin querer alarmar a Roxanne. Pero aun eso fue suficiente.

—¿*Qué*? ¿Hay algo ahí?

—No, no es nada.

Posó una mano tranquilizadora en el brazo de su amiga mientras meditaba su siguiente paso.

—Por aquí —dijo, y condujo a Roxanne al callejón de los Fabricantes de Tinte.

El Lobo siguió a las dos figuras a la vuelta de la esquina, y el acre aroma del tinte irrumpió a través del olor del miedo de una de las jóvenes.

Pero ¿y la otra muchacha?

Qué extraño es acechar a alguien que no hiede a terror.

Valerie estaba pensando en Lucie. Siempre les había encantado aquel lugar, una senda estrecha y mágica con una alfombra de pétalos esparcidos alrededor de las cubas de tinte, copos caídos de un cielo crepuscular. Valerie había crecido yendo por allí, siempre desesperada por meter los pies polvorientos o por rozar con las manos la seductora superficie del abisal azul del agua. Una vez lo hizo, pero Lucie, la hermana mayor, la sorprendió y le hizo sacar de la cuba, larga y baja, la palma de la mano teñida del color del arándano. A modo de desagravio, Lucie robó del almacén de la torre un ramillete de flores y, aquella noche, se las tejió con delicadeza a Valerie en el pelo.

Ojalá se mantuvieran las flores vivas para siempre.

Ojalá lo hicieran las hermanas, también.

Algo sorprendió a Roxanne, que dejó escapar un chillido y se tambaleó hacia delante. Valerie la sujetó por la cintura y tiró de ella hacia atrás desde el borde de una cuba de tinte azul, un granate resplandeciente a la luz de la luna.

—¡Cuidado!

Un eco metálico resonó a su espalda. Se volvieron. El corazón de Valerie se detuvo en su pecho, suspendido como en el momento que precede a la caída libre.

El Lobo apareció a través del humo. Voraz, entre gruñidos y la visión de sus dientes como puñales recubiertos de sangre. Valerie se dio media vuelta y jaló a una Roxanne petrificada para llevársela consigo. Corrieron, y sus pies salpicaron una oleada de pétalos a su paso.

Pero el callejón no tenía salida. No había adónde ir. Valerie se maldijo por no haber pensado en aquello. Sólo había un muro, el de las torres de almacenaje, llenas de flores ya cortadas para los tintes. Había una escalera de púas clavada en la madera. Valerie saltó, se agarró a uno de ellos y se elevó a pulso. Miró hacia abajo. No se veía al Lobo por ninguna parte. Quizás había perdido el interés.

Sin embargo, Roxanne se había quedado congelada. Valerie estiró el brazo hacia abajo.

—¡Tómame la mano!

—No puedo.

—¡Hazlo!

Pero Roxanne no se movió. Valerie se soltó de la escalera y aterrizó junto a su amiga, lista para sacarla de aquel estado de parálisis a sacudida limpia… y el Lobo descendió de un salto delante de Valerie.

Era colosal, tan grande que estaba por todas partes, más alto que ningún hombre que hubiera hollado la faz de la tierra. Ésta era la criatura del mal que había hundido sus dientes en el cuerpo de su hermana. Valerie sintió que su coraje se arrugaba en forma de pánico.

Aun así, no era capaz de apartar su mirada del fulgurante oro de los ojos del Lobo.

Respiraban al unísono, y el Lobo no pestañeaba.

El mundo se detuvo, y entonces Valerie escuchó una voz intrincada, una mezcla entretejida de sonidos masculinos y femeninos, humanos y animales. Una composición a base de todas las voces que hubo conocido vibró en la profundidad de su ser. La voz del Diablo.

—¿Te creías capaz de correr más que yo?

Valerie sintió que el cielo giraba en un torbellino, que la tierra cedía bajo sus pies.

—¿Qué…? —respondió—. ¿Tú hablas?

—Lo único que importa es que tú me entiendes, Valerie.

Ella olía el denso dulzor de las flores mezclado con la espiral de almizcle del Lobo.

—Sabes mi nombre —afirmó enmudecida.

—¿Qué estás haciendo? —le preguntó Roxanne con voz trémula.

El Lobo se volvió de golpe hacia Roxanne y le gruñó hasta que las piernas de la joven cedieron y se arrugó en un montículo de silencio, en la arena del callejón. El Lobo, sin interés alguno en el destino de Roxanne, volvió a posar sus ojos sobre Valerie. La voz demoniaca surgió de nuevo e inundó su mente, su cuerpo.

—Somos iguales, tú y yo.

—No —Valerie se mostró rápida, rechazaba la idea hasta el mismísimo corazón de su alma—. No. Tú eres un asesino. Un monstruo. No soy en absoluto como tú.

Se llevó la mano a la espalda y palpó a tientas en busca de algo que agarrar. No había nada.

—Tú también has matado. Conozco tus secretos.

Valerie sintió que a su cuerpo regresaba una bocanada de aire, y se mezclaba con el martilleo del latido en su pecho. Lo que había dicho el Lobo llegó hasta un lugar más profundo que su oído.

—Eres una cazadora —prosiguió el Lobo—. **Lo puedo oler en ti, incluso en este momento.**

Valerie no podía evitar preguntarse qué le habría dicho el Lobo a Lucie. Sus pensamientos explotaron todos a la vez y la dejaron paralizada.

El Lobo se acercó más. Valerie estudió aquellos majestuosos ojos dorados.

—Qué... ojos... tan... grandes... tienes... —dijo con una voz apenas perceptible.

—**Son para verte mejor, querida mía.**

Hipnotizada por la intensidad de aquella mirada increíble, Valerie no pudo apartar los ojos del horror que se produjo acto seguido. Se separó la piel a ambos lados de la frente del Lobo, un corte que se abría como el brote de una flor infame para revelar... *otros dos ojos.*

Unos ojos más sorprendentes que los primeros. Sensibles e inteligentes. Plenamente conscientes, conocedores.

Humanos.

Antes de que Valerie pudiese reaccionar, el Lobo habló de nuevo, removiendo el polvo del suelo con su enorme cola.

—**Veo lo que guarda el fondo de tu corazón** —dijo.

Sus labios de carbón húmedo eran tan negros que tornaban a violáceos; sus dientes irregulares se hallaban espaciados en hileras desiguales, y sólo cabía oscuridad allá donde alguno de éstos faltaba o estaba mal alineado.

—**Deseas escapar de Daggorhorn. Deseas la libertad.**

Por un instante, Valerie pensó como un lobo. Se encontró con que era capaz de hacerlo.

Pensó en cómo sería correr en libertad, atravesar veloz un bosque oscuro, la sangre despierta, para abalanzarse y caer sobre su presa. Llevar una vida ajena a las restricciones del temor, las ataduras o los vínculos. Hacer lo que quisiera, sin llevar a cuestas la carga del terruño, liberada de vivir la vida de un insecto, el ir y venir dentro de un radio minúsculo. Se sintió abrumada por la visión de esta nueva vida que cercenaba su contacto con la presente.

—No... —intentó decir.

El Lobo, sin embargo, con aquellos ojos, vio que había alcanzado algo. Una verdad.

—**Ven conmigo** —dijo.

Valerie titubeó, y el Lobo llenó el vacío del silencio.

—**Ven conmigo** —reiteró.

«Eso lo he oído antes».

Había gritos en algún lugar en la distancia, el clamor de los soldados, el golpear metálico de las armaduras. El ruido ayudó a aclararle la mente.

—El padre Solomon detendrá tus pasos —Valerie oyó cómo sonaba su voz. Como la de una niña pequeña, indefensa, sola, que se tapaba la cara a la espera de que apareciera alguien más para que todo mejorase.

El Lobo se irguió en toda su estatura y cuadró los hombros hacia atrás. Su sombra cayó sobre los rostros de las dos muchachas.

—**El padre Solomon no sabe a qué se enfrenta** —la voz del Lobo había adoptado un nuevo tono—. **Ven conmigo o mataré a todo aquel que ames.**

Valerie se estremeció con la carga de lo que le pedía que hiciera; ¿cómo podría elegir?

Las orejas del Lobo temblaron hacia atrás de impaciencia.

—**Empezando por esta amiga tuya.**

Lanzó una embestida hacia Roxanne y cerró sus fauces colosales.

En aquel preciso momento y de un modo que parecía imposible, dos siluetas surgieron de entre las sombras. El arquero enmascarado ya abría fuego contra el Lobo cuando él y el padre Solomon apenas habían doblado la esquina del callejón.

—**Volveré a por ti** —se inclinó el Lobo hacia Valerie—. **Antes de que mengüe la luna de sangre.**

El Lobo se elevó por encima del muro, y el padre Solomon agarró la ballesta para disparar una nube de flechas; mas la bestia ya desaparecía en la noche.

Solomon trepó tras él, pero no pudo superar el muro. Disparó y recargó, disparó y recargó sin quitarle ojo al Lobo, que trotaba en la distancia.

Con el temblor que le otorgaba la tensión fruto de contener la ira y su poder, Solomon regresó al suelo en un salto felino. Valerie vio que tenía la mejilla ennegrecida y de color rojo y amarillo, como la fusión de dos velas distintas. Solomon bajó la mano hasta sentir el tinte de una cuba, y en el cuenco de las manos se llevó una muestra a la cara, para olerlo. Tiró el líquido y se lo sacudió de ambas palmas.

Se puso en marcha para conducir a las jóvenes al cementerio; sin embargo, al pasar por la plaza, donde el fuego no era ya más que brasas, se vio interceptado por una mujer presa del pánico.

—¡Dios nos salve!

—Dios solo salvará a quienes se hayan ganado su amor por la fe y las obras —dijo él, que llevaba la vista puesta más allá, en la dirección de la huida del Lobo. A

Valerie le recordaba a un avispón, un comandante de mirada inquieta que zumbaba con su vanidad herida.

Entonces se acordó de Roxanne y miró hacia ella. Se roía el pulgar. El color había abandonado su semblante y en él destacaban sus pecas como las manchas en el huevo de un petirrojo.

El Capitán hablaba en otra lengua con un soldado a las puertas de la iglesia. Su voz se filtraba en tonos graves. Hizo una pausa para acompañarlos al cementerio. La imagen de la puerta produjo escalofríos en Valerie: Cristo derrotando a un lobo, atravesándole el pecho en una estocada de su daga.

—Aquí tendrán la seguridad de estar a salvo —cambió de idioma con facilidad el Capitán.

—Pero ¿y mi hermano? ¡Tengo que encontrarlo! —protestó Roxanne.

—Si está vivo, lo encontrarás en el interior.

—¡Espera! —gritó ella, aunque el Capitán ya había cerrado de golpe tras él la pesada puerta metálica.

Valerie observó apenada a su amiga. Ella misma aún estaba preocupada por saber adónde habría ido Peter.

—Estoy segura de que se encuentra a salvo, Roxanne. Él tiene sus propios recursos.

Roxanne le devolvió una mirada como si de una extraña se tratara.

—Tú le has hablado al Lobo —sollozó Roxanne en tono acusatorio y entrecortado por el temor.

—He tenido que hacerlo. Él nos ha hablado a nosotras —Valerie creyó que estaba de acuerdo con ella.

—No —la corrigió Roxanne—. Nos ha *gruñido*... —el temor adoptó en sus ojos una nueva profundidad—. ¿Tú lo has oído *hablar*?

Valerie advirtió entonces la enormidad de lo que acababa de suceder. Roxanne no había oído una palabra. Sólo ella las había oído. En una aldea como aquella, el riesgo de que alguien conociera que poseía tal capacidad era monumental. Miró a su alrededor para ver si alguien estaba escuchando.

Pensó en los rumores que proliferarían de saberlo alguien. Entonces dirigió aquellas mismas miradas y susurros sobre sí. ¿Por qué habría hablado con ella el Lobo? ¿Por qué no lo había entendido también Roxanne? Valerie sintió la claustrofobia de hallarse encerrada en su propia piel.

—Dirán que soy una bruja. No se lo cuentes a nadie —le suplicó franca y directa.

Roxanne la miró. Parecía aceptar el temor de Valerie a modo de reconocimiento del suyo propio.

—Por supuesto que no. Obviamente.

Valerie se sintió agradecida por que Roxanne no fuera del tipo de chica a quien se le ocurriera preguntar qué le había dicho el Lobo.

Dirigió una mirada furtiva a su amiga, que avanzaba camino de la puerta de la iglesia con determinación y la vista fija al frente. Tenía el aspecto exacto que *debía* tener una joven a quien había perseguido un hombre lobo. Valerie volvió a preguntarse por qué ella misma no estaría tan traumatizada. Todo parecía... obra de la naturaleza, como si aquel fuera el orden de las cosas.

Con la mirada puesta en Roxanne, Valerie vio caer una gota de sangre, y otra más.

Roxanne se llevó la mano a la cara y sintió humedad debajo de las fosas nasales. Después de tanta masacre presenciada, tan sólo sangraba por la nariz.

Su amiga hizo un gesto negativo con la cabeza y se adentró en la iglesia. Valerie la observó y, a continuación, elevó la mirada al cielo. Allí, sola y con los ojos puestos en el capitel de la iglesia, le sobrevino una revelación. Aquellos ojos, los segundos que le había mostrado el Lobo.

Le habían resultado familiares.

Tercera parte

19

Caminando al amanecer, Valerie percibía el frío amargo en la lengua como si fuera óxido. Avergonzada, miró a su alrededor. Había estado soñando con Peter, con su contacto; y aun así se le agriaba la imagen al recordar la matanza.

«¿Dónde está?».

Valerie combatió aquel pensamiento y se levantó del duro banco de la iglesia para estirar la espalda. La puerta del refugio se encontraba abierta de par en par. Podía ver que Daggorhorn se hallaba envuelta en la niebla, cortina de gasa a través de la cual la aldea adquiría un aspecto pálido y desolado.

El Capitán había abierto las verjas del cementerio. Valerie las atravesó y vio a unos hombres que reunían los calcinados y sangrientos restos que llenaban la plaza.

Todo permanecía en silencio excepto el raspar de las palas contra el suelo del invierno. La niebla se retorcía a su paso por un laberinto de árboles. El aire pesaba demasiado, y la gente estaba inquieta.

Vio a Henry atravesar la plaza, aunque, al parecer, él no la vio a ella. Quizá se avergonzara por su conducta durante el festival. Estuvo a punto de llamarlo, pero se contuvo al pensar en lo que siguió a continuación, en las manos de Peter sobre ella. Poca noticia tenía Henry de que era ella quien debería sentirse avergonzada.

Oyó el repiqueteo de los cascos del caballo de Solomon, y éste apareció al alcance de su vista. Con las patas arropadas en la niebla tan baja, parecía que la montura flotara. El jinete, su rostro ennegrecido y ensangrentado, se detuvo y observó la masacre. Vestía una larga túnica negra con bordados en los hombros. Sostuvo un guante entre los dientes y se quitó el otro de un modo calculado. Valerie se asombró al ver que llevaba las uñas chapadas en plata y afiladas como dagas, con un brillo débil, mate, y limpias, las cutículas retiradas con pulcritud hasta coincidir con el seno de la uña.

El padre Auguste, con la túnica agarrada con ambas manos, se apresuró a llegar hasta la altura de aquel hombre mayor que él. El padre Solomon lo miró desde su posición dominante y, esta vez, no se molestó en enmascarar su desprecio.

—Lo siento —dijo Auguste con voz pegajosa—. Jamás debimos dudar de usted. Nunca volveremos a cometer el mismo error.

Los allí reunidos aguardaron a la reacción del padre Solomon. «A partir de ahora», decidieron los aldeanos en silencio, «depositaremos nuestras esperanzas en él».

Desmontó de su caballo y caminó con parsimonia, a sabiendas, consciente de que los ojos de la aldea descansaban sobre él.

—No he visto nunca una bestia tan fuerte como ésta. La maldición es hereditaria, y cada generación es más poderosa que la anterior, pero nunca he visto a uno de un linaje tan antiguo. No deseo matar a la bestia sin más.

«¿No matar a la bestia?».

—Ya no. Quiero hacerle sufrir —se acercó al cuerpo caído del Alguacil, tirado junto a la mesa patas arriba—. Espero que disfrutara de su celebración —dijo Solomon al tiempo que daba un puntapié en la nieve junto al hombre maltrecho. Entre los restos de la matanza, el cuerpo parecía tan carente de vida que nadie se inmutó siquiera. Todo el mundo tenía la certeza de que el Alguacil no lo había notado, que cualquier cosa que éste hubiera sido ya se había marchado muy lejos y de él nada quedaba sobre aquella tierra yerma y endurecida por el frío.

Solomon reparó en el Capitán, encorvado sobre el cuerpo de su hermano, aferrado a una pierna como si se tratase de un bebé. De la herida irradiaban unos zarcillos envenenados. Parecía como si el cuerpo hubiera sido rellenado, como si los músculos se hallaran en tensión bajo la piel.

Solomon se apresuró a acercarse a él.

—Un hombre mordido —dijo al Capitán, tan inexpresivo como el mármol— es hombre maldito.

Valerie observó aturdida cómo Solomon desenvainaba su espada y la hundía en el pecho de aquel hombre. El Capitán cerró los ojos, y cuando los abrió, su mirada se había endurecido. Soltó el miembro de su hermano y se alejó.

Solomon se dio la vuelta y se dirigió al gentío.

—Vecinos de Daggorhorn —dijo con entereza—, éste es el momento de afrontar las cosas con seriedad.

Los aldeanos gustaban de aquel tono autoritario. Querían que se les diera un plan. Estaban impresionados con la decisión que acababa de ejecutar: el hermano del Capitán no era uno de ellos y, en su muerte, se había convertido en una amenaza para su seguridad. El asunto se había afrontado con prontitud, sin sentimentalismos.

—No habrá más celebraciones —Solomon se inclinó para recoger una máscara de cerdo abandonada sobre la nieve— hasta que el hombre lobo sea hallado en su forma humana. Y destruido. Por los medios que sean necesarios.

Dejó caer la máscara. Sus hombres se reunieron a su alrededor, esta vez, sin ocultar las armas.

—Podría ser cualquiera de ustedes, y ése es el motivo por el cual buscaremos en todas partes. Las señales serán sutiles: aislamiento, brujería, magia negra, olores extraños... Registraremos sus hogares, y sus secretos saldrán a la luz. Si son inocentes, nada tienen que temer; pero si son culpables, juro por mis hijas que serán aniquilados.

Solomon vio a los aldeanos reparar en sus soldados, en sus armas.

—Mi mujer murió. Sus padres, hijos e hijas han muerto. Que algunos sigamos con vida para recordarlos —dijo, y atravesó los desechos desparramados de la noche previa.

Se levantó un murmullo, con asentimientos enfáticos por parte de toda la multitud; los aldeanos miraban a sus vecinos, maridos y esposas, sus hijos... Valerie sintió la extraña necesidad de tomar la palabra, pero no fue capaz de ponerla en práctica. Se inquietó al ver lo deseosos que estaban sus vecinos de obedecer a esta nueva autoridad.

El estómago le crujió como los goznes de una puerta, y se percató de que se le había olvidado comer. Se agazapó tras la multitud y se dirigió a casa, contenta por tener una razón para no escuchar.

Allí se encontraban su padre y su abuela, pero todo lo que vio Valerie fue a su madre. Suzette parecía pequeña y escueta, su piel floja como si no encajara en ella, como si se hubiera comprado un rostro que le venía demasiado grande. Tenía el pecho y el cuello cubiertos por un tenue brillo de sudor, las ondas de su pelo apelmazadas contra el cráneo. Tumbada en la cama, la empequeñecía el edredón que hizo la madre de la Abuela.

El Lobo le había cortado la cara.

La sangre se había secado en un macizo similar a un mendrugo de pan sobre su pómulo, y resultaba imposible evaluar los daños que había sufrido.

Cesaire levantó la vista cuando entró Valerie. La atrajo hacia sí. A continuación, la Abuela tomó la mano de su nieta mientras Cesaire se dirigía hacia el agua hirviendo en el hogar.

Al observar a su padre, la mente de Valerie navegó a la deriva, rumbo a recuerdos de otros tiempos.

Sabíamos que el baño se avecinaba cuando veíamos cuatro ollas de agua en el fuego. Entraba mi madre, se quitaba el vestido por la cabeza y se alborotaba el pelo. Su cuerpo era hermoso, yo lo sabía aun siendo una cría. Resplandecía como si hubiera algo mágico bajo su piel. Nos colocaba en primer lugar a nosotras dos en el abrevadero, nos levantaba por las axilas y nos depositaba con suavidad en el agua tibia. Después se metía ella; poco a poco, sus piernas nos rodeaban, cuidadosas al ceñir nuestros costados, mi hermana junto a ella, y luego estaba yo. Siempre me sentía aparte de mi madre y Lucie.

Por turnos, las dos niñas nos recostábamos para sumergir la cabeza hacia atrás. Al llegar mi turno, sacudía el pelo bajo el agua, de un lado a otro, adelante y atrás, adelante y atrás, para sentirme como una sirena.

Aquellos días pasaron y se marcharon ya. Valerie temía que su mente se despojara de la imagen de su hermana, un mecanismo de superación que ella no quería disparar. El recuerdo no cejaba en marchitarse. Tenía tantos recuerdos que deseaba ser capaz de dejar de crear otros nuevos, porque ya había demasiadas experiencias a las que hallarles sentido, y, aun así, a cada momento seguía generando más.

Entonces se fijó en lo que restaba.

Su padre cuidaba a su madre, traía agua tibia y trapos húmedos con los que limpiarle la cara con toques suaves. ¿Sería ternura?, se preguntaba Valerie. ¿Una actuación para la Abuela? ¿O es que Lucie tenía razón? ¿Era amor?

Valerie vio los ojos de Cesaire posarse sobre la figura yaciente de Suzette, y se preguntó si en realidad seguiría él viéndola allí. Tras dieciocho años de matrimonio, Cesaire no parecía darse cuenta de la ternura de ella con sus hijas o fijarse en los reflejos del sol en el pelo de Suzette en los meses de verano. ¿En eso consistía el matrimonio, en la incapacidad de ver quién era el otro, el modo en que no nos conocemos por hallarnos demasiado cerca? ¿Sería eso lo que ella tendría con Henry? ¿Con Peter?

Valerie sabía que sus padres habían pasado por los mismos traumas y tragedias, y, aun así, no los habían sufrido juntos, lo habían hecho por separado, al mismo tiempo.

Suzette, al sentir quizás aquella valoración, desplazó la mano y tiró con estrépito al suelo un cuenco de latón que había sobre la mesilla de noche. Cuando Valerie se agachó a recogerlo, su madre continuó gimiendo.

Valerie recordó la historia de Solomon y volvió sobre los detalles de la noche previa: ¿había visto al Lobo recibir un corte?, ¿dónde había estado su madre?

«¿Es mi madre el Lobo?». Valerie no podía soportar pensar en ello, así que, cuando la Abuela le dio un empujoncito hacia Suzette, ella fue hacia su madre sin dudarlo.

Llegó el sonido de unas botas que ascendían por la escalera y un martilleo en la puerta. Así que habían venido, tal y como dijeron que harían, a desmontar sus hogares, a desvestirlos y desnudarlos. Los inquisidores levantarían la tapa de sus vidas y escarbarían en busca de sus secretos.

«¿Qué tenemos que ocultar?», se preguntó Valerie.

¡Bam! ¡Bam! ¡Bam! El martilleo se hacía más insistente.

Valerie mantuvo echado el cierre de cadena y abrió la rendija de la puerta con un crujido a la espera de encontrarse al Capitán o al mismísimo Solomon.

En cambio, se encontró con unos ojos ardorosos, apremiantes, aterradores... Como los que había visto en el callejón oscuro.

—¿Peter?

—Valerie, ábreme la puerta —vaciló; algo en su interior le decía que no debería hacerlo. Peter empujaba la hoja, que crujió bajo la presión, aunque la cadena resistía—. Ábrela.

¿Por qué se estaba comportando de un modo tan salvaje?

—No deberías estar aquí —oyó decir a su propia voz.

—Estamos todos en peligro —siseó Peter—. Tenemos que marcharnos.

A través de la rendija de la puerta, sus pupilas eran del grosor de una aguja, resplandecían como calentadas al fuego. Pensó en el chico que era y por fin reconoció que ya había dejado de ser aquel muchacho.

—Toma tus cosas, rápido. Ven conmigo.

Valerie pensó en el granero, en el aliento de Peter sobre su cuerpo, en cómo se había sentido como si él quisiera devorarla.

Ven conmigo o mataré a todo aquel que ames.

No había sido él quien dijo eso... ¿no? No, fue el Lobo.

Sin embargo, allí estaban sus ojos, peligrosos y refulgentes, que tiraban de su corazón. Intentaban atraerla y llevársela lejos.

Retrocedió del mismo modo en que lo habría hecho ante un carro que pasara volando a toda velocidad.

—Valerie, no tenemos tiempo.

Sólo habían pasado dos días, pero mucho había cambiado desde el momento en que estaba preparada para huir con él, desde que hubo confiado en él lo suficiente como para eso. Desde entonces, su hermana había muerto. Su aldea había sido devastada. Su madre, atacada.

Desde que llegó el Lobo... «Desde que llegó Peter».

—Rápido, Valerie.

Se aclaró la mente y se obligó a decir algo, cualquier cosa.

—No puedo, han herido a mi madre.

—¿Cómo es posible que no lo matara cuando tuve la oportunidad? —gruñó Peter, retrocediendo para tirar una piedra hacia abajo, al camino, con fuerza, como si ésta encerrara todos sus remordimientos.

Y en ese instante, cuando las manos de él se habían apartado de la puerta, ella se abalanzó para cerrarla, y echó el cerrojo.

Su voz regresó a la puerta.

—¿Qué estás haciendo?

—No tengo elección, lo siento.

Valerie se apoyó en la puerta, a la espera de oír el sonido de su marcha. La duda recorría su cuerpo como los granos más fríos de la arena más fina. ¿Había tomado la decisión correcta? ¿O el miedo la había puesto en contra de la persona que más amaba?

Cuando oyó que sus pasos se alejaban, miró a través de los vidrios emplomados de la ventana. Sus ojos captaron algo en el bolsillo de atrás.

Un cuchillo.

Peter había robado un cuchillo. Teníamos siete años, y habíamos capturado un conejo en una trampa. Intercambiamos una mirada misteriosa, una mirada que jamás olvidaré, la de una emoción salvaje compartida, como unos lobeznos que dieran caza a su primera presa...

Del cuello del conejo brotó un chorro de sangre, un veloz riachuelo rojo a través del blanco impoluto de su pelaje, lo bastante lento como para ser cruel. No había cortado con la suficiente profundidad. ¿Había deseado perdonarle la vida, o prolongar su agonía? Nunca quise conocer la respuesta.

¿Había sido Peter, o fue ella quien empujó al otro a matar?

«El Lobo sabía que yo había matado ya».

El Lobo.

Peter.

«¿Puede ser?».

Sus temores se confirmaban, y aun así...

El viento ululaba por la chimenea, y Valerie vio a la Abuela inclinada sobre una Suzette que aún gimoteaba; le cambiaba los vendajes. El vaivén de la luz del fuego deformaba la sombra de la anciana, convertida en algo monstruoso y grotesco que danzaba por la pared. Valerie se acercó y se quedó boquiabierta ante las horribles marcas de garras en el rostro de su madre, y después ante las uñas de la Abuela. ¿Por qué no había reparado nunca en las uñas tan grandes que tenía... en lo similares que eran a unas *garras*?

La mano de Valerie se había alargado hasta alcanzar un cuchillo de cuerno de alce que había sobre la mesilla de noche, y lo deslizó dentro del puño de su camisa.

Algo se aferró a su pierna como un grillete, y le cortó la respiración, pero se trataba de su pobre madre, que revivía el momento en que el Lobo le había cincelado la carne con sus garras afiladas como cuchillas.

—No me dejes sola —vibró la voz de Suzette.

Cesaire le había lavado la cara y limpiado la sangre hasta quedar en su desnudez blanca y rosada, ondulada como una concha marina. Su delicada belleza le había sido arrebatada. Su rostro, desfigurado.

Tres milímetros más y se habría llevado el ojo. ¿Era el Lobo tan preciso, o tan inexacto?

La frágil y estropeada madre de Valerie levantó hasta la boca su taza de té somnífero con ambas manos. La Abuela lo ayudó a dar un sorbo. Valerie observaba con detenimiento. Qué extraño que nunca cayera en la cuenta de que los tés relajantes de la Abuela no eran más que venenos débiles. Venenos que te dejaban indefenso.

Los párpados de Suzette temblaron; y se cerraron.

—Descansa, querida —le aconsejó la Abuela con voz de arrullo mientras hacía un gesto a Valerie para que se alejara de la cama.

Nadie se había ocupado de arreglar la cabaña desde la muerte de Lucie, y una media docena de ciruelas se pudrían en un frutero. Tazas vacías y platos con migas se apilaban en el fregadero.

La Abuela entregó a Valerie un trozo de pan. Ella siempre estaba más en sintonía con su nieta, con sus deseos y necesidades, que la propia muchacha. El pan acababa de salir del horno, y todo lo que pudo saborear fue el calor. Se lo comió, de todas formas, como un acto mecánico. «Muerde, mastica, traga».

—Algo te pasa. ¿Qué es, cielo? ¿Quieres contármelo?

Su Abuela intentaba conseguir información, conseguir que se abriera como se hace con una cáscara de nuez que se resiste. Conocerla de arriba abajo. «Todo lo quiere saber, ¿por qué?». Ella conocía ya todos los secretos de su nieta.

Valerie miró a su Abuela. Sus ojos. De color marrón oscuro. Fogosos. Invitaban a Valerie a responder.

—El Lobo. Me habló.

La incredulidad se asomó al rostro de la Abuela.

—¿Y tú le entendiste? —apoyó su cuerpo contra la mesa de la cocina, y, a su espalda, su mano buscó algo en secreto.

—Con la misma claridad con que la entiendo a usted, Abuela —Valerie percibió la trampa en su propia voz, el desafío.

La mano de la Abuela encontró lo que buscaba a tientas: unas tijeras.

Y la mano de Valerie se aferró a algo en el interior del puño de su camisa: el cuchillo de cuerno de alce.

Permanecieron frente a frente, envueltas en un silencio envenenado que se colaba por todas partes y las asfixiaba.

—¿Y a quién le has hablado de esto? —los labios de la Abuela mostraron un tic nervioso en una de las comisuras.

Lo que ambas se callaban de manera recíproca había llevado sus cuerpos a un extremo de tensión.

—Nadie lo sabe, excepto Roxanne; y no se lo contará a nadie. Ni siquiera habla conmigo sobre ello.

—El Lobo decidió no matarte...

Al oír el timbre de su voz, Valerie de repente sintió la certeza de que no era su madre, ni era Peter. Era *ella*. Podía percibirlo. El Lobo estaba allí, en la habitación, en el cuerpo de la Abuela.

—...porque, ciertamente, podría haberlo hecho —le recordó en un tono inalterado.

—Creo que me quiere viva.

Valerie sintió que el aire abandonaba la estancia. Ahogada, se dirigió cautelosa a abrir los postigos.

El púrpura de la mañana entró a raudales en la habitación, mezclado con una brisa que traía el familiar aroma a pino, y lo cambió todo. Ambas mujeres se dieron cuenta de lo equivocadas que habían estado. La Abuela soltó las tijeras a su espalda, y se pasó la mano transgresora por el

LA CHICA DE LA CAPA ROJA

delantal, como si intentara enjugar su culpa. Valerie se avergonzó también por dudar de aquella mujer a quien siempre había querido. Las dos se relajaron.

—Pero ¿por qué tú, Valerie?

—No lo sé, pero dice que, si no me marcho con él, matará a todo aquel que amo. Y ya ha matado a Lucie...

Le dolía el cuello de la tensión, y decidió recostar la cabeza en el hombro de la Abuela. Y allí la dejó caer, y sintió su peso. Algo crujió en su columna vertebral, que se recolocaba.

Valerie notó que la mano de la Abuela buscaba la suya, y al pensar en la situación a la que se había visto conducida, a sospechar de todos los que la rodeaban, sintió que había enloquecido.

—Va a venir a por mí —susurró—. Antes de que mengüe la luna de sangre.

La Abuela se apartó, presa de una preocupación profunda. Buscó algo que hacer y decidió preparar té. El asa de la tetera se agitó cuando sus manos temblorosas la apartaron del hogar.

—Lo que le ha pasado a Lucie es culpa mía —afirmó—. El Lobo está aquí por mí.

La Abuela guardó silencio, y Valerie entendió que no podía rebatírselo.

Valerie tenía que salir. Surgió de la cabaña, asombrada ante el simple hecho de ser capaz de alejarse caminando, como un cangrejo ermitaño que hubiera salido de su concha mudada, sin carga, el peso de lo que había abandonado sólo ya un fantasma de lo que una vez fue. El golpe del frío fue una bofetada en la cara, la despertó de su letargo. Valerie caminó deprisa pero sin norte.

Siguió el camino del pozo y se tropezó con Roxanne y su madre, que sacaban agua. Detrás de ellas, los soldados registraban una cabaña, desmenuzaban las exiguas posesiones de una familia.

—¿Ha vuelto Claude a casa?

Roxanne pasó de largo con un balde en cada mano. Se comportó como si no hubiera visto u oído a Valerie.

—Nadie lo ha visto —respondió Marguerite antes de proseguir camino.

Valerie estaba dolida. Roxanne sabía que ella se preocupaba por Claude, de entre los demás era la única persona que cuidaba de él, nadie más lo hacía. ¿Por qué había hecho oídos sordos ante su preocupación? Rebuscó en su memoria mientras escrutaba las oscuras profundidades del pozo. ¿Sería que Roxanne se avergonzaba del miedo con que había actuado delante de su amiga?

¿O sería porque el Lobo no la había escogido a ella? Desde el interior más recóndito de su ser, Valerie notó surgir una emoción perversa. Quizá Roxanne estaba celosa. Quizá todas las muchachas estuvieran celosas por su compromiso.

El perro de un leñador foráneo corrió hacia ella, y Valerie se acuclilló para acariciarlo. Le mostró la mano. Justo en ese momento era lo que más necesitaba en el mundo: un ser inocente que se acercara a ella y le ofreciera su lomo para unas palmaditas, que confiara en ella, que le dijeran que era buena. Sin embargo, el perro miró a Valerie atemorizado. Se negó a aproximarse más. Permaneció en cuclillas, aguardando, esperanzada, pero el perro retrocedió, lanzó un par de ladridos con sendos golpes de cabeza hacia atrás, se dio la vuelta y se alejó con el rabo entre las patas, como si ella fuera una amenaza.

Valerie no era quien había sido. Sintió cómo se desmoronaban con suavidad algunas partes de su ser, como un acantilado que cae al mar.

Aún se encontraba arrodillada junto al pozo, tirando de la vieja bomba, cuando una forma oscura pasó por encima del agua. El estómago se le fue a los pies.

Era Henry, pero uno diferente, que jamás había visto. Su mirada era oscura y vacía, como una habitación desmantelada.

—Voy a romper el compromiso —el remate de su voz estaba hecho jirones.

—¿A romperlo? —Valerie no sabía cómo sentirse.

—Sí —dijo él cerrando los ojos al hablar, como si aquello pudiera ayudarlo a asumir la decisión que había tomado—. Te vi con Peter.

—¿Nos viste?

—En el granero.

Las palabras se filtraron en ella y la empaparon de una horrible comprensión. Vio la tormenta de los pensamientos del muchacho detrás de sus ojos.

«Qué broma tan cruel la sufrida por Henry», pensó Valerie al ser consciente de los profundos sentimientos de él hacia ella. Haber amado a una chica durante tanto tiempo, haber estado a su lado sin ejercer presión alguna sobre ella, respetando su necesidad de independencia, para ver a continuación todo su amor hecho añicos por

Peter en un solo instante, por alguien que se colaba tras años de ausencia y que se llevaba lo que él quería sin preocuparse por la felicidad de ella.

Sintió lo mucho que debía de dolerle ver su esperanza pisoteada por la persona a quien Henry culpaba de su pérdida más dolorosa. «Ojalá Lucie estuviera aquí, ojalá él la hubiera amado a ella y no a mí».

—No voy a obligarte a que te cases conmigo —prosiguió, y no exigió una respuesta de su parte: un caballero hasta el final.

De algún modo, su corazón se partió en dos al ver que el de Henry sufría lo mismo. Y volvió a pensar en hundirse en su pecho, en la seguridad que él le ofrecía. Ya había tenido bastante peligro, bastante trauma y pasión. Estaba enojada consigo misma; ¿por qué no podía amarlo?

—Sé que no quieres estar conmigo.

Su honestidad fue desconcertante.

Dado que era lo único que se le ocurría hacer a Valerie, se llevó la mano con torpeza a la pulsera para desabrocharla, lo consiguió por fin, y se la devolvió.

—Cuánto lo siento —se oyó a sí misma pronunciar aquellas palabras vacías, algo que había intentado no hacer nunca. Sin embargo, al no contar con nada más, hizo uso de ellas aun consciente de que eran una ofrenda patética.

En un momento él se había marchado, y el único sonido que restaba era el reptar del riachuelo embarrado. De pie, bajo el mudo sol de media mañana, quedaba ella para evaluar las palabras de Henry. Aun así, tampoco podía pensar en ellas demasiado tiempo, porque, si lo hacía, surgía una vergonzosa ráfaga de fuego, una hoguera que refulgía y flameaba entre sus costillas.

Valerie acababa de sacudir la nieve de su capa roja y de ponérsela de nuevo cuando oyó unos gritos procedentes del granero. Siguió hasta allí al creciente gentío y sintió alivio al ver que el centro de atención se posaba en algo diferente de ella.

El granero era un sitio distinto por la mañana. La luz se escindía a través de los listones, iluminaba las telarañas que acechaban por entre las vigas y los contrafuertes. El padre Auguste se encontraba allí de pie con Solomon y sus soldados, armas en ristre. Siguió la dirección de la mirada del padre, hacia arriba... y vio a Claude.

Estaba vivo. Sin embargo, allí encaramado a una viga transversal, encogido, tembloroso como si se hallara cubierto de insectos o cangrejos invisibles, tenía un aspecto absolutamente traumatizado. O poseído. Uno de los arqueros de Solomon alzó el arco.

Se produjo un grito, y Roxanne entró corriendo y se lanzó contra el arquero, tan sólo para verse retenida por los soldados.

—*Ne conjugare nobiscum* —recitó el arquero.

Valerie se abrió paso a través de la gente y se situó junto a Roxanne.

—Yo lo vi en el festival —dijo, intentando atraer sobre sí la mirada de Solomon—. No fue él. No pudo haber sido. Él no es el Lobo.

—Quiero que lo interroguen —dijo Solomon a sus soldados, haciendo caso omiso de Valerie—. Mírenlo, el modo en que está ahí, agazapado...

Solomon tenía su punto de razón. Claude parecía pequeño desde donde estaban ellos, pero no tenía aspecto de inocente. Parecía salvaje, como un polluelo de buitre que tuviera que valerse por sí mismo en un nido abandonado, hecho a base de ramitas y cabello humano.

Aunque, se preguntaba Valerie, ¿qué reacción se consideraría apropiada? Claude estaba respondiendo de la manera en que todos deberían haberlo hecho. ¿Por qué se mostraban tan displicentes a la luz de la tragedia y la brutalidad que se había cernido sobre ellos? ¿Qué mecanismo era el que permitía que se restara importancia a tales cosas?

Pero ni siquiera su propia madre daba la cara por él. Marguerite estaba ahí abajo, sentada en un fardo de heno, aturdida. No podía levantar la vista, sólo podía mirarse las manos y preguntarse qué sería de su extraño y dulce hijo. Nunca había sabido qué hacer con él, ella nunca lo pidió, y de esa manera, ella misma se absolvía de toda culpa.

—Su lengua es retorcida —sentenció Solomon—, vive en íntima comunión con demonios. Practica la magia negra. *Es un prestidigitador.*

El gran padre Solomon, se dio cuenta Valerie, no tenía sino la visión simplista de la humanidad propia de un escolar. Pensaba en la gente en términos de depredador y presa, bueno y malo. No era capaz de dejar espacio a la ambigüedad. Aquel que no era puro debía de ser impuro.

Aunque ella misma había cedido ante tal idiotismo corto de miras aquella mañana: había sospechado de su Abuela, de Peter. Las mejillas le ardían de vergüenza.

—¡No tiene maldad! ¡Yo lo conozco! —gritó ella, que se censuraba aun cuando desafiaba a Solomon.

—¿Mejor de lo que yo conocía a mi propia esposa? —Solomon se giró por fin para enfrentarse a la joven.

Y Valerie no tuvo respuesta para eso.

Solomon mostró una carta del tarot estropeada: el Loco, un mendigo descalzo.

—Mira, esto fue hallado cerca del cadáver de tu hermana.

—Hizo magia —intervino la señora Lazar, que apareció de entre la multitud—. ¡Sabía que era obra del Diablo!

Valerie observó incrédula a la señora Lazar. «Si alguna vez hubo una bruja...».

—Es diferente —dijo Valerie con la mirada puesta en lo alto, en el muchacho en cuestión. Los ojos del chico brillaban como el agua—. Eso no lo convierte en culpable.

—Los inocentes no huyen. Él debe de huir de algo —replicó la vieja bruja.

—Si los inocentes han de ser injustos, prefiero contarme entre los culpables.

La señora Lazar se volvió y frunció el ceño; de pronto, desconfiaba de Valerie.

Solomon miró al arquero enmascarado.

—Bájenlo de ahí.

Roxanne volvió a abalanzarse sobre Solomon, pero el arquero de la máscara la apartó de un manotazo como si de una mosca se tratara.

Dos soldados plegaron las espuelas abisagradas de sus botas y sacaron sus guadañas de mano. Engancharon los dedos entre las tablillas y ascendieron como si fueran insectos.

—¡No lo asusten! —chilló Roxanne. La caída era bien alta.

Al verlos venir, Claude se acurrucó bajo la tolva del grano. Por un momento pareció que se iba a caer, pero corrigió la postura sólo para encontrarse acorralado en la plataforma superior.

Cuando lo agarraron los soldados, Roxanne tomó del brazo al padre Auguste, que parecía indeciso, nervioso, como un niño pequeño a quien hubieran ofrecido demasiadas opciones. Ya no sabía de qué lado estaba.

—Haga algo, padre, por favor —lo intentó Roxanne.

No obstante, el padre Auguste se quedó mirando al frente y no respondió. Se apartó para dejar paso a los soldados que arrastraban a un Claude que se retorcía entre ellos. Al parecer, sí había escogido su bando.

Roxanne se derrumbó sobre el suelo, entre sollozos.

Valerie sintió algo que no sentía desde los siete años.

Absoluta indefensión.

21

Los soldados arrastraron a Claude a un cobertizo ruinoso que había detrás del granero y allí tiraron su cuerpo renqueante al suelo. Sus ojos de grafito brillante se abrieron para ver una majestuosa y grotesca forma que se cernía sobre él. El elefante de metal.

Claude se puso a gritar, sólo por gritar, consciente de que sus alaridos no tendrían efecto alguno. Frenético, de inmediato intentó escabullirse del aparato de tortura. Cualquier cosa menos eso. Llegó hasta la pared más alejada, se acurrucó en una esquina y empezó a mascullar un rápido y húmedo susurro hacia el cuello de su camisa.

Solomon, que los seguía de cerca con la duda de que el muchacho fuera realmente el Lobo, entró en el cobertizo. Aun así, no podía dar muestras de debilidad, el padre Auguste había entrado detrás de él.

—No lo toquen —sus ojos se empequeñecieron como guijarros al llegar al final de la frase— hasta que yo lo ordene.

El cántico de Claude se aceleró.

—Ahora... —prosiguió Solomon con una repentina sonrisa severa. Levantó un brazo de manera que sus vestiduras colgaran como un ala de terciopelo negro, y señaló con un dedo afilado en dirección al elefante de azófar—. Ya pueden tocarlo.

Los soldados pudieron distinguir el recitado de Claude, entre sus sollozos.

—«Érase una vez un chico, se llamaba Claude, diferente y solo, pero cercano a Dios».

—Silencio, monstruo —le ladró un soldado y le propinó un pescozón en la coronilla.

Claude se quedó de piedra y se llevó un puño a la boca. Sus ojos recorrían veloces su entorno, pero no había adónde ir. Descansó el peso de su cuerpo sobre los talones, y éstos contra el suelo; eso no bastaba. Unas manos enormes lo asieron y lo arrastraron hacia la cámara de tortura.

El padre Solomon se acercó y descendió su mirada sobre él.

—Dime el nombre del Lobo.

Claude se limitaba a tiritar, demasiado aterrorizado como para entender lo que le preguntaban.

Solomon asintió, y los soldados empujaron a Claude hacia la gigantesca cámara de tortura.

Sin embargo, algo se había atascado, los soldados no podían girar el picaporte que abría la puerta en el costado del elefante.

—No puedo abrirla —dijo uno de los soldados, y se apartó para dejar que otro probara suerte con la manija. Cedió.

Al abrirse la puerta, los dos soldados tomaron a Claude por brazos y piernas y lo empujaron al interior. Volvieron a cerrarla.

—Dime su nombre —reclamó Solomon a la bestia de latón. No hubo respuesta.

—¿Qué está haciendo? —se volvió uno de los soldados hacia el otro, que encendía un fuego debajo del elefante.

—Hago lo que se me ha dicho que haga —susurró éste con brevedad—. Y le aconsejo, caballero, que haga lo mismo.

Los soldados retrocedieron, uno de mala gana, el otro con un gesto de severa determinación.

Cuando las llamas lamieron la panza de bronce, el pataleo de Claude resonó en el interior del monstruo metálico.

—Escuche cómo canta su amor por Satán...

El padre Solomon notaba sobre él los horrorizados ojos del padre Auguste. La gente observadora sabe cuándo la están observando.

Solomon realizó una inspiración profunda, y retrocedió con ella, como un felino a punto de saltar. Se dirigió junto al pastor de la aldea.

—Lo que hacemos los hombres como usted y como yo lo hacemos por el bien superior. Como hombres del clero, nuestra carga es liberar al mundo de sus males.

—Dígame —intentó tímidamente Auguste mantenerse firme—, ¿cuál podría ser el bien de todo esto?

El padre Solomon se inclinó hacia Auguste, para que éste no tuviera la menor duda acerca de su determinación.

—Maté a mi esposa para proteger a mis hijas —dejó que las palabras causaran pleno efecto—. Nuestros métodos para agradar a Dios son a veces imperfectos, padre, pero tal es la caza del hombre lobo. Será mejor que vaya teniendo estómago para ella.

—¿Qué me está diciendo, padre? —replicó Auguste en un tono de voz tan amenazador, tan poderoso en su quietud, audible sobre los gritos y golpes, que a Solomon no le quedó más remedio que detenerse y darse la vuelta. Mostró un dedo ante los labios del otro pastor.

—Estoy diciendo que debe elegir. Y le sugiero, por su seguridad, que se una a mí —se volvió hacia los soldados—. No suelten al chico hasta que nos ofrezca el nombre del Lobo.

Y se marchó del cobertizo.

—¿Y cómo va a hablar? Lo están torturando —se dijo el padre Auguste en voz baja, con la esperanza de que el padre Solomon supiera lo que estaba haciendo, pero con el temor de que pudiera no ser así.

Solomon era el único cliente de la taberna. El hombre de Dios se pasaba el almuerzo por la bebida, ¿de qué otro modo calmar la ira que sentía hacia aquellos campesinos ignorantes que no hacían más que obrar en contra de sí mismos?

Levantó la vista de su trago al entrar el Capitán seguido de una joven aldeana. Solomon entrecerró los ojos, seguro de que la conocía.

«Ah, sí». La hermana del chico. La pelirroja de carita dulce. De maneras infantiles y temerosa de Dios; eso le gustaba. Solomon no puso objeciones cuando el Capitán se la trajo.

—Dime, hija —reconoció él su presencia.

—Vengo a negociar la liberación de Claude —recitó ella su bien aprendido discurso.

Al no decir nada Solomon, Roxanne le mostró su puño cerrado boca abajo sobre la mesa que él tenía delante. Lo abrió, y sonó como si hubiera dejado caer unas pocas monedas. Retiró la mano al modo en que se aparta del calor del fuego, y Solomon pudo ver que sin duda era eso lo que tenía. Unas pocas y míseras piezas de plata.

Sus labios se tensaron en un gesto que no aclaraba si se había enojado o si intentaba aguantar la risa.

—¿Y qué pretendes que haga con esto? —preguntó Solomon.

—Yo…

—Con esto podría comprar una barra de pan de centeno o media docena de huevos. Gracias por el regalo. Ahora, cuéntame —dijo él acercándose tanto que Roxanne pudo sentir el frío de su aliento—, ¿con qué esperabas *negociar*?

Roxanne deslizó las monedas de la mesa, de vuelta a su mano. Ahora parecían sucias. Con el rostro incandescente, consiguió decirle:

—Tengo más que monedas.

El padre Solomon arqueó las cejas.

Roxanne dejó caer el chal por los hombros, se soltó la blusa hasta quedar prácticamente desprotegida y le ofreció la ofensiva redondez de unos pechos que siempre se había cuidado de mantener ocultos.

Solomon adoptó un aire despectivo ante la exposición de la carne, insultado.

—¿Es ésta tu idea de un soborno? —las cejas del pastor aún se arqueaban.

El Capitán se rio de manera rotunda. La dejaron así, y sintiéndose desesperadamente tonta.

—¿No me deseas? —murmuró ella casi de un modo convincente.

—Vuelve por donde has venido, niña —le soltó Solomon.

Era ella ahora quien se sentía sucia. Roxanne consiguió taparse antes de que el Capitán le pusiera las manos encima para arrastrarla fuera.

—¡*Espera!* —chilló.

Lo peor que Roxanne había tenido que hacer fue apartar a golpes el cuerpo de un hombre borracho y asqueroso de encima de su madre, con Claude allí delante, estrujándose las manos mientras presenciaba la escena. Esto era mucho peor. Esto… esto la perseguiría para siempre, pero no tenía elección.

—Espera, por favor. Sí tengo una cosa más —dijo con la suficiente velocidad como para no poder echarse atrás—. Si perdonan a mi hermano —se arrancó—, les daré el nombre de una bruja.

Aquello atrajo la atención de Solomon.

—Eso *sí* que tiene algún valor.

El padre de Valerie mantenía la guardia junto al fuego mientras una delirante Suzette descansaba en la cama. Eso significaba que se había quedado dormido, desplomado y a pierna suelta en un taburete. Un hacha ociosa reposaba sobre su regazo; era del mismo tamaño que la de los otros, la misma que había usado siempre, y aun así parecía demasiado grande para él. Se fijó en las ojeras marcadas y violáceas que adornaban ambos ojos cerrados, y se acomodó junto a él con intención de hacer ella la guardia.

Camino de regreso a casa desde el granero, asombrada por lo que había visto, Valerie observó a las tres niñas que Lucie solía cuidar. Se encontraban sentadas, pálidas e inmóviles, en la ventana de una cabaña, con ojos despistados y los labios fruncidos al pasar Valerie. Se preguntó si en un año o dos se acordarían siquiera de Lucie. Su dulce generosidad, el modo en que las daba vueltas a una detrás de otra, cómo a una le daba una segunda porque quería y después se la daba a las demás porque lo que es justo es justo. ¿Recordarían eso?

En el caos crecía una desconfianza subyacente, profunda. Los aldeanos, los ojos vidriosos, no llegaban a verse los unos a los otros.

Unos hombres habían formado una brigada de vigilancia que iba llamando a las puertas en busca de cualquier detalle que se saliera de lo normal. Y ellos también encontraron cosas, en las pocas horas que llevaban buscando: una vecina del pueblo que guardaba junto a su cama una colección de plumas; otra que tenía un libro escrito en un idioma ancestral aunque afirmaba que no sabía leer; incluso a alguien que había dado a luz a pesar de haber superado ya la edad habitual para tal cosa.

Sí, encontraron detalles.

Sin embargo, lo que más les costó fue conseguir que los soldados de Solomon los escucharan, pues éstos parecían tener su propia forma de hacer las cosas.

Perdida en tales divagaciones, Valerie también se había quedado traspuesta, y ahora, padre e hija se despertaban con unos golpes en la puerta —*¡bam!, ¡bam!*—. Golpes que irrumpieron *a través* de la puerta. Alguien estaba entrando.

Valerie se imaginó aquellas garras enormes que arañaban furiosas la madera, aquellos dientes descomunales que arrancaban trozos de puerta.

La madera ajada acabó hecha pedazos, pero el Lobo no entró en la habitación. Eran dos soldados, que la invadieron y tomaron el mando sobre ella, la reclamaron para sí con todo lo que contenía. Uno de ellos le dio un puntapié a una silla que no estaba en medio, tan sólo se trataba de que no había razón para no dárselo. La gente también era suya. Apartaron a Cesaire de un empujón, agarraron a Valerie y la arrastraron al exterior.

Suzette no se despertó en ningún momento.

—Cuéntales lo que me has contado a mí —exigió Solomon, inclinado sobre la barra de la taberna.

Roxanne se sentaba justo enfrente de Valerie, pero no la miraba. Sus ojos la atravesaban y se posaban en la pared tras ella.

La taberna se había transformado a toda prisa en la sala de un tribunal, los bancos unidos ahora en bancadas, y donde no quedaban más bancos, la gente se sentaba en taburetes. Valerie se encontraba atada a una silla en la parte delantera de la sala, para que todos la vieran. Los soldados, armados hasta los dientes, hacían guardia en cada una de las salidas, firmes, erguidos en sus armaduras.

Valerie había visto entrar a Peter, había visto lo duro que le resultaba a él estar allí, verla de aquel modo. Se quedó solo, en la esquina más alejada.

Roxanne sabía que tenía que responder, que la gente aguardaba para oír lo que ella les había prometido. Hizo acopio de valor, su voz temblorosa.

—Trepa a los árboles más altos —empezó diciendo en una cumplida reiteración de lo que le había contado a Solomon, lo que ella creía que era la verdad, una verdad que le había partido el alma creer—. Corre más veloz que el resto de las muchachas. Viste esa capa roja: el color del Diablo —añadió para aquellos incapaces de juntar las piezas. La cuerda se hundía en la piel de Valerie mientras Roxanne proseguía—. Y puede hablar con los hombres lobo. Lo he visto con mis propios ojos.

La joven oyó el grito ahogado y colectivo de los aldeanos al tiempo que el rostro de Roxanne, entre su pelo rojizo, se sonrojaba de lágrimas. Valerie temblaba con el intenso dolor de su propio corazón por el proceder de su amiga ante sus ojos.

—¿Niegas la acusación? —se volvió Solomon a Valerie con un gesto fingido de incredulidad.

Ella se sentía inerte.

—No —dijo. El gentío murmuró—. No la niego.

Prudence asistía sentada, compuesta y en silencio. Su madre se recogía en un extremo del banco y se mordía un mechón de pelo. Henry se sentaba entre un amigo y su abuela, vestida con su riguroso luto. Rose se encontraba justo detrás de Henry, haciéndose notar, aun entonces. Peter seguía solo, de pie.

—¿Y cuál fue la *naturaleza* de tal conversación? —Solomon colocó los dedos en un gesto que se asemejaba a un campanario.

Valerie, feliz de encontrarse con que aún le quedaba una chispa de humor, contuvo una tenue sonrisa. Le daría la información, pero en el orden que a ella le pareciera oportuno.

—El Lobo dijo —hizo una pausa para alargar el momento— que usted no sabe a qué se enfrenta.

Solomon, que sintió cómo las miradas se desplazaban ahora sobre él, esbozó una sonrisa lenta; era demasiado listo como para caer en aquella trampa.

—Estoy seguro de que así fue —dijo con dulzura—. ¿Qué más dijo?

Valerie sentía la cabeza embotada, igual que cuando caía enferma con un resfriado; desvinculada de su propio cuerpo.

—Prometió dejar Daggorhorn en paz, pero únicamente si yo me marchaba con él —pensó Valerie, sólo para darse cuenta de que lo había pronunciado en voz alta.

El cuerpo de Roxanne reaccionó, cortó en seco las lágrimas que su voluntad no había logrado contener.

Valerie se sintió atravesada por los ojos de Peter, desde el fondo de la sala.

Un denso silencio se adueñó del ambiente. Solomon meditó por un instante. Aquello era mejor de lo que él esperaba. Se inclinó para acercarse a Valerie, como si allí no hubiera nadie más.

—El Lobo es alguien de la aldea, alguien que te quiere para sí, Valerie —dijo en el tono de voz que reservaba para el público—. ¿Sabes quién es? Yo lo pensaría a conciencia, si fuera tú.

Valerie guardó silencio, por supuesto; no tenía ningún tipo de certeza al respecto, y no había nada que pudiera contar. Miró de nuevo para calibrar la reacción de Peter, pero él ya no se encontraba allí.

Solomon era un observador astuto, y para aquel entonces ya conocía lo suficiente a Valerie: nada más obtendría de allí.

—La quiere a *ella,* no a ustedes —apeló a los aldeanos, poniendo a prueba una táctica diferente—. Sálvense ustedes, es bien simple. Y démosle al Lobo lo que desea.

Henry se puso en pie de un salto. Su amigo levantó la vista hacia él, no muy feliz. El dogmático apego de Henry hacia sus principios siempre había molestado a quienes lo rodeaban, pues significaba que era más pesado, menos divertido de lo que podría ser. Él no saldría corriendo con las enaguas de una anciana, arrebatadas de un tendedero; ni tampoco intercambiaría un peón por un alfil en una partida de ajedrez. Sin embargo, esta vez se estaba poniendo en peligro.

—No podemos entregársela al Lobo. Eso es un sacrificio humano.

—Todos hemos hecho sacrificios —intervino la señora Lazar en su evasiva forma de ser, como quien hace una simple observación.

Henry estudió la sala, buscaba apoyo donde ninguno había. Nunca se unían tanto los aldeanos como cuando los movían a hacer causa común contra alguien.

Desesperado, Henry se dio media vuelta, hacia donde había visto a Peter en pie un momento atrás. Desaparecido, su puesto abandonado.

Valerie se conmovió ante el esfuerzo de Henry aunque notaba que tenía que ver más con su impulso de hacer lo debido que con ella misma. Al menos se había plantado frente al padre Solomon, algo que no había hecho ni su propia familia.

Sus padres y su abuela se sentaban juntos, temerosos de tomar la palabra. No se iban a ofrecer ahora en sacrificio, ¿qué bien haría verse encerrados todos juntos? Tenía que haber otro camino.

Su madre aún parecía enferma por el ataque, y Valerie no podía estar segura, siquiera, de que Suzette se hallara consciente. Cesaire se veía a punto de entrar en cólera a pesar de sentirse atrapado, como si por fin hubiese abierto los ojos a su impotencia. Y la Abuela... pues Valerie esperaba que pudiera tener un plan, pero también sabía que, de hablar en aquel momento, la mujer arriesgaría su propia vida. Estaba agradecida con Roxanne, al menos, por no haber metido a la Abuela en aquello.

Solomon, siempre un hombre enérgico, aprovechó la oportunidad para hacer un gesto a los soldados, que se dirigieron a desatar a Valerie y trasladarla. El juicio había concluido.

Los vecinos estaban ansiosos por escapar del amargo ambiente de la sala, tal era el sabor de boca que les quedaba tras su decisión, la convicción de que ellos merecían vivir más que Valerie. Y así salieron en una fila silenciosa y se aguantaron las ganas de charla hasta alcanzar el exterior. Nadie se atrevió a decir una palabra al padre Solomon, nadie se atrevió a mirarlo. Nadie quiso destacar de entre los demás.

Sólo el padre Auguste se quedó rezagado para cruzar unas palabras con Solomon.

—Creí que había venido a *matar* al Lobo, no a apaciguarlo.

Solomon lo miró como si el simple hecho de hacerlo fuese una prueba agotadora para su paciencia.

—No tengo intención de apaciguarlo —dijo con voz de complicidad—. La muchacha no es más que la carnada para nuestra trampa, esta noche.

—Por supuesto, por supuesto —murmuró el padre Auguste. Retrocedió, su fe restaurada, en calma al dejar al protagonista llevar a cabo su trabajo de héroe. ¡Ni se le había pasado por la cabeza a Auguste! Se alejó con la sensación de haber cumplido con su deber, complacido con el orden de las cosas. Valerie vio que no se haría responsable de nada, él tampoco. Se encontraba sola en aquello.

Los vecinos se reunieron en grupos pequeños y cerrados a las puertas de la taberna. Cesaire, Suzette y la Abuela salieron de la sala para caer de lleno en las repercusiones que había tenido la audiencia, el bullicio de la charla que amainaba ante su presencia, en especial la de la Abuela, que no solía participar de los sucesos del pueblo.

La señora Lazar, sin embargo, continuaba con su sonora perorata hacia Rose y otras mujeres chismosas.

—...su abuela vive totalmente sola, en el bosque —aunque no era la primera vez que se enfrentaba a tal prejuicio, algo hizo que la Abuela se detuviera a escuchar—. La primera víctima fue su hermana. La segunda, el padre de su prometido. Y no nos olvidemos de su pobre madre, desfigurada de por vida —afirmaba en voz bien alta—. Si la chica no es una bruja, ¿qué explicación le damos, entonces?

Cesaire vio que la Abuela estaba cayendo bajo el influjo de la voz de la señora Lazar. Algo en aquello parecía recordarle a sí misma.

—No la escuches.

—No se equivoca —musitó la Abuela—. Valerie *es* el centro de todo esto.

Cesaire se mostraba preocupado, pero se limitó a asentir y comenzó a llevarse a Suzette camino abajo con la intención de devolverla a la cama. La Abuela se detuvo para captar las últimas palabras.

—He tratado de desalentar a Henry en sus sentimientos hacia ella —prosiguió la señora Lazar con ojos mustios—, pero no hay esperanzas. Ha perdido la cabeza. Si eso no les suena a brujería… —dejó sus palabras suspendidas, y los presentes asintieron en señal de acuerdo.

Nadie habló con Henry cuando salió de la taberna para enfrentarse a Peter, que se encontraba al otro lado de la calle, observando al gentío desde una esquina en penumbra. Peter se irguió y se preparó para la pelea.

—¿A qué ha venido eso? —la voz de Henry sonó más alta de lo que hubiera deseado.

—*Shh* —los ojos de Peter escudriñaban la plaza.

—Pensé que ella te importaba —dijo Henry con cuidado de calmar la voz esta vez.

Peter se frotó los ojos y los volvió a abrir con la esperanza de que Henry hubiera desaparecido. No lo hizo.

—Y me importa —suspiró, viendo que tendría que dar una auténtica respuesta, que Henry no se iba a conformar con menos—. Pero… —señaló con la cabeza en dirección a la taberna, donde se hallaba el Capitán—, *yo* intento afrontarlo con inteligencia.

Henry miró rápidamente y vio que incluso una mirada fugaz y enérgica como la suya no había pasado desapercibida para el Capitán.

—Vas a rescatarla —comprendió al fin.

Peter no se molestó en responder.

Henry evaluó a su rival. Sentía que podía confiar en él, aunque pensaba que sería mejor no hacerlo. Y, aun así, el hijo del herrero no era tan orgulloso como para sacrificar a la mujer que amaba. Observaba la taberna cuando un soldado se llevó a Valerie a otro lugar para encerrarla.

Al ver cómo las cuerdas le habían rozado la piel, enrojecida e irritada, le resultó más sencillo tomar una decisión.

—Te ayudaré.

—No estoy tan desesperado —respondió Peter con frialdad, su orgullo aún intacto en apariencia.

—¿Ah, sí? ¿Cuál es tu plan, entonces? —preguntó Henry. Peter cambió de pierna el apoyo de su peso—. No tienes plan, ¿verdad? Mira, la herrería es ahora de mi propiedad —le recordó—. Poseo herramientas y los conocimientos para utilizarlas. Me necesitas —Henry quería la satisfacción de ver ceder a Peter—. Admítelo.

A Peter no le gustaba, pero la idea de permitir que el Lobo se llevara a Valerie le gustaba aún menos. Sabía que sería más sencillo con la ayuda de Henry.

—Muy bien.

Al considerarlo detenidamente, el rostro de Peter se iluminó de un modo muy sutil, casi imperceptible, como el degradado en los tonos de una sombra. No tenía la necesidad de confiar en Henry, sólo había de confiar en que el amor de Henry por Valerie era fuerte. Pero ¿y si era demasiado fuerte? ¿De una fuerza sobrenatural?

—Eso sí, como seas el Lobo, te arranco la cabeza y se la echo a los cerdos.

—Y yo haré lo mismo contigo. Con sumo placer.

—Parece justo.

Ambos jóvenes intercambiaron miradas inquisitivas, incrédulos ante la tregua a la que habían llegado, precaria, aunque tregua al fin y al cabo.

Roxanne, sintiéndose vacía, devorada desde su interior por la descomposición, se aproximó al Capitán.

—¿Dónde está mi hermano? El padre Solomon me dijo que sería liberado —gimoteó en el frío.

Algo indiscernible se paseó por el semblante del Capitán.

—Liberado —asintió con aspecto ausente—. Sí, creo que así ha sido.

El Capitán se dio la vuelta y regresó al interior de la taberna. Roxanne asumió que aquel acto significaba que ella había de seguirlo, y se apresuró tras él, que subía con facilidad los escalones de tres en tres. La condujo a través de la taberna y salió por la puerta de atrás, hasta una carretilla que había en el patio. Roxanne estaba confundida, se detuvo para mirar en torno a sí. No veía a su hermano.

El Capitán espantó a unos cuervos que picoteaban tranquilos y levantó los mangos para girar la carretilla en dirección a Roxanne. La joven vio que la carga estaba cubierta con una manta. Al rodar la carretilla hacia ella, una mano se soltó y cayó libre. La mano de Claude.

La cabeza de Roxanne comenzó a negarlo, y retrocedió.

El Capitán se detuvo justo delante de ella y descubrió el cuerpo; Roxanne cayó de rodillas al suelo encharcado.

La piel de Claude estaba blanca como la leche, en el abrazo del frío, y sus pecas destacaban nítidas en contraste. Tenía ampollas en la piel de manos y pies. El rostro hinchado, con magulladuras.

No se le había ocurrido la posibilidad de no hallar a Claude con vida; por mucho que hubiera alcanzado unos extremos más profundos de lo que antes jamás se hubiera imaginado, aun así, algo tan horrible ni siquiera se le había pasado por la cabeza.

Antes, aquella misma semana, las tarimas crujían. Los armarios se negaban a cerrar bien. La gente era pobre y el alimento, escaso. Había celos, y mezquindad, y vanidad.

Las cosas no eran perfectas, pero habían sido soportables.

Ahora, el mal había descendido sobre Daggorhorn.

Apenas dos días antes, Valerie no hubiera podido imaginarse que se encontraría allí. Todo aquel a quien amaba se había vuelto en su contra, o bien había sido ella quien se volviera contra ellos. Su hermana había muerto. Y esa noche moriría ella, también.

La habían encerrado en una celda. Estaba húmeda y oscura, como si ya se alojara en su tumba. Por lo general, se usaba para guardar ganado, pero el cerramiento con barras de hierro en la parte superior encajaría a la perfección en cualquier cárcel. Unas pocas velas desperdigadas proyectaban sombras nítidas sobre las paredes. Al menos, los guardias le habían dejado algo de luz.

Pero ¿qué más daba? No tenía a nadie. Nadie había hablado en su defensa.

Excepto Henry, cuyo amor ella había machacado a cambio del amor de otro. Y ese otro había huido de la sala. Peter no se había quedado ni siquiera para dar la cara por ella.

Henry encontraría a otra para casarse. Llegaría a querer a Rose o a Prudence, o a cualquier otra muchacha de algún pueblo vecino. Pero sabía que Peter no encontraría a nadie, él siempre pensaría en ella, la abrazaría en un lugar al que nadie pudiera llegar. Protegería su recuerdo como lo había hecho los diez años anteriores, la conservaría para sí.

Deseó no haberlo rechazado cuando llegó hasta su puerta. Ojalá se hubiera marchado con él.

Oyó un sonido metálico en la oscuridad y a continuación vio el rostro de su abuela, que la miraba. Así que, quizá, no estaba completamente sola.

—Dime, cielo —preguntó la Abuela con gran pesadumbre—. ¿Hay algo que necesites?

La imagen del cuchillo centelleó en la mente de Valerie. Se lo había metido en la bota mientras Cesaire dormía. Ojalá se lo pudiera enseñar a su abuela, pensó, pero los ojos del guardia no se apartaban durante mucho rato.

El frío traspasaba a Valerie y hacía que le temblaran los hombros. Solomon se había llevado su capa roja, una agresión más brutal aún que las demás. Necesitaba muchas cosas, aunque sabía que era inútil pedirlas. El guardia nunca permitiría que le pasaran nada.

—No —lo negó también con la cabeza.

Valerie no había abandonado aún la esperanza de que la Abuela no hubiera pedido la palabra en el juicio por que tuviera otro plan, pero se dio cuenta de que, como todos los demás, tan sólo estaba asustada. No del Lobo, sino de un hombre: Solomon.

—Escucha —bajó la voz la Abuela—. El Lobo jamás atacaba en espacios abiertos como lo hizo durante el festival. ¿Por qué habría de mostrarse ahora?

—Quizá sea la Luna...

—Te quiere a ti. Y quería a tu hermana —la Abuela intentaba seguir los pasos de su lógica en voz alta.

«Mi hermana».

—Podría haber matado de manera indiscriminada en el festival para ocultar el hecho de que la primera muerte no fue en absoluto aleatoria —especuló la Abuela.

Valerie no estaba segura de adónde quería ir a parar la anciana.

—No, el Lobo no escogió a Lucie. Ella debió de ofrecerse al Lobo —Valerie tragó saliva, se obligó a decirlo en voz alta—. Entonces no lo sabía, pero ella estaba enamorada de Henry. Rose piensa que se enteró de mi compromiso, y que la única opción que creyó que le quedaba era quitarse la vida —pero incluso mientras lo decía, la historia no sonaba cierta.

—Lucie amaba a Henry... —la Abuela hizo una pausa—, aunque eso de que se quitara la vida es inconcebible. Imposible. Ella no haría algo así —la anciana parecía haber desarrollado otra teoría. Se acercó más a los barrotes para continuar hablando.

Sin embargo, el tintineo de las llaves llegó antes, el guardia se aproximó hasta proyectarse sobre ella, una presencia imponente.

—Se acabó la visita.

En el otro extremo de la aldea, Cesaire extrajo un puñado de maíz blancuzco y esparció los granos delante de los pollos. Normalmente, ése era el trabajo de Suzette, pero aún descansaba por miedo a arriesgarse a contraer una infección. A Cesaire le alegró que le asignaran una tarea, un modo de hacer con su cuerpo algo útil que no fuera estar de guardia frente a su esposa, a quien había dejado de amar. Sus hijas se habían ido, y todo lo que le quedaba por hacer era cuidar de unos pocos pollos ingratos.

Todo el mundo se había marchado a casa después del juicio, destrozado por el estrés y el temor. Algunos quedaban fuera, mujeres que lavaban la ropa azotándola con grandes palas, hombres que movían troncos. La rutina era una ayuda. La muerte, al parecer, no se había tragado por completo la aldea, pues se seguía viviendo la vida. Aún no se había acabado todo.

Cesaire se fijó en Peter, que se acercaba en su dirección desde el otro extremo de la calle, empujando una carretilla cargada con un tonel de madera. Continuó manoseando el maíz mientras miraba, y se llenó la palma de la mano de un residuo polvoriento y blanquecino. Ambos hombres guardaron las distancias cuando las ruedas de la carretilla crujieron hasta detenerse.

—Voy a salvar a su hija —habló Peter en primer lugar, a la espera de la reacción de Cesaire—. Y después tengo la intención de desposarla. Me gustaría contar con su bendición en esto, aunque puedo vivir sin que me la dé.

Se produjo un momento de silencio. Peter había dicho lo que tenía que decir y se volvió para marcharse, pero Cesaire dio un paso al frente y abrió los brazos para estrecharlo; ambos hombres buscaban el consuelo de las costumbres del ser humano en medio de un caos sobrenatural.

25

El viento abrió la puerta de la herrería, y la Abuela se apresuró a entrar con él. En el taller reinaba un caos desordenado.

—Hola, Henry.

El joven ni siquiera se apartó de las llamas. No por una mujer que no se había dignado a dar la cara por su propia nieta.

—Está cerrado.

—Quiero agradecerte tu intervención de hoy —dijo ella, haciendo caso omiso de su proclama—. Ha sido muy valiente.

—Sólo he dicho lo que sentía —Henry forjaba algo en el fuego. El objeto que extrajo brillaba en un blanco incandescente, como un fragmento caído de la luna. Lo sujetó con un par de tenacillas, accionó una palanca arriba y abajo y lo dispuso en una esquina para darle forma.

—No tienes ninguna obligación de salir en defensa de Valerie —dijo la Abuela a la espalda de Henry—. Ya has roto el compromiso.

—Está enamorada de otro —Henry apretaba los dientes con resentimiento porque ella lo obligara a decirlo. Comenzó a martillear la pieza en un punto concreto—, pero eso no significa que haya dejado de importarme.

—Me imagino que eso mismo es lo que debía de sentir Lucie por ti.

Henry se encogió de hombros, incómodo ante la mención de su nombre.

—Ya me he enterado de que creía estar enamorada de mí.

—Sí, Valerie me lo acaba de contar.

Henry terminó de separar los extremos de su creación. No disponía de mucho tiempo.

—Parece que Lucie habría hecho cualquier cosa por ti. Incluso se habría encontrado contigo en una noche del Lobo, si se lo hubieras pedido.

Henry se limpió las manos en el delantal.

—No veo qué tiene eso que ver con nada de esto —dijo con brevedad, en un intento por mantener la cortesía en su voz.

Sin embargo, mientras lo decía, comprendió; su confusión se tornó en ira. Por fin la miró.

—Cree que soy el Lobo —dijo Henry. La Abuela se enderezó en su postura—. ¿Se da cuenta de qué me está acusando? ¡Asesinato!

—Yo no acuso a nadie de nada —dijo ella, consciente de lo distinta que era la realidad. En el calor del taller, la Abuela languidecía, su acusación perdía de vista el objetivo, la intensidad—. Intento descubrir la verdad —continuó de todas formas.

Sin embargo, una vez dicho aquello, el rostro de Henry cambió. Se vació de ira, de nuevo se suavizó pensativo para pasar al horror, aunque también con el placer de poder ahora acusar a su acusadora.

Se produjo un estruendo metálico cuando Henry soltó su herramienta y avanzó hacia ella de un modo casi seductor.

—Es usted —dijo, señalándola, apuñalándola con su dedo en el aire—. Por todos los santos, es usted. Ahora mismo puedo olerlo en usted.

La Abuela se puso nerviosa, había agotado sus pruebas contra él.

—¿Qué es eso que puedes oler en mí? —se iba acercando a la puerta.

—La noche en que murió mi padre, yo pude oler al Lobo. Un profundo olor a almizcle —Henry se acercó aún más—. El mismo olor que percibo en usted en este preciso momento.

Henry se había acercado muchísimo, sus ojos encendidos. Su aliento sobre ella, que se sentía desmayar con el calor de la fragua, con sus acusaciones.

—¿Qué estaba haciendo allí fuera, en su cabaña, totalmente sola? —Henry no aminoró su presión—. ¿Qué hizo la noche en que su nieta fue *asesinada*?

En ese preciso momento, el olor atravesó los sentidos de la Abuela como un nombre olvidado largo tiempo atrás; pero fue suficiente.

El joven tenía razón. Sintió la apremiante necesidad de defenderse.

—Henry, estuve leyendo hasta quedarme dormida —en su confusión, se aferró a su coartada.

—Y después, ¿qué? —la Abuela permaneció en silencio. El olor ascendía de sus ropas como la niebla de un río. Era amargo y penetrante—. No lo sabe, ¿verdad que no? —continuaba él con la presión.

Tenía que salir de allí. Tenía que llegar a casa y comprobar algo. Tenía que saberlo a ciencia cierta. ¿Cómo podían haberse vuelto sus sospechas contra ella y con tanta facilidad?

Salió por la puerta que seguía abierta, y dejó que se cerrara de un golpe a su espalda.

26

En el crepúsculo, los tres hombres trabajaban juntos igual que juegan los niños pequeños, uno al lado del otro pero sin relacionarse. No deseaban llamar la atención.

Peter levantó la mirada de su tarea. Le alegró ver cómo Cesaire empujaba la carretilla por la plaza, ver a Henry trabajar en la herrería. El plan estaba en marcha.

Conforme Cesaire empujaba, la carretilla iba goteando aceite de lámpara translúcido sobre la nieve sucia. Se detuvo un breve instante para dar un trago de su petaca y, de paso, echar un vistazo a los alrededores. Se fijó, con un gesto de dolor, en que el Capitán hacía guardia y vigilaba la plaza. Cesaire mantuvo una expresión muy natural y siguió empujando la carretilla como si nada, pero el Capitán ya se dirigía hacia él, seguido de otros dos soldados.

El cuerpo de Cesaire tomó la decisión por él. «Corre».

Avanzó con dificultad por el barrizal de aguanieve, tiró de un empujón varias jaulas con faisanes y saltó por encima de una artesa.

El Capitán sacó un látigo largo y lo soltó contra Cesaire en plena huida. El látigo sólo le rozó, pero él cayó al suelo, de bruces contra un ventisquero de nieve. Intentó arrastrarse, aunque sólo consiguió dar dos inestables pasos antes de caer derribado y ser asido por unas manos sin rostro.

—Por precaución —le esgrimió un soldado—. No queremos que nos dé problemas ningún familiar de la bruja.

Unos pasos, y la voz del padre Solomon emergió de la oscuridad.

—Ponte tus vestiduras de ramera —su voz fue ronca mientras aguardaba a que abrieran la trampilla. A continuación, le lanzó su capa carmesí.

Se envolvió en la bella tela, tersa y suave. Apareció un soldado y le puso unas esposas que giraban sueltas en sus muñecas. Entonces Valerie vio que alguien se aproximaba. Era su padre, al que obligaban a agachar la cabeza por el techo tan bajo.

—Valerie —se detuvo frente a ella—. He intentado protegerlas, a ti y a Lucie...

Lucie. Ahora parecía imaginaria, casi mítica. Inventada.

—Está bien, padre —dijo ella, que se ahogaba con las palabras—. A las dos nos enseñó a ser fuertes.

Valerie cayó en la cuenta de lo solo que se quedaría cuando ella hubiera muerto.

—Mi buena chica. Sé fuerte.

Y sintió aquella mano sobre ella, aferrada con más fuerza que nunca, y supo que la sentía por última vez.

El corazón se le salía por la boca. ¿Qué podría decir? Casi se sintió agradecida cuando el soldado apartó a Cesaire de un empujón y a ella la envió hacia donde se encontraba Solomon.

La máscara estaba fabricada de un hierro tan pesado que resultaba casi imposible mantener la cabeza erguida con ella puesta. Sólo contaba con unas pequeñas aberturas para los ojos. Su morro cónico reflejaba el hocico inconfundible del lobo. Sus fauces, una sonrisa dentada hecha a base de afiladas incrustaciones de marfil. Diseñada para llevar al extremo la humillación pública, la máscara de lobo era una vuelta de tuerca de la crueldad humana, y Valerie pudo ver la satisfacción en el semblante del padre Solomon cuando el Capitán se la puso a ella en la cabeza.

Entonces, todo cuanto vio fue la oscuridad, todo cuanto sintió fue el peso del metal que recibía tirones como si lo estuviesen asegurando con hebillas y broches.

Al principio se había resistido contra el cruel abrazo de las esposas y había jalado de ellas, pero éstas tardaron muy poco en clavarse en sus muñecas, por eso Valerie aceleró el paso de su descenso a tropezones por la calle de la aldea. A ciegas, arrastrada por el caballo y en absoluto dispuesta a ofrecer a los vecinos la satisfacción de verla caer al suelo.

Hacía calor dentro de la máscara, y la frente de Valerie resbalaba al tacto contra el metal. Aquella careta se deslizaba y bamboleaba por la holgura mientras ella se desplazaba con paso irregular a través de la nieve, a medio derretir en el suelo.

Al caer la luz, los aldeanos se habían apiñado para ver boquiabiertos el paso del macabro desfile, incapaces de apartarse mientras éste avanzaba con lentitud y pesadez calle abajo. Se aproximaba la última noche de la luna de sangre.

Uno o dos de los asistentes mascullaron «bruja» en tono apenas audible. Otros, sin pensarlo, se persignaban.

Una voz, que reconoció como la de la señora Lazar, gritó:

—Ya no es tan mona, ¿eh?

Un instante después siguió la voz de Rose, que la llamaba bruja y otras cosas peores al tiempo que aseguraba a la señora Lazar que su nieto encontraría sin duda una esposa de su agrado. La voz de Rose sonaba como si nunca la hubiera llegado a conocer siquiera.

Valerie sintió que alguien la agarraba del pelo, e intentó no gritar mientras el agresor o agresora le daba tirones. Un momento después notó que sus rizos rubios quedaban libres gracias a un soldado que estaba impaciente por mantener en marcha aquella caravana de la vergüenza.

Ya encadenada a un poste, de rodillas sobre el altar sacrificial, Valerie oyó la voz del padre Auguste sobre ella, que la bendecía, mientras manoseaba las hojas de la Biblia. Un momento más tarde, escuchó una voz familiar en un grito sofocado poco habitual.

—¡Es mi pequeña!

Con un cierto esfuerzo, Valerie levantó el peso metálico de su cabeza. A través de los minúsculos agujeros de la máscara, vio a su madre, descalza, que revoloteaba en un frenesí parecido al de una polilla moribunda. Su rostro maltratado, elevado en verdugones allá donde no había una úlcera abierta, tenía el aspecto de haber sido embadurnado de mermelada. Había sanado en algunas partes, y en otras no. Era desigual, las heridas profundas.

Se detuvo frente a Solomon.

—¡Déjala ir, tú, malnacido! —Suzette tenía el pelo apelmazado, y su olor era acre—. ¡Que la sueltes! —despotricaba. Se abalanzó sobre Solomon, pero éste la agarró de la muñeca sin el menor esfuerzo.

El pueblo se había quedado sin habla. No les gustaba verla así, fuera de control, enloquecida. Otra baja más. Ni siquiera el padre Solomon dijo nada por unos instantes y permitió su ira.

Valerie no podía seguir mirando y descansó el hocico de hierro contra su pecho.

—Debería irse a casa —oyó decir a Solomon con el tono de un padre decepcionado—. Todos deberían marcharse a casa.

Los vecinos, atemorizados, se dirigieron a la hundida madre de Valerie y la apartaron. Suzette se cubrió la cara con las manos mientras la conducían a su casa. Era demasiado para aguantar.

Las horas pasaron. Cayó la oscuridad.

Valerie elevó la mirada a la luna de sangre. Era la noche final. Había oído cómo se cerraban las puertas y postigos de la aldea. Mareada, deseó poder tumbarse y pasar las horas durmiendo; sin embargo, las cadenas la mantenían erguida.

Una forma oscura se cernió sobre ella. Soltó un grito ahogado, un sonido hueco en la resonancia de la máscara de metal. Cerró los ojos y aguardó a que llegara su fin.

—Valerie —dijo la voz de una muchacha.

Abrió los ojos y se inclinó para ver a través de los orificios.

La forma se inclinó a la vista.

—¿Prudence?

—Roxanne quería que supieras que lo siente. Ella sólo dijo aquellas cosas para salvar a su hermano —susurró Prudence.

—Lo sé —Valerie se estremeció con una ráfaga de frío que tintineó en sus cadenas—. ¿Le dirás que la perdono?

—Por supuesto. Aunque yo quería decir... no sé qué decir.

Había una cadencia desigual en el tono de voz de Prudence.

—No tienes que decir nada.

—No, quiero hacerlo.

Valerie intentó echarse hacia delante, las cadenas tensas por el esfuerzo. Prudence se inclinó desde su posición erguida, se dobló por la cintura. El pelo castaño le caía alrededor de la cara como una cortina.

—Quiero que sepas que puedes haber engañado a Roxanne, pero a mí no me engañas —dijo en un siseo de sus palabras semejante al fuego—. Siempre te creíste mejor que nosotras; ¡demasiado buena incluso para Henry! Tu pérdida es nuestro beneficio. Ahora vas a recibir tu merecido.

—Prudence —de repente, Valerie no era capaz de recordar cómo era Prudence cuando era su amiga. Intentó ser fuerte—. Creo que será mejor que te vayas —tenía los ojos secos, como fruta sin piel a la que se hubiera dejado pasar la noche a la intemperie.

Prudence levantó la vista. Las nubes se habían abierto para volver a revelar la luna escarlata.

—Sí. Tienes razón. Ya no queda mucho. El Lobo viene por ti.

Entonces Valerie se sintió casi agradecida por llevar la máscara, así no traicionaría ninguno de sus sentimientos frente a su torturadora. Cerró los ojos, y cuando volvió a abrirlos, Prudence ya no estaba.

Aulló el viento invernal, y el tiritar de Valerie sacudió las cadenas.

No había nada que hacer salvo esperar. El Lobo vendría por ella.

Y después, ¿qué?

27

Al otro lado de la plaza, Solomon se encontraba en lo alto de la torre del granero, rodeado de armas, cuerdas y carcajes. Abajo, los soldados se escondían en callejones, vigilaban los caballos, afilaban las puntas de plata de las flechas, aguardaban en las ventanas.

Todo estaba a punto. Nada quedaba por hacer excepto limpiarse las uñas con la punta de un cuchillo y lanzar los restos de mugre al suelo. Su piel, ligeramente recuperada, se rasgaba por sus costuras como una manzana asada. El padre Auguste se unió a su lado.

—¿Sabe cómo matar a un tigre, padre Auguste? —preguntó Solomon en un susurro de frialdad, observando la patética figura de Valerie como una muñeca de trapo encadenada al altar—. Ata ahí fuera su mejor cabra y espera.

Una silueta oscura se agachó cerca del muro semiderruido de la aldea; antorcha en mano, buscaba algo en la nieve. Lo encontró y bajó la llama. Durante un momento no sucedió nada.

Y entonces el suelo ardió, y el fuego trazó una línea fulgurante que se adentró en la plaza, cobró velocidad al recorrer el chorro de aceite de lámpara hasta el cobertizo abandonado y el montón de yesca que habían dejado allí previamente a tal propósito. Peter permaneció agazapado con su antorcha, el rostro iluminado por las llamas, observando con satisfacción cómo los resultados de su trabajo y el de Cesaire tomaban forma.

Desde su puesto de mando en la torre del granero, Solomon entrecerró los ojos ante la luz repentina, observó las llamas y el humo que llenaban la plaza allá abajo. Dejó escapar una maldición en un susurro. No había tiempo para aquello, esa noche no. Hizo una señal al Capitán, y en un instante, sus hombres descendieron a la plaza por unas cuerdas tendidas en el exterior de las paredes de la torre.

El reducido espacio en el interior de la máscara se llenó de luz, y Valerie miró por los orificios, desconcertada por las llamas y las volutas de humo en el viento. Ante la sorpresa, intentó zafarse de sus ataduras a tirones, y oyó una voz.

—Voy a sacarte de aquí.

Aun en pleno caos, supo que era Henry. Sin embargo, un Henry distinto. La fuerza de su intensidad, el estado febril de su concentración, le hicieron sentir temor.

—¿Qué está pasando? —preguntó confundida.

—Es parte del plan. Voy a sacarte de aquí —repitió. Le gustó el sonido de sus propias palabras. Era él, y no Peter, quien la liberaba de hecho. Sus manos se pusieron a trabajar con las extrañas llaves que había fabricado antes, aquel mismo día: llaves maestras. Había practicado, y sus dedos hicieron todo el trabajo por él, la llave chirrió en la cerradura, en busca de los tambores.

Cuando él se inclinó hacia delante, todo lo que Valerie pudo ver fueron sus ojos marrones que llenaban los orificios de la máscara, resplandecientes a la luz de las llamas. Poseedores de una aguda inteligencia. Ardientes.

Exactos a los del Lobo.

Valerie pensó en lo que su abuela había comenzado a sugerirle. Pensó en la nota que halló en manos de Lucie. Alguien tuvo que escribirla. Entonces pensó en el cuchillo de cuerno de alce.

Clic. Se abrió el resorte de una cerradura. Sólo quedaban dos.

Desde su posición, agazapado junto al muro, Peter veía cómo los soldados echaban nieve a puntapiés sobre las llamas, les daban pisotones. Se fijó a través del humo y pudo distinguir las dos siluetas en el altar. Henry no había liberado aún a Valerie. «¿Por qué está tardando tanto?».

A Henry le tocó ser el rostro visible de la operación. Valerie siempre pensaría que estaba en deuda con él por haberle salvado la vida, siempre lo consideraría el cerebro del plan, al modo en que hasta el propio dramaturgo abandona el teatro pensando que al actor se le ocurrieron esas líneas que él mismo había escrito.

Henry el héroe. Maldita sea.

«Estamos en el mismo bando», se recordó. Peter estudió la base del granero, consciente de que habría de ganar algo de tiempo para Henry.

Clic. Se abrió la segunda cerradura.

Las manos de Valerie quedaban libres.

Sólo una más.

Los dedos de Henry trabajaban en la máscara sin pensar, igual que los dedos del músico hallan las cuerdas en una canción que toca con frecuencia. Sin embargo, sondeaba desesperado y no podía abrir el cierre. Masculló enojado. La mano libre de Valerie se desplazó sigilosa en busca del cuchillo. Sería muy propio del Lobo aparecer en la forma de un rescate. ¿Verdad que sí?

¡Zas!

Peter sacó su hacha de detrás de la espalda y usó la empuñadura para derribar al soldado que estaba de guardia en la puerta del granero. Sin dudarlo, lanzó su antorcha al interior, pero, antes de que pudiera comprobar si las llamas habían alcanzado su objetivo, sus piernas cedieron bajo su peso.

Bajó la vista, sorprendido, y se vio atrapado por una cadena lastrada que alguien había lanzado por el aire. En un instante apareció sobre Peter el soldado que la había blandido.

La vista de lince que poseía Solomon no se apartaba del humo un instante, en busca de movimiento en el altar. Allí seguía la chica, hasta ahí sí llegaba su vista, pero ni rastro del Lobo aún. ¿Sería posible que aquellos pueblerinos retrasados mentales le estuvieran tomando el pelo?

Escuchó un chasquido. Un sonido muy leve, pero un sonido, sin duda.

Y otro más.

Olisqueó el aire y lo supo de inmediato. El granero, también, estaba ardiendo. Alguien pagaría el descuido de aquella noche.

—Evacúen—ordenó a sus soldados.

Lideró el descenso por la escalera de caracol de la torre y respiró el aire denso y ahumado que le embotaba la cabeza. En uno de los giros se quedó paralizado: a través de una ventana vio un rastro de movimiento en el altar, algo muy leve.

Justo lo que se temía.

El granero temblaba a su alrededor, y las paredes comenzaban a ceder, los pilares calcinados se desmoronaban, las llamaradas salían disparadas en la noche.

—Allí —dijo Solomon al arquero a su espalda.

El arquero y el padre Auguste miraron en la dirección que seguían los ojos de Solomon. El humo se había aclarado lo suficiente como para mostrar a alguien, un hombre con una capa, agachado junto a Valerie, quitándole la máscara de lobo.

El arquero levantó su ballesta, pero vaciló al caer una viga y estamparse en el suelo.

—¡Espere! ¡Alto! —gritó Auguste con las manos entrelazadas, como si se aferrara a algo muy valioso.

—Hazlo —ordenó Solomon.

El arquero apuntó a Henry desde la ventana. Un objetivo fijo, blanco fácil...

Sin embargo, al disparar, algo borroso se cruzó en su punto de mira, algo lo suficientemente cercano como para lograr que diera un respingo y el dardo errase su blanco.

Era el padre Auguste, que ya había presenciado por fin bastante barbarie y había saltado frente a la línea de fuego del arquero para estropearle el disparo.

—¡*Corran!* —gritó el padre Auguste en dirección al altar con un balanceo de su Biblia en el aire.

El eco de su única palabra resonó en el espacio a su alrededor como el tañido de una campana.

Solomon no perdió el tiempo. Con un movimiento circular de su brazo, hundió la daga en el pecho de Auguste.

Los ojos de ambos hombres se quedaron fijos, recíprocos. Los del padre Auguste se agrandaron por el impacto y el dolor, y se vaciaron de vida. Se derrumbó al suelo, y su Biblia cayó boca abajo, junto a él.

Los ojos de Solomon se dispararon de nuevo hacia el altar. La máscara de lobo había quedado allí abandonada. Sabía que el momento había pasado. Otra viga se derrumbó.

—Debemos marcharnos —dijo con calma.

Una vez en el exterior, se encontró con que sus soldados habían hecho un prisionero.

—Éste prendió el fuego —el más fuerte de los soldados lanzó a Peter al frente de un empujón. Estaba esposado. Lo habían tratado con rudeza, no les hacía demasiada gracia que un muchacho arrabalero los hiciera quedar en ridículo.

—Nuestros hombres lo encontraron forcejeando con un soldado —intervino el otro.

—Enciérrenlo en el elefante. Más tarde lo encenderemos —la voz de Solomon sonaba como el cristal, cortante en su indignación mientras se adentraba en la plaza en llamas.

28

—¡La bruja ha escapado! —oyó Valerie mientras corría. Resultaba difícil comprender que aquellas voces se referían a ella, imposible entender todo lo que había sucedido. Sin embargo, allí estaba, una bruja, a la huida con Henry Lazar, que o bien era su antiguo prometido, o bien era un hombre lobo.

—Vamos —apremió Henry—. Peter se encontrará con nosotros en el callejón, con los caballos —pronunció aquel nombre como si aún le diera asco, algo mohoso en sus labios.

«¡Pues claro!». Se aceleró su corazón. Al final, Peter no la había abandonado. Vendría por ella, a completar la acción iniciada por Henry.

Miró al herrero, a la carrera en la noche. Una imagen cruzó por su mente como un relámpago, la de los tres corriendo juntos, desplazándose de aldea en aldea. Nunca tendría que escoger.

Peter iba a encontrarse con ellos. Pero espera, Henry había dicho «Voy a sacarte de aquí». *Voy*, no *vamos*. ¿De verdad quería prestarle su ayuda después de que ella lo hubiera rechazado?

Se adentraron corriendo en el callejón de los Fabricantes de Tinte. Sentía un dolor apagado en los dedos a causa de la fuerza con que se aferraba al cuchillo bajo la capa, como si estuviera escurriendo un trapo mojado. Allí se hallaban las cubas de reluciente tinte azul. Allí estaban los pétalos. Sin embargo, sólo fue al alcanzar el fondo del callejón cuando Valerie reparó en que lo que no había eran caballos.

—¿Dónde está Peter? —se oyó preguntar a sí misma.

—No lo sé. A estas alturas, ya debería estar aquí. Ése era el plan —Henry parecía enorme, inflado de ira.

Estaban solos los dos, solos en aquel lugar oscuro, aislado. El mismo lugar donde la noche anterior el Lobo le había dicho a Valerie que ella le pertenecía a él. Y todo se había hecho realidad; ahora se encontraba con él.

Todas las piezas parecían encajar a la perfección.

«Peter no vendrá jamás», pensó ella.

Valerie cayó en la embriagadora sensación de ser consciente de que iba a morir. Plantaría una última batalla; no se lo pondría fácil. Si lo cazaba justo en el ángulo apropiado... quizá, sólo quizá... Y, cuando lo pensaba, entonces se mostró, su cuello expuesto al inclinarse sobre las cubas para comprobar la boca del callejón.

Había atraído a su hermana en mitad de la noche y la había matado, y ahora estaba intentando hacer lo mismo con ella. Pues bien, *ella* no se lo iba a poner nada fácil.

Alzó primero los ojos hacia la luna de sangre y, a continuación, Valerie levantó el cuchillo. Vio el brillo de la hoja en su mano, sedienta de sangre. Estaba retrocediendo para tomar impulso y poder liberar el golpe con toda la fuerza de su peso, cuando se quedó helada.

Se produjo un aullido, al tiempo masculino y femenino, humano y animal. La voz del Diablo.

Era lejano. No fue en el callejón.

—Oh, Dios mío. Henry.

Él se volvió y se encontró a Valerie con el cuchillo aún levantado.

Henry se estremeció.

—¿Podrías meter ese cuchillo de vuelta en tu bota? —le preguntó, y logró rebajar la tensión con un esbozo de su sonrisa.

Valerie devolvió sumisa el cuchillo a su sitio. Justo entonces, un aullido horrible rasgó el aire. Más cerca, esta vez.

Bien poco duró el alivio de Valerie al apoderarse de ella otro pensamiento terrible.

—Henry, ¿cuándo fue la última vez que viste a Peter?

Pero él no respondió. Los soldados entraron en el callejón, se voceaban los unos a los otros.

—¡La bruja ha escapado!

Henry la empujó al interior de uno de los silos, lleno de pétalos azules. Al instante se encontraron atrapados en la dulce fragancia de las flores, extrañamente dulce cuando la muerte se hallaba tan próxima. Henry la empujó a través de la masa plumosa, hacia la pared del fondo.

—Están por todas partes —susurró él.

Sus cuerpos estaban tan cerca el uno del otro que podrían haberse tocado, pero no lo suficiente como para que no pudieran evitarlo. No obstante, ella sintió la mano de Henry en su cintura, vio sus ojos llenos de anhelo. Se aceleró la respiración de Valerie. La mano de Henry se deslizó pierna abajo. Pero ¿por qué ahora?

Lo comprendió tan sólo cuando él hubo obtenido lo que deseaba.

El cuchillo del interior de su bota.

—Lo siento —dijo él con despiste, a posteriori. Tenía la mente puesta en otro lugar, y ni siquiera se había dado cuenta. Se giró, dispuesto a repeler cualquier ataque, siempre caballeroso.

Aun así, ella era consciente de que no podrían defenderse. No había forma. Los atraparían en unos instantes. Se habría acabado todo.

Sin embargo, Henry se volvió hacia ella.

—¡La iglesia!

Tenía razón. El Lobo no podía entrar en suelo sagrado, y el padre Solomon respetaría su santidad en calidad de pastor. Aunque antes tendrían que llegar hasta allí...

En un momento de desesperación, Henry se detuvo a pensar, estudiando el cuchillo que llevaba en la mano.

Unos instantes después, los soldados de Solomon irrumpieron en el silo... para no hallar salvo pétalos azules, algunos de ellos derramados en la calle, entre los tablones que habían levantado.

Valerie y Henry no tuvieron más elección que atravesar corriendo el espacio abierto de la plaza.

De algún modo, por encima del ruido de los soldados que peinaban la aldea, el galope de los caballos, los gritos de los vecinos, ella seguía oyendo el susurro.

—Valerie, ¿adónde vas?

Una voz fantasmal, una composición a base de todas las voces que hubo conocido. El corazón se le salía por la boca, había decidido alojarse en su garganta. Lo supo antes de mirar. El Lobo había regresado por ella.

Observó a Henry, que no había oído nada. En su visión periférica, una silueta oscura aparecía y desaparecía, saltando por los tejados. Sólo si miraba a través del rabillo del ojo podía asegurarse de que aún seguía allí.

Ya podían ver la iglesia. Detrás de ellos, gritos y el sonido de las botas pesadas en veloz persecución.

El silbido de una flecha pasó junto a ellos. Cerca. Y otra, más cerca aún.

Valerie echó la vista atrás... y gritó al ver un dardo de plata que volaba directo a ella, pensado para ella, para poner fin a su vida. De algún modo, sin embargo, justo en el último momento, cuando debía de haber sentido el metal hundirse profundo, no lo sintió.

Un empujón la apartó, y, con el sonido de un impacto seco, el dardo se alojó en el torso de Henry. Él lo recibió en lugar de Valerie.

Se sacudió con el impacto, y aun así corría tan rápido que todavía dio algunos pasos firmes antes de detenerse.

Lo llevaba en el hombro izquierdo. No le había alcanzado el corazón ni, al parecer, los pulmones.

—Vete, Valerie... —Henry la empujó con el brazo sano.

Lo conocía de toda la vida, y sólo ahora comprendía su bondad, su valentía, su honorabilidad.

—No, Henry. No puedo dejarte aquí.

Volvió a mirar hacia atrás, a los soldados que se aproximaban.

No obstante, la iglesia estaba muy cerca.

Se pasó el brazo sano de Henry por encima del hombro, y juntos recorrieron a tropezones la última docena de metros a través de la nieve. Al apoyarse el uno en el otro, con fuerza, la sangre de Henry tiñó la capa de Valerie de un color más oscuro.

A duras penas ascendieron hasta la entrada de la iglesia. Dos escalones más... pero Solomon se encontraba delante de las puertas, la línea del suelo sagrado, y les negaba el paso.

—Apelamos a la santidad de este lugar —Valerie le escupió aquellas palabras.

—Vaya, me temo que no pueden —respondió Solomon con voz afilada—. No se encuentran en suelo santo aún —alargó la mano y agarró la flecha en el hombro de Henry—. Y esto me pertenece.

Extrajo de golpe el dardo de la herida con un sonido húmedo y carnoso, el sonido que hace una cuchara al hendir una sandía.

Henry trastabilló hacia atrás mientras le rechinaban los dientes a causa del dolor y se agarraba el hombro con la otra mano en un intento de detener la hemorragia.

Los ojos de Valerie deseaban hurgar en el interior de la herida abierta, ver qué había allí que pudiera irradiar tanta bondad. Y encajó en su sitio, como quien introduce la llave en un candado. Podrían vivir felices juntos, lo supo de golpe. Sería lo mejor para todos ellos.

Algo tiró con fuerza del interior de la joven cuando lo volvió a escuchar.

—Valerie.

Dio media vuelta para enfrentarse al Lobo. Sus ojos relucientes, como dos lunas gemelas. Sus labios lustrosos, húmedos y negros.

Dos soldados yacían muertos a sus pies.

El Lobo se cernió sobre ella como una figura monumental. Inmóvil, el poderío de su sombra resultaba casi reconfortante.

Los ojos de Solomon buscaron veloces la luna de sangre, suspendida a baja altura sobre el horizonte, apenas visible entre las casas y con un color que palidecía.

En un gesto decidido, agarró el pelo rubio de Valerie y de un tirón la obligó a echar la cabeza hacia atrás. Colocó su espada contra la garganta de su rehén y la utilizó a modo de escudo humano.

—Démosle largas. Ya casi ha llegado el alba —le confió al Capitán en un susurro abrupto—. La quieres viva, ¿verdad? —le gritó al Lobo.

La bestia clavó sus ojos en Solomon y miró con urgencia a la luna en el cielo, en continuo desvanecimiento.

Henry se movió hacia Valerie, pero Solomon apretó más el acero contra su garganta. El muchacho retrocedió. Valerie sentía la presión de la hoja en su piel.

De puertas para adentro, podía ver a los aldeanos, que se acercaban a mirar embobados, cautelosos para no abandonar suelo sagrado, como niños que presencian una riña de sus padres a través de los barrotes de la escalera. Se habían amontonado allí al calor de la conmoción, y nadie sentía deseos de cazar a ese Lobo que apenas días atrás tantas ganas tenían de destripar.

—Primero muere él, y luego vas tú —susurró Solomon a Valerie, e hizo un gesto de asentimiento al arquero enmascarado, que aguardaba órdenes en el campanario, un brazo apoyado con despreocupación sobre la balaustrada.

El arquero disparó al Lobo, pero éste saltó al presentir el peligro, y el dardo se clavó en la arena. Al ver el fallo, Solomon alcanzó el límite de su resistencia. No pudo seguir conteniéndose por más tiempo, la sed de sangre lo devoró antes de que el Lobo tuviera oportunidad de hacerlo. Soltó a Valerie y se lanzó con todas sus fuerzas contra el Lobo, la espada alta y en guardia. Las venas sobresalían en su cuello como las ramas de un árbol que hubiesen crecido enormes en su interior, germinadas de la semilla de su obsesión.

Sin embargo, el Lobo saltó antes, e hizo crujir la mordaza de sus fauces en torno a la muñeca de Solomon: primero los tendones, luego el hueso. La mano cayó, pesada, al suelo nevado, arrancada de cuajo, sus temibles uñas de plata aún aferradas a la empuñadura de la espada.

Gimiendo en su agonía, Solomon se retiró a trompicones hacia la iglesia, hacia la salvación. El Lobo fue tras él.

El arquero descargó otra lluvia de flechas. Iracundo, el Lobo agarró el escudo de uno de los soldados muertos en un balanceo ascendente y lo lanzó hacia el campanario. El disco impactó en el pecho del arquero, partió su armadura y lo atravesó a él. Cayó contra la campana, y resonó un tañido de muerte.

Aprovechando la distracción, Henry agarró a Valerie y la introdujo por la puerta en suelo sagrado. El Lobo saltó hacia delante, pero ya se encontraban dentro y no pudo alcanzarla.

La bestia volvió a mirar a la luna de sangre, que ya se ponía. El cielo comenzaba a dar las primeras muestras de claridad conforme el sol, oculto, se desenterraba.

Sabía que debía actuar con rapidez. Alargó una pata en dirección a Valerie, por encima del límite empedrado, pero la retiró de un latigazo cuando empezó a quemarse. El Lobo apretó los dientes y lanzó una mirada penetrante a su presa con sus cuatro pupilas.

—**No te puedes esconder de esto** —esa indescifrable voz ejercía un efecto arrullador en Valerie. Él cuidaría de ella de un modo en que jamás la hubieran cuidado antes—. **Sal por esa puerta o mataré a todos, ¿lo comprendes?**

—Sí, lo comprendo —dijo la joven, casi en estado de trance.

—¡Miren cómo la bruja habla con el Lobo! —Solomon buscaba la confirmación de sus acusaciones aun en su estado, sin dejar de gritar mientras un soldado le vendaba la herida.

—**Toma tu decisión** —resonó el eco de la voz del Lobo contra las paredes de su mente.

Valerie pensó en los que había a su alrededor, en Henry. Y entonces los vio, en toda su falible y perfecta humanidad. No podía dejarlos morir.

El tiempo se ralentizó para ella. Le impactó la extrañeza de la existencia. Había demasiado: demasiada belleza, demasiado amor, demasiado dolor y pesadumbre para una sola ronda. ¿Qué hacer con todo ello? ¿Sería mejor no existir?

Correspondió a la mirada del Lobo, valoró el significado de dar un paso al frente. Aquellos hermosos ojos amarillos. Quizá no fuera lo peor… Y la idea se transformó en una fisura en su interior, como una grieta que se convertía en un cañón. La solución era simple y cegadora. Sintió que el abandono de su voluntad contenía una venganza. El Lobo no tendría a Valerie, porque Valerie había dejado de ser ella misma.

Permitiría que el Lobo se la llevara.

Avanzó hacia la verja. Era sorprendentemente sencillo. Estaba a punto de dar el paso decisivo, el que la sacaría de suelo sagrado, cuando Henry vio lo que pretendía y la sujetó donde el Lobo no pudiera llegar.

—No permitiré que destruyas mi hogar. Iré contigo —dijo Valerie—. Para salvarlos a ellos —sintió su propia voz, aguda y falsa, que surgía de algún lugar externo a sí misma. No temía lo que viniera a continuación. Había decidido. Para ella, el mundo había dejado de ser real.

Mientras el Lobo aguardaba a que se acercara, la quietud era ensordecedora.

Y el encantamiento se rompió a causa de la actividad que afloró entre el gentío, a espaldas de Valerie, muy al fondo. Alguien se acercaba, emergía, tropezando y cayéndose a causa de las rodillas y bultos de los demás.

Roxanne.

Roxanne mantuvo la cabeza baja mientras avanzaba. El corazón de Valerie dio algo más que un vuelco al ver su hermoso cabello del color de la puesta de sol. Al Lobo podía aguantarlo, pero no más acusaciones de aquellos a quienes había querido.

—No permitiré que hagas ese sacrificio —dijo Roxanne al situarse junto a ella.

Valerie observó a su amiga, no podía creerlo. Roxanne correspondió con un leve asentimiento, los ojos cargados de lágrimas.

Rose fue la siguiente en avanzar.

—Ni yo tampoco —dijo, y miró a Valerie con un marcado rubor en las mejillas al recordar cómo se había comportado con anterioridad, presa del fervor.

Marguerite, avergonzada por la valentía de su propia hija, la siguió, y lo mismo hicieron otros aldeanos, uno por uno: el propietario de la taberna, trabajadores del taller de tinte, leñadores, amigos de su padre. Prudence era la única que faltaba por sumarse, pero, al final, lo hizo también en pugna con la amargura de sus emociones.

Daggorhorn sintió que emprendía el vuelo, una bandada que unida hallaba sus alas.

La gente de la aldea emergió de su pesadilla, se apoyaron los unos en los otros y levantaron una barrera frente al Lobo, aunque también era una barrera frente al mal que habían permitido entrar en ellos. Por unos breves instantes, el centro del universo estuvo en aquel preciso lugar, en el cementerio de la iglesia del pueblo.

El Lobo no había contado con aquello. Rugió, furioso, tan próximo al objeto de su deseo y aun así incapaz de alcanzar a la joven.

La luna había desaparecido del cielo, la mañana llegaba, y el Lobo era consciente de que no podía seguir allí o se revelaría en su forma humana. Sus ojos refulgieron hacia Valerie una última vez, y, con un gruñido de ira, se zambulló en la noche.

Los aldeanos respiraron temerosos de mirarse los unos a los otros, de romper el hechizo. No obstante, lo hicieron y el Lobo continuó ausente. Habían hecho lo correcto, y lo habían hecho juntos.

Sólo Valerie vio a Solomon dirigirse hacia ella, peor que la propia bestia, el semblante delineado por una ira ingobernable, preparado para reclamar la venganza que él creía haberse ganado. Alargó su única mano, y Valerie intentó protegerse con los brazos. Sin embargo, él impulsó con todas sus fuerzas la mano ahuecada hacia la cabeza de la muchacha, y estampó el cráneo de Valerie contra el muro de piedra. Una ola de asombro recorrió a los agotados aldeanos.

Solomon la agarró por el pelo y la levantó hasta llevar el rostro de Valerie a la altura del suyo.

—No te librarás de la hoguera, bruja.

Henry cargó contra él, y Solomon se giró, listo para clavarle las uñas de plata que le quedaban.

Sin embargo, un látigo se adelantó y atravesó el aire con un silbido delicado para adherirse al brazo de Solomon y tirar de él hacia atrás. Solomon se volvió y se encontró con que se acercaba el Capitán con una expresión endurecida en el rostro.

—Bajo la luna de sangre, un hombre mordido es hombre maldito —recordó el descomunal Capitán a su comandante.

Solomon no se inmutó ante la verdad, pero, aun así, no pudo evitar decir:

—Mis hijas quedarán huérfanas.

—Mi hermano también tenía hijos —dijo el Capitán con aire despectivo.

El padre Solomon bajó la vista a su brazo y asumió que la corrupción ya crecía en su interior. No era mejor que el Lobo al que había perseguido. Era un hombre fiel a sus convicciones, fiel hasta el más amargo de los extremos. Creía en la pureza y en la purificación; en la eliminación del mal, fría y carente de sentimientos.

Con la mano que le quedaba, se hizo la señal de la cruz.

—Perdona, Padre, a tu oveja descarriada. Mi único fin fue servirte, protegernos de la oscuridad… —empezó diciendo, pero no finalizó.

El Capitán, que también creía en la venganza, blandió su espada. Afilada hasta un punto que sobrepasaba la hoja de una cuchilla, perforó rápida y limpiamente el corazón de Solomon, sin rozar un hueso, exactamente igual que como Solomon había hecho con su hermano.

Roxanne apartó la mirada, pero no así Valerie. Uno de los males había quedado solucionado, uno de entre muchos. Sintió algo en su sien: la sangre que brotaba de la herida allá donde Solomon la acababa de golpear contra el muro.

Verla, húmeda en sus dedos, provocó que un mareo se apoderase de ella. Cayó de rodillas.

«¿Dónde está Peter?», volvió a preguntarse.

Entonces el mundo se convirtió en un lugar en la nada, y perdió su soporte físico. Y cayó más y más abajo, en la profundidad del centro de todo.

Valerie regresó al mundo desde un lugar de oscuridad. Miró a su alrededor y reconoció la manta. La de la Abuela. ¿Antes no era blanca? Ahora era roja, del rojo de su capa. Vibrante, como algo vivo.

Una suave nieve había comenzado a caer de nuevo y formaba unos bancos enormes y algodonosos en el exterior, como jamás lo había hecho. Debía de haber nevado toda la noche. El cielo era blanco, sin contrastes, como un sueño. Valerie observó la silueta junto a ella. La Abuela. Debería haber sido Lucie. ¿Dónde estaba Lucie? Se había ido. Y así sería para siempre, como si nunca hubiera existido.

El amanecer de Valerie pareció despertar a la Abuela, también. Se dio la vuelta en la cama para mirar a Valerie y abrió los ojos, húmedos, esféricos, las pupilas dilatadas. Redondos como canicas.

—Qué ojos tan grandes tienes, Abuela —advirtió Valerie con calma. Vio que todos y cada uno de los rasgos de la Abuela se habían definido y acentuado en su rostro. Valerie se sintió igual que cuando bebía mucha agua demasiado rápido: vacía, llena y mareada.

—Son para verte mejor, querida mía —dijo la Abuela con sonido grave y amortiguado.

Sus orejas, también, asomaban por entre su pelo enmarañado, extrañamente puntiagudas.

—Qué orejas tan grandes tienes, Abuela.

—Son para oírte mejor, querida mía —y al pronunciar estas palabras, reveló por fin sus dientes... ah, menudos dientes. Parecían más largos y afilados de lo normal.

—Qué dientes tan grandes tienes, Abuela.

—**Son para comerte mejor, querida mía...**

Se abalanzó la Abuela.

Valerie se despertó de un sobresalto y con un grito ahogado. Una vez orientada, se encontró con que estaba en su propia cama, Roxanne tendida durmiendo a su lado, la luz matinal vertida sobre su rostro. Valerie aguantó la respiración y observó a su amiga.

Roxanne tampoco era Lucie.

Suzette, que había permanecido junto a la cama velando el sueño de Valerie, se inclinó sobre ella.

—Cariño —empezó diciendo con una voz tan dulce que sonaba extraña a oídos de Valerie. En sus ojos había una mirada lejana. La joven observó la herida profunda que afeaba el rostro de su madre; ¿estaría infectada? Miró a su alrededor, y todo le pareció extraño, no tal y como debería ser. Los objetos parecían ensoñaciones, demasiado grandes, demasiado pequeños.

—Te hice avena, tu plato favorito —dijo su madre con el mismo tono dulzón. Valerie tomó aliento, el olor a melaza era agobiante. Se mordió el labio. «¿Estoy despierta?». Ya resultaba difícil distinguirlo.

En el rostro de Suzette se había instalado una sonrisa antinatural. Valerie se zafó del abrazo de su madre y descendió descalza por la escalera, los peldaños de dos en dos.

—¿Valerie? —preguntó su madre con la cabeza ladeada, como una niña pequeña que interpretara una escena.

—Me voy —respondió Valerie, que se puso las botas, metió un pañuelo y algo de fruta en su cesta y se echó la capa roja por los hombros. Roxanne se movió en la cama, abrió los ojos y se pasó la mano por la nariz.

—¿Irte? —preguntó Suzette, divertida—. ¿Adónde, cariño?

—A casa de la Abuela. He tenido… Creo que podría estar en peligro —también tenía que encontrar a Peter, si es que se lo podía encontrar por alguna parte. Y a Henry.

—Pero Valerie, no tienes que ocuparte de cuidar de todo el mundo. Hice avena, tu plato favorito —reiteró Suzette, y descansó la mano en la mejilla de Valerie.

Su tacto era húmedo y frío. Como el de un reptil. Valerie levantó la vista a su madre.

—Estás a salvo con nosotros —susurró ella.

Roxanne echó un vistazo desde el altillo, tapada con las sábanas hasta el mentón, entre parpadeos y sin saber muy bien cómo interpretar la escena.

—Adiós, madre. Adiós, Roxanne —Valerie se sintió solitaria, toda para sí misma. Sin necesidad de nadie.

Nada más salir por la puerta, fue recibida por la sacudida del frío, en cierto modo buena. Necesitaba el impacto de algo. Necesitaba saber que estaba viva.

Se ciñó la capa y se cubrió la cabeza con la capucha. El bramido del viento barría su cuerpo, soplaba en el interior de su capa y la inflaba de aire gélido. Sujetaba la cesta delante de sí, sus dedos aferrados al asa de mimbre, entre cuyas hebras el viento alojaba cristales de hielo.

No había nadie a la vista.

Mientras caminaba por la aldea, la nieve olvidaba de dónde venía, sus huellas quedaban borradas con la caída de nuevos copos en un espeso manto. Pasó junto al elefante de latón, tendido sobre un costado, la panza abierta. «¿Ha entrado alguien ahí?». Valerie sintió un escalofrío al pensar en Claude, en la crueldad de la que el ser humano era capaz según ella había aprendido. Sintió asco. Quizá fuera mejor ser una bestia que un humano.

El universo del invierno implicaba que la gente se guareciera en sus casas. Cuando descendía una tormenta del cariz de aquella, resultaba imposible saber qué habría a la vuelta de la esquina, qué se mantenía oculto a tu espalda o frente a ti.

Alguien apareció de pronto. Valerie distinguió que se trataba de Henry, que ensillaba un hermoso corcel y ajustaba los estribos. Recobró el calor ante la visión del joven.

El Capitán hizo una seña a los soldados, que se estaban vistiendo, y se retiraron al acercarse ella, quizá por respeto a su intimidad, o quizá por desconfianza.

—Valerie.

El caballo se inquietó. Sus ollares exhalaban vapor al aire invernal de la mañana, ansioso por marcharse, como si se encontrara en presencia de algún mal.

—Tranquilo —lo calmó Henry. Parecía orgulloso, consciente de sus deberes. Había hallado una nueva vocación: iría tras el Lobo. El bien reemplazaría al mal, esperó ella.

—Eres todo un guerrero —dijo, sus ojos verdes emocionados.

—Y tú también —replicó él.

Valerie lo rodeó con sus brazos y se puso de puntillas para rozarle el cuello con los labios. Suaves, encontraron su piel, tersa y cálida. Le pareció algo que se derretiría si se expusiera demasiado tiempo al sol. Se emocionó con aquello.

Y sintió la suavidad de la mano de Henry en su mejilla, y sus cuerpos se separaron, de golpe.

Él vaciló y se pasó una mano por su cabello de color castaño.

—¿De qué se trata? —preguntó ella.

—Valerie, nadie ha visto a Peter —dijo, y subió a la silla de montar—. Y cuando lo encuentre... haré lo que tengo que hacer.

Percibió la inmensidad de su silueta sobre el caballo, y ya se había marchado, cabalgaba hacia el vacío manto del páramo, grande, guerrero.

Valerie se sintió en deuda con él por tantas cosas... Ella había escogido el mal por encima del bien, y él había permanecido a su lado, se había sacrificado para protegerla del Lobo, para salvarla de sí misma. Ella le había destrozado el corazón, a cambio del amor de Peter, alguien que siempre lo tomaba todo sin pedirlo primero. ¿Cómo era posible que Valerie no habrían visto lo estables y seguras que hubieran sido las cosas con Henry? Se sentía tranquila en su nuevo punto de vista.

A cada tranco en el galope del corcel de Henry, Valerie —que nunca había necesitado a nadie— sintió un minúsculo vacío abrirse y ensancharse en su interior.

Valerie echó a correr, y sus pies, de manera alternativa, se hundían en la nieve y hallaban la superficie quebradiza del suelo del invierno; sus piernas trabajaban acompasadas, mecánicas, y la llevaban a través de la tormenta. Tenía la seguridad de que algo iba muy mal en casa de la Abuela... aunque tampoco es que hubiera mucho que fuera bien a aquellas alturas. Algo estaba sucediendo, algo oscuro, y tenía que llegar hasta allí porque carecía de la fortaleza suficiente para mantenerse al margen.

No se detuvo en los campos a pensar en Lucie, ni en la arboleda a pensar en Claude. No sintió un cosquilleo en el corazón al dejar atrás el Gran Pino. Sus pérdidas, su pasado. Aquellos lugares resultaban indiscernibles bajo el blanco nivelador. No se detuvo a orientarse, sino que se dejó llevar por el ímpetu de la urgencia.

Pasó el río, congelado, con una cobertura lisa cual tazón de leche, y oyó el crepitar de la superficie como cuando se quiebra una rama.

Y por fin llegó al bosque de Black Raven. No se hallaba lejos de la casa del árbol, a unos cien metros, pero la senda que tantas veces había seguido parecía interminable. Aún mareada por su herida, el universo blanquecino a su alrededor pasaba una y otra vez de nítido a borroso, y los únicos sonidos que oía eran las ráfagas que silbaban por entre las ramas congeladas.

Observó su entorno. Nada en los arbustos. Nada por delante excepto el lugar al que se dirigía, nada a su espalda excepto el lugar del que procedía. A cada segundo, el viento depositaba sábanas limpias de nieve. Valerie avanzó, los nudillos blancos de asir tan fuerte la cesta, la gamuza de sus botas empapada de frío. La caperuza de su larga capa roja enmarcaba su pálida tez, sus mejillas rosadas.

Sabía de forma instintiva dónde posar cada pie, tantas veces había seguido aquella ruta, y aun así sentía que le estaba costando un gran esfuerzo continuar avanzando, como si estuviera nadando en aceite. El aire la atravesaba, frío y quieto, y las ramas de los árboles hacían garabatos en el gris del cielo. Había una ausencia de olor; hasta sus sentidos se habían congelado. En el frío, sus dedos eran insensibles, sus ojos miraban y no veían.

La nieve comenzó a caer tan densa que cualquier cosa más allá de un metro y medio por delante de ella se perdió en el luminoso blanco. No estaba segura de seguir consciente.

Era capaz de percibir el apenas audible murmullo de los árboles. Algo crujía de tanto en tanto, pero cuando ella miraba, no había nada.

Y aun así podía sentir algo a su espalda, aproximándose. Aguzó el oído, intentó guardar silencio incluso mientras avivaba el ritmo de su paso hasta correr. «Un animal». Sin duda era un animal. «Es de día», se recordaba a sí misma. «No puede ser el Lobo».

Sí. Allí había algo. Estaba segura.

Lo oyó, más alto. Y más alto.

Más cerca.

Aminoró el paso. No tenía miedo, se dijo a sí misma; podía ser Suzette, corriendo tras ella, enojada por el modo en que se había marchado de casa. O Henry, que volvía para contarle que se quedaba.

Aunque... *podría* ser el Lobo en su forma humana. Fuera lo que fuese, decidió, no podía ser más horrible que lo que ya había afrontado. Se volvió, derrotada, lista para enfrentar un oscuro destino.

Lo que vio le sacudió el estómago, casi le hizo caer de rodillas.

La aparición oscura que emergió de entre la nieve trajo a Valerie de vuelta a la vida, tiró de ella y la arrebató del abrazo de su capitulación. Retrocedió unos pasos inestables y no pudo seguir moviéndose.

Era Peter, *su* Peter, al acecho de la joven que amaba, la muchacha sin la cual no podía vivir. Su camisa negra hecha jirones; su capa, desaparecida.

—Valerie, gracias a Dios que estás bien.

Su rostro refulgía con el frío, era hermoso; la nieve en sus pestañas como si fueran diamantes, el fresco color rosado de sus mejillas, el rojo húmedo de sus labios. Se tambaleaba hacia ella.

—Tengo que dejarte —su respiración manaba irregular, a borbotones—. No estarás a salvo conmigo.

Fuera lo que fuese, no podía ser malo. Un pensamiento terrible y asombroso se internó en la mente de Valerie y disipó todos los demás.

—Peter...

Avanzó hacia él con los brazos abiertos. Se rindieron, por fin, el uno al otro; sus cuerpos encajaron, juntos, complementarios, el uno en el otro. Los dedos fríos de Valerie hallaron calor en la mejilla de Peter, los brazos de Peter se deslizaron bajo la capa escarlata de Valerie al tiempo que su cabello rubio volaba alrededor de ambos. Envueltos en un refugio de blanco, destacaban en rojo y negro, y sólo estaban ellos. Nada más en ningún lugar. Valerie supo que nunca podría separarse de él, que ella era lo que era él y que siempre sería suya.

No le importó que fuese el Lobo o no lo fuera. Y, si él era un Lobo, también ella lo sería.

Tomó su decisión y llevó sus labios al encuentro de los de él.

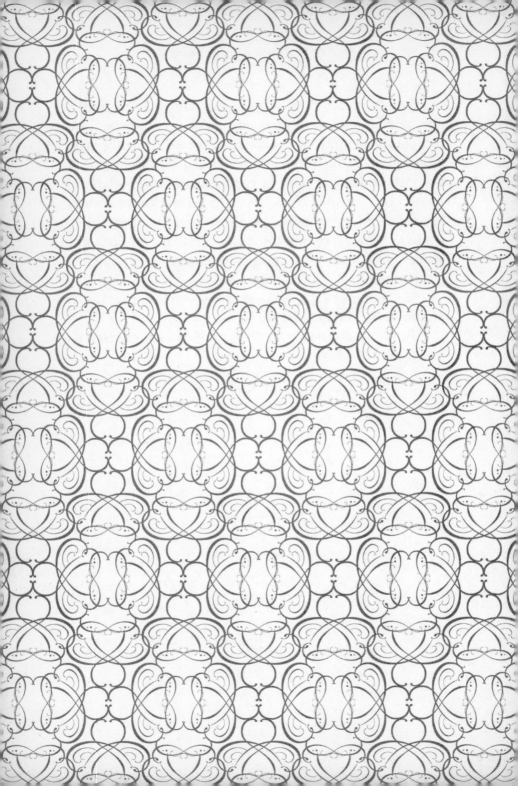

¿Todavía crees en los finales felices?

¿Será éste
el verdadero final
de la historia de Valerie?

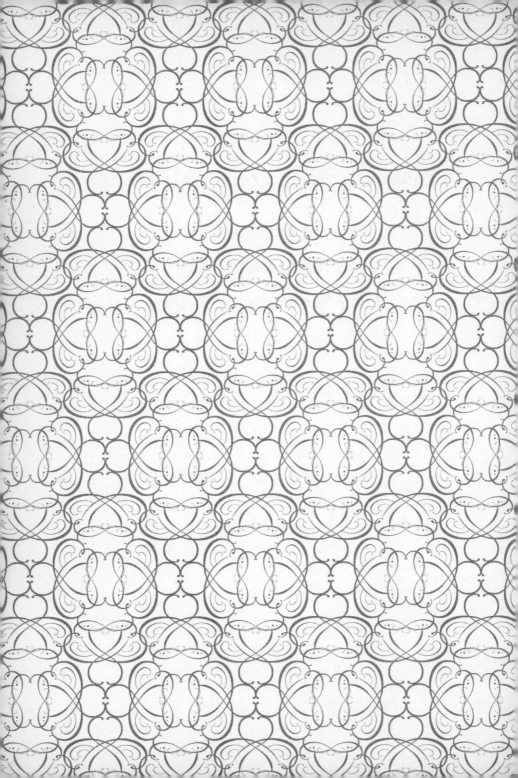

Agradecimientos

Me gustaría ofrecer mi agradecimiento a David Leslie Johnson y a Catherine Hardwicke por crear verdadera magia. A Jennifer Davisson Killoran, Julie Yorn, Michael Ireland, Alex Mace y al equipo de Warner Bros por su apoyo inquebrantable.

A Marcus Andersson, Nikki Ramey, Patrick Sanchez-Smith y Adriana Stimola por su aliento y paciencia borrador tras borrador.

Como siempre, estoy en deuda con Carroll Cartwright y Mary Gordon, quienes me lo han enseñado todo.

También me gustaría hacer constar mi agradecimiento de un modo especial a Erin Stein, mi editora en Little, Brown, por dar un salto de fe y ser una guía tan fenomenal.

Sarah Blakley-Cartwright

Sarah Blakley-Cartwright se licenció *cum laude* por el Barnard College en 2009. Ganadora del Mary Gordon Fiction Scholarship Award 2008-2009 y del Lenore Marshall Barnard Prize 2009-2010 de prosa, creció en Los Ángeles y en México. Actualmente vive en la ciudad de Nueva York y escribe en Vancouver, en la Columbia Británica. A pesar de lo que pueda decir el libro, la verdad es que prefiere los lobos a la gente.

David Leslie Johnson

David Leslie Johnson creció en Mansfield (Ohio), comenzó a escribir obras teatrales mientras cursaba sus estudios de secundaria y redactó su primer guión cinematográfico a los diecinueve años. Obtuvo el título de licenciado en Bellas Artes por la Universidad de Ohio State, en Columbus, y se especializó en la rama de fotografía y cine. Después de trabajar como asistente de producción en la película *Cadena perpetua*, nominada a siete premios de la Academia, Johnson pasó cinco años como ayudante del director y escritor Frank Darabont para así aprender el oficio de guionista de manos de uno de los talentos más respetados de la industria.

El proyecto más reciente de Johnson es el guión original para la película *La chica de la capa roja*, dirigida por Catherine Hardwicke. En la actualidad cuenta con varios proyectos en marcha. Vive en Burbank (California) con su mujer, la guionista Kimberly Lofstrom Johnson, y el hijo de ambos, Samuel.

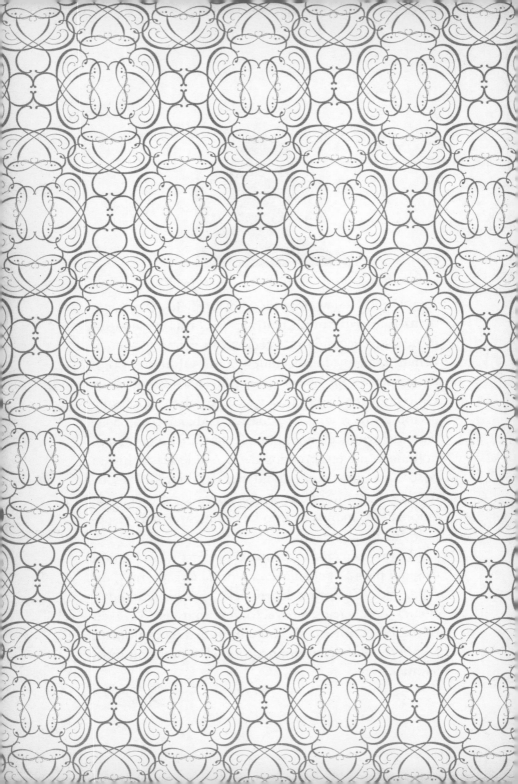